U0525791

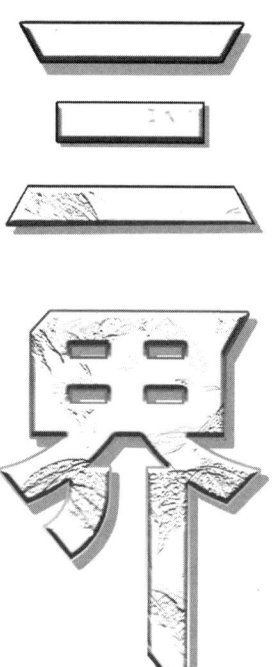

三界

谢传谦 著

上海社会科学院出版社
SHANGHAI ACADEMY OF SOCIAL SCIENCES PRESS

序

  时光在荡漾的生命里点落一瓣花，在名为成长的溪流里漫洄成诗篇。非常有幸，我能给这部新作写序。那我就简单聊一聊我和作者以及这部作品的"初见"……

  初见作者，是2023年的那个秋天。我非常有幸，成为谢传谦的语文老师。惊叹与忐忑是我对他的初感受，灵气与青春是他给我的初印象。传谦就这样带着青春独有的天马行空，也带着少年特有的书生意气，走进了我的世界。

  初见这部作品，在假期，我阅读了当时还是初稿的新作。说实话，我不太了解玄幻作品。但在无尽的幻想与现实交织的世界里，这本书以其独特的魅力，引领一个对玄幻作品不了解的我，进入一个又一个令人感到神秘的地方。这里，古老的传说与现代的想象交织，修炼体系与自然法则相辅相成。每一部玄幻作品都是一扇通往未知世界的窗户，《三界》不仅为我们展现了一个宏大的世界，更讲述了一个关于成长与自我超越的动人故事……

  这两次"初见"，让我感受到了青春少年的世界观、人生观——世界不只有一个答案，人生也不只有一种选择。人之伊始，亘古之初，混沌未开，何人道破鸿蒙而开万物序幕？此疑云，自古以来先贤圣哲缭绕心头。传谦同学，用自己的想象去解读着独属于他的宇宙观、世界观。本来这个世界就不是唯一，答案不唯一、道路不唯一，选择也可以不唯一……希望在写作这一条道路上，传谦同学永远不要失掉自我，永远不要停下前进的脚步，希望他永远是一个充满未知的青春少年，像江上之清风、山间之明月，总有几分自在和快意。

兹此，是为序……

胡安钦
2024 年 11 月 25 日

目 录

引　子 - 01
第一章　　任务 - 01
第二章　　肥猫 - 03
第三章　　恐袭 - 05
第四章　　屠夫 - 08
第五章　　雷电 - 13
第六章　　刺杀 - 18
第七章　　十二会 - 22
第八章　　启程 - 26
第九章　　旅途 - 28
第十章　　死门 - 30

第十一章　　秘密 - 33
第十二章　　拦截 - 37
第十三章　　征途 - 42
第十四章　　冥界 - 46
第十五章　　第一大陆 - 50
第十六章　　奇市 - 54
第十七章　　晚了一步 - 57
第十八章　　叛乱 - 62
第十九章　　漫漫无期 - 67
第二十章　　危机四伏 - 72

第二十一章	失利 — 76
第二十二章	节节败退 — 80
第二十三章	深渊的抉择 — 85
第二十四章	往事 — 87
第二十五章	闪击 — 90
第二十六章	斩首 — 94
第二十七章	兵行险着 — 98
第二十八章	全线崩盘 — 104
第二十九章	奇迹 — 108
第 三 十 章	压力 — 111

第三十一章	失守 — 115
第三十二章	血与沙 — 119
第三十三章	战斗 — 124
第三十四章	坚守 — 129
第三十五章	新的任务 — 135
第三十六章	重返人界 — 140
第三十七章	狂行天下 — 145
第三十八章	追溯寻源 — 150
第三十九章	天降救星 — 154
第 四 十 章	皇家赌场 — 156

第四十一章　全是圈套 - 159
第四十二章　风啸归来 - 164
第四十三章　含冤而死 - 168
第四十四章　营救行动 - 174
第四十五章　最后一搏 - 179
第四十六章　江山易主 - 185
第四十七章　人界异象 - 188
第四十八章　冥界入侵 - 192
第四十九章　驰援战场 - 196
第 五 十 章　你来我往 - 202

第五十一章　出现裂缝 - 207
第五十二章　人神会议 - 210
第五十三章　寻找龙族 - 215
第五十四章　拒人千里 - 220
第五十五章　玄字阁的盟约 - 224
第五十六章　龙归大海 - 229
第五十七章　梦游神界 - 233
第五十八章　进发神界 - 235
第五十九章　揭幕之战 - 240
第 六 十 章　屡屡碰壁 - 244

第六十一章	腥风血雨 - 248
第六十二章	固守城池 - 252
第六十三章	血的对决 - 257
第六十四章	破浪而上 - 263
第六十五章	壮士将行 - 270
第六十六章	决战的号角 - 275
第六十七章	怒海之夜 - 278
第六十八章	至暗时刻 - 284
第六十九章	与黎明同行 - 287
第 七 十 章	天地对决 - 290

第七十一章	智慧与胜利 - 294
第七十二章	局势惊变 - 298
第七十三章	王朝落幕 - 301
第七十四章	无泪陨落 - 305
第七十五章	结局之后 - 308
第七十六章	离别终至 - 314
第七十七章	新王登基 - 316
第七十八章	王侯将相 - 320
第七十九章	风啸，我们来了！- 323
终　　　章 - 330	

引　子

　　我走在街上的时候,有很多人和我擦肩而过,不会有人关注我的身份,当然了,我也不会在乎他们。

　　我回到家。我的住处是一条古老的巷子,不少人希望赶紧拆迁。熟悉的霉臭味儿扑面而来,隔壁老王又把菜炒煳了,不知是哪位邻居的下水道堵了,才为这个老套的下午添几分新鲜。

　　几只乌鸦在叫。

　　我与所有人不同,平日里的人都追求不平凡,只有我,绞尽脑汁让自己不引人注目。

　　一切的倒霉,都得从七年前说起。

　　人,是灵长类动物——在他们自己的规定里,精神层面上认为自己拥有灵魂与独立思想,相信科学。

　　我不属于人。

　　我属于神。

　　相信那些人类已经开始笑了。

　　我所在的神族负责管理人世间万物,自己创造的东西,自己负责管好。

　　我的霉运开始了。

　任务

　　我走在云道上,四周是耸立的山峰,被轻纱似的微云遮挡了一

部分，碧绿织入雾中。

长袍的一角飘拂着。

我走了一会儿，觉得太慢了，就用脚蹬一下地，便飞起来了。

飞到一座外表朴素的会堂前，会堂不大，外表破旧，砖瓦摇摇欲坠。但没有腐败感，因为没有霉菌敢在这里出没，没有青苔敢在没有允许的情况下去触碰这洁白的墙壁。

我三步并作两步推开门，里面极致奢华。黄金只有人类稀罕，在这当废铁都嫌硬度不够。

这里的装饰无法用人界的财富来衡量，奢华程度也无法用任何修辞来形容。

我走进去。

大厅里，众神坐在自己的位置上，我为自己的迟到抱歉地点点头，坐到自己的蓝宝石椅上。

每位神仙桌前的红色绿柱石杯中盛着月光酿成的美酒，味道迷人至极。

众神之王——年轮深邃的紫色瞳孔放出锐利的眼神扫视群雄，令我心里有些发毛。

他缓缓开口，声音宛如沧海："诸位，杀戮之夜已经经过了三十万个日月交替，足以使一切回归正常了。我们的十二使神已经全部战死，是时候再派出使神了。"

宫殿正中央伫立着一尊高大而威严的神像——那是创世神王梦境的雕像。他的手中握着一柄弓箭，那是神界用来裁决与挑选使神的裁决之箭。随着命令的下达，塑像周身闪烁着金色波涛一般的光芒，裁决的弓缓缓拉满。

我抱着看热闹不嫌事大的心态想：哪十二个倒霉蛋会被派下去和那些自私自利的人类混到一块？

可当裁决之箭射到我的桌前时，我愣在了原地，遭报应了！

所有目光都向我看齐。

年轮高兴地宣布:"从今天起,你将忘却你的名字,你是十二使神中第一个,海浪!不要忘记你的父亲啊,好好干吧!"

两名使仆立刻上前,其中一位打个响指,我已经在待转空间里了。

使仆一笑:"海浪,您的人界名字是洛云岭。主管什么您从名字便知,您的年龄二十岁,出生证明、身份证等证件全部办齐。父母给您填已故,不会有人管您从哪里冒出来。等您八十年任期一到,先到冥界暂住,两天之内就可以重返神界。注意,您在人界表面的身体衰老不会影响机能。您可以暂时调用神力,仅限一级权力,如有任何问题,可以在梦中与我们交流。您的任务是监管人世,捉拿潜伏在人世的恶灵。对了,最近人类已经将我们创造的自然破坏得差不多了,要千万小心。想必您读过《神使命》,知道十二使神的职责。再见了!"

我只觉得困倦,闭眼再睁开时,已来到了人界。

神界为我找好了住所,在梦中,他们告诉了我细节。

在梦的最后,年轮笑着对我说:"给你安排了个搭档。"

搭档?

"当度假吧,亲爱的海浪。"

"可以干什么?"

"想干什么都行,做个平凡的人吧。"

第二章　肥猫

我骑着单车回到家,爬上四楼。我来到人界之后,最讨厌的就是爬楼梯。使仆很贴心,让我成了一个毕业的人,否则还得读书。

我掏出钥匙,插进锈迹斑斑的锁孔之中,门不情愿地呻吟着被打开。

家里面乱糟糟的,我虽不喜欢收拾东西,但七年的人界生活,让我知道人类得自己收拾家,而不像神,打个响指,吹声口哨,用手在空中比画几下就行了。我出门之前,特意把家里弄干净了。

沙发皮开肉绽,遥控器的壳子被摔飞,电池掉在地上,口袋、袜子、钉子等各种东西散落一地。

我气得差点儿没晕过去,一只猫躺在阳台上,满意地舔着鼻子。

我大声呵斥道:"喂!你在做什么啊?"

它不理我。猫粮口袋被打开也没关上,几粒猫粮掉落在地上。它鼓鼓的肚腩上下起伏,雪白的皮毛预示着它是一只银渐层。

我拉上窗帘,房间里顿时暗下来。

我没好气地说:"现原形吧,大仙。"

这只猫走到床底下,再爬出来时,已是一个高大俊朗的年轻男人。

我怒视着他:"自己收拾。"

他坏笑:"真把自己当个人啊?"

我冷哼:"快点收拾!你给我记住,只有在开十二会时你才是风啸,其他时候你就是我的猫!"

风啸一脸不爽;"又怎么样?你给年轮托梦,让他换人啊。"

沉默了一会儿,他说:"今天该谁做饭?"

在轮到他做饭时,他从来都不吭声。我走到厨房里,从二手冰箱里拿出一盘小炒牛肉,热了端上桌。

他随意收拾了几下,坐到桌前,问我:"这里的生活也并非你想象中那么糟,为什么不找点乐子?"

我说:"七年平凡期快到了,前七年,我们……"

他打断我的话:"我知道,我们身上神气最重,最容易被恶灵

和流放者发现。"

我问:"还有几天?"

"三天,然后就可以在这里找找乐子了。"

我笑了:"记住,你是一只肥猫,叫阿 mark。"

他点头:"知道。看来你为了伪装也挺拼的,给我取个电影里的名字。"

我尝了一口牛肉:"把自己当人嘛,入乡随俗。"

他坐到我身边,身上一股猫砂味儿:"工作这么久了,还没有恶灵悬赏?"

我瞪了他一眼:"天下太平才好。我是一个人,叫洛云岭,你是一只猫,叫阿 mark,听见了没有?"

风啸懒得搭理我,又钻到床下变成一只猫,去马桶那边喝水了。

我的话刚出口一半:"喂,你……"

他打断了我:"你那个关于恶灵的事追查到了吗?"

我回答:"雷电他们负责,不归我们管了。但我今天查到了线索,一会儿就托梦给他。"

风啸当猫的样子没有他当人那么讨厌,一只会说话的猫。他说:"别插手雷电的事儿,我们之间分工不同,我们主要是观察人界生活,实时反馈。"

我说:"那我把线索给雷电就……"

"轰!"

我只看见了冲天火光,只觉得身体轻飘飘的,整个眼前的空间被热浪扭曲,耳鸣,困,便睡了。

第三章　恐袭

我睁眼时,已经在医院里了。我发现自己身上插满了管子,嘴

上被挂了个氧气面罩,看不见自己被被子遮住的地方。

医生见我醒了,便走出去。过了一会儿,走进来一位警官。

我不明所以,刚想说什么,警官就已经出示证件:"警察。我们怀疑你与一起爆炸案有关。"

我差点儿笑出声来,这是什么无厘头的剧情?电影都不敢这么拍!最近我真是倒霉透顶。

可还没等我反应过来,亮晃晃的手铐就铐在了我的手腕上。

警官出去了,只留下一个警员看着我。

我脑子都没转过来,怎么回事啊?我本来过得好好的,不会有人注意我,我的任务完成得兢兢业业,没什么问题。我挨了炸,暂且不清楚有没有缺胳膊断腿,竟然把我给铐上了?

我索性闭上眼,进入了梦乡。

年轮坐在我的对面,问:"怎么了?"

我告诉了他我的处境,可他并不重视:"那又怎样?记住,人生不似写小说,不是所有情节都跌宕起伏,平平淡淡美好地过完一生吧。"

我嘟囔:"我被警察抓了……您知不知道警察是什么?"

"当然啦,就是护神嘛!被抓了就算了呗,看看监狱长啥样。"

我一本正经:"我认为此事与恶灵有关。"

"你不必过问。"

我差点扔一条鲨鱼过去。

没办法,只能这样了。

夜深人静,医院里没有声音。我躺了一整天,问身旁快睡着的警员:"今天几号?"

他恶狠狠地瞅了我一眼:"十七号,你还有心情问这个?知不知道你干了什么?"

我欣喜若狂,在医院昏迷了三天,平凡期过了!我可以调动一

级神力了。

我多问了一句："我干了什么？"

警员不理睬我，把警帽盖在脸上，小睡一会儿。

我立刻开启头脑宫殿。肉体还躺在床上，灵魂已经住进了殿堂。我的肉体可以服从简单的命令，不用担心被发现。

我的灵魂坐在沙发上，风啸坐在身旁。见我来了，幸灾乐祸道："刺激不？你也开了宫殿？"

我回答："你可高兴了吧？想个办法救我出去。"

风啸装出一副可怕的样子："呜！你知不知道你干了什么？你把整个四楼都给炸了！怎么救你？十几个警员看守你，去就被打成筛子！最近神界和冥界关系紧张，我可不想拉着脸让阎王放我回神界，再重新下来。"

我说："你说一大堆，不就是不想来救我嘛。"

"对。"

我怒道："那我就杀出去，每一个人都被海浪淹没，世间一片洪水……"

他的瞳孔猛地放大："你敢？"

"我一点都不在乎有多少人死去，他们只是人。我又不是凶手，所有敢冤枉神灵的人，都将领悟到神灵的怒火！"

他咆哮："你知不知道你在说什么？嗯？你不把人类的命当命！作为一个神灵，你的内心竟不是高尚的！和你不是一个族群的人就不管他们的死活，正如某些人类只遵从人道主义，不管动物的死活！记住，每一条命都一样。不分贵贱！我们是神，理应有博大的心胸，不然和有超能力的人有什么区别？你给我放尊重些。"

"给我小心点！"他离开了殿堂。

我昏沉地睡了一夜，第二天灵魂就返回了肉体。

浑身酸痛难忍,我被铐了一夜。昨晚风啸的话回荡在耳边。他的气度让我不免有几分惭愧。但又自我安慰只想做个平凡的人,未来也只想当个平凡的神,安稳度日。

突然,我听见了雷劈似的一声响,平淡的生活被搅得一团糟。我身边的警员马上站起身,轻轻地把手放在腰间,另一只手抵住门。

不一会儿,另一名满身血污的警员冲进来,他连忙把手收回来并让开。狭小的不足十平方米的病房里挤了三四个警察。我看了一眼电子钟,凌晨三点二十七分。

警察反锁了门,并呼叫增援。

走廊间传来了脚步声,很沉重,回荡在医院内。灯一下子全灭了,四周一片漆黑。一名警察掏出配枪,顶在我身上。

另外几名警察将枪口对准了门。

脚步声近了。

门外传来撞击声。

"砰!"

警员吓得开了一枪,子弹打穿了门。

我一头雾水,什么情况?我只是一个平民,开了一家网店,不走运让人炸进医院,又让警察当恐怖分子抓捕了,谁知又来了个袭警爱好者!人界的一切让我捉摸不透。

"砰砰砰!"

第四章　屠夫

警员的瞳孔突然像被筷子搅散的鸡蛋般散了。我正纳闷呢,只见他们目光呆滞,表情空洞,举枪瞄准彼此。

"砰砰砰砰!"

四个警员倒在自相残杀之中。

我被这恐怖的景象吓呆了。

门被轻柔地推开,一个身穿血色西装的人走进来。不,他不是人,他的瞳孔是灰色的,脸长得挺帅。他笑着看向我,那目光令我不寒而栗。

"你好,使神。我叫屠夫。"

他举起手,我马上感觉眼球疼痛难忍,似要爆裂开来。神的眼睛没了,那就彻底死亡,从此不复存在。

我立刻一挥手,手铐无力地掉在地上,本想平凡过一生,但也只能先自保了。

我立刻举手,铺天盖地的水柱刺向他。

但他掌握了先机,扼住了我的咽喉。

我无法动弹,水柱刺穿了他的身体,黑色的血液淹没了病房,他毫不在意。

他笑了,黑血从口中流出,我快死了。

他的手指化作尖刺,朝我的眼球刺来!

长这么大,我从来没有参加过一场神战,对于神力作战一窍不通,刚才的一切是出于本能与母亲的教导,接下来该怎么做就不知道了。

突然,屠夫像是被什么东西抓住扔了出去,病房里所有东西连同屠夫一起,被强劲的飓风卷了出去,屠夫将墙壁撞塌了,玻璃碎片飞溅,屠夫从十二楼坠落,传来汽车被砸扁的声音。

楼下警笛大作,看来是警员呼叫的增援来了。楼道间传来急促的脚步声,风啸出现在门口,手中翡翠色的荧光忽明忽暗,我感受到一股强大的气流。

风啸哼了一声:"早知道这样你还不如自己杀出去好了。"

我扫视四周,整个十二楼一片狼藉,玻璃的碎片铺了一地,墙上布满弹孔，值班台上的东西摔在地上，指路灯断了一截，吊在空中摇摇欲坠。

地面上惨不忍睹，满是倒在血泊之中的警察。我在心里感到愤怒，他们尽忠职守，看管"凶犯"，在危险来临时毫不退却，凭什么杀害他们！

风啸低头默哀之后，红着眼眶对我说："走吧。"

我呆呆地立着。

楼下又传来枪声，我往下面一看，几十名警察围着一辆被砸扁的警车，警车上站着屠夫。他的血色西装被撕成了布条，身上惨不忍睹，但他仍旧像没事儿人似的，优雅地冲警员鞠躬。警员忍无可忍，直接开枪。

他跟我才反应过来："事情闹大了。"

风啸打了一下我的头："愣着干什么？走！"

我们是使神可以调用一级神权。风啸早就请示过神界，调用了万物的职权。他拉住我，通过破碎的玻璃，往下一跃。

强劲的夜风呼啸着，地面越来越近，一群信天翁织成了一张大网接住了我们。

我坐在柔软的羽毛上，看着风啸的头发在夜风中凌乱，问："什么情况？"

他惊魂未定："立刻通知地神，让他派出近侍神，人界有些状况。"

"什么近侍神，听都没听过，早知道人界这么危险，我就抗命，打死都不下来。"

风啸笑了："谁叫你倒霉，一百二十众神中就抽到了你。不过使神权力很大的。比方说今天人界吹什么风，怎么吹，吹多大的风都归我管。"

我打断他："别岔开话题，我就想问今天发生了什么！"

他回答得很隐晦:"本不该遇见的人遇见了,本不该发生的事发生了,本应平静的生活掀起惊涛骇浪,本应万物芬芳的年华成了狩猎的季节,本应洁白的人界将沐浴在鲜血之中。"

这种文体我很熟悉,属于神唱诗,但他这打油诗并不怎么着调。神唱诗只有在最高命令和预言、急报或表达强烈情感、讲述传说时才会出现。这家伙这时候来上这么一段,我一头雾水。

"喂,说神话行不?人话我也听得懂!"

他并不急着回答,变了个人似的注视着我,仿佛深渊的凝视,缓缓开口:"你七年人界生活,干了别人七十年都不敢干的事。"

我很喜欢飞行,看着下面的灯火慢慢小了,各式灯光汇聚成一个城市,努力地让自己显得耀眼,为了使自己更震撼,不惜封杀美轮美奂的星辰,从而避免对比出自己的渺小。可当我飞得够高时,灯光又成了一个点儿。

我问风啸:"神界要求我们平凡一点,可我们却炸了一层楼,又大闹医院,是失职吧?"

夜风吹在脸上,他却仍眯着眼。然后眯眼仰头,像在接受爱抚:"是的,与神愿背道而驰。我相信我们一定是有史以来闹出动静最大的使神。不过这也不能怪我们——运气不好。"

我点点头,算是自我安慰:"换作其他神,也一定会这么做。"

风啸索性躺在信天翁身上,在经过一片云之后,变回了猫。

他喵了一声,说:"其实我们可以飞的。"

我说:"是的,在神界。"

风啸说:"话说你可不是个好……"

"什么?"

"人啊。"他欲言又止。他之所以喜欢当猫,是因为当猫时我看不出他的神色。

我打算睡一会儿,头脑里全是这三天发生的事,一切仿佛荒诞

风啸索性躺在信天翁身上，在经过一片云之后，变回了猫。

的梦境，可惜那时只觉无厘头，可现在回首往昔，混乱的泡沫中已悄无声息地散发出危机的气味。

我睡前问风啸："去哪？"

他答非所问："知道吗？在八百二十一年以前，他们不是这样的。"

"他们？"

"恶灵和流放神，他们那时躲躲藏藏，见到近侍神和使神只知道跑，最多抵抗一下，不敢主动进攻，知道为什么吗？"

我坐起身来："为什么？"

"因为他们心有所忌，不敢肆无忌惮，三十万个日月交替前，所有老神几乎死光了。——神寂，不算是死，是永远消失了。恶灵们胆大起来，我总觉得要出事了。"风啸眼中突然爆发出一丝惊恐。

"为什么？"

"一个神的成长需要八百五十年，要成为近侍神要一千年。而一个恶灵只需要三百年，八百年就可以成为战斗娴熟的顶层恶灵。"

我不解："近侍神？"

"就是专门保卫神界，有高超的战斗技能的神，相当于人界中的士兵。"

"你怎么会知道这么多？"

"以后你就知道了。"

我愈发好奇这位伙伴的身世。

第五章　雷电

当被阳光照醒时已是早上六点，我们飞在云层之上，所以太阳格外刺眼。

我们落地了。

风啸选了一处郊外降落，在确保没有人看见之后，他一挥手，信天翁一哄而散。

我们飞了近万千米，十一天十夜，来到了洛国的境内。听说差点被防空炮打下来，但最终被当成了鸟群（实际也正是这样）。

我走在土地上，问风啸："我们现在怎么办？"

"走。"

我挖苦他："我们没有入境证明，没有签证，人界所需的一切都没有。"

他压根不在乎："我与人界无关。"

"你属于人界！"我又提醒道，"可能有人，你最好变成人形，不然别人看见我和一只猫说话，会当我是精神病人的。"

他浅笑："那是你的事，关我什么事？"

枫树已经有些红，漫山遍野的浅红映入眼帘，初秋的风还有些许暖意，松鼠在树枝上跑动的声音如同秋季的开篇曲。

风啸带着我走啊走，走得我这双肉体的腿酸痛不已，我坐下来，抱怨道："打个车行不？"

风啸漫不经心，手一挥，一股强大的气流顶住了我的后背，几乎将我推着向前走。荒草在风中凌乱了，稍红的树叶被从树上拽下来，无力地躺在地上，又被风吹到空中。

我只得在大风中前行，有了风的助力，果真轻松了不少。

他走在我身边："加油吧，再走上二十千米，就打得到车了。"

在走了大半天之后，我们看到了出租车，可是口袋里没有法郎或欧元，同样只有走路。

我身上还穿着病号服，将近半个月没有洗过，又在逃亡时沾染上了血污，行人纷纷向我们投来了不解的眼光。

风啸向我伸出手："有电话吗？"

我摊手："警察把我口袋里所有东西都带走了。"

风啸也摊手:"那完了,我也没带。"

这时,一辆警车呼啸而过,在不远处又一个急刹车,然后倒了回来。我下意识做出战斗手势。

车窗缓缓摇下,一张饱经风霜的脸出现在眼前。我心里大呼不妙,又让警察叔叔盯上了。

男警官也不多言,隔着墨镜也能感受到他寒冰般的眼神。

他打量了我们一番,只说了两个字:"上车。"

我本能地服从,突然反应过来:他说的是神语!

拉开车门坐上去后,风啸指着他说:"给你介绍一下,这位是我们神界仅有的三位护神之一——雷电!"

风啸对雷电说道:"老战友混得不错啊。"

天空一声惊雷,雷电冷若寒霜的声音在车内回荡:"我不是你战友。"

"哦?为什么?"

"你不配。"

风啸也不多说什么,扭过头去,安静地看窗外。

雷电将手机递过来,是一则新闻,有一处居民楼发生爆炸案,抓到一名嫌疑人,其同伙再次袭击嫌疑人所处医院,助其逃脱,性质极其恶劣。

风啸用胳膊顶了我一下:"说你呢。"

雷电的声音传来:"今夜十二点,十二会。"我瞪大了眼睛。十二会是使神中最重要的会议,十二位使神齐聚一堂,共同商议目前的局面,七年一度。

"明白。"

穿过大大的花园,雷电带我们来到了一套独栋别墅内,室内装修得很简约,客厅里只有三个单人沙发。

我坐在沙发上,问风啸:"什么是护神?为什么只有三位?三位多吗？"

风啸轻蔑一笑，这家伙老是笑："告诉你吧，在十六万四千亿个日月交替之前，祖神梦境创造了两界——神界和人界，梦境是一位很善良的神，他赐予三界除冥界外所有生物做梦的权利。但这个世界总有阳光照不到的地方，也总有理念不同的人与神。"

"我知道，在《神史录》上看见过。"

那时的神界共有一百二十位主神，由于理念的不同，逐步分裂成以祖神梦境为首的一派和以海神、风神、太阳神、木神为首的另一派。就人界的管理问题，他们与梦境的分歧逐渐走向不可调和的地步，最终引发了神界大战。

这场大战，使神界山河崩裂，岩浆喷发，满目疮痍。关键时刻，太阳神与木神突然倒戈，其他叛族见大势已去，也纷纷倒戈。叛族中只有两位主神仍执迷不悟。

"我在《神史录》中读到的历史到此结束了，再没了下文，只说梦境大获全胜。"

风啸的目光看向远方，太阳已经落山了，一切都被黑暗统治，他嬉皮笑脸的面孔露出严肃的表情，眼神迷离，不靠谱的目光蒙上了一层雾气，更令人捉摸不透。

"刚才的故事中，是哪两位神如此执迷不悟？"我问。

"一个是风神，我的祖先。"

他看向我，眼中竟多了几分怜悯："另一个是你的祖先，海神。"

我张大嘴，很是震惊。

他说："因为当年六十四位主神组织起兵时，他们一起发过誓，绝不投降，绝不背叛。"

风啸的眼中涌起沧柔的潮水："其实六十四神都发了誓，但只有他俩将誓言守卫到了最后。"

我的心中五味杂陈："本是与大势逆行，但仍坚信自己是正确的，敢于以一己之力对抗整个神界，也许这也可以叫勇气？"

风啸看着我，诡异一笑："没错，你我都是全天下最邪恶的神灵的后代。"既然我们是邪恶神灵的后代，可为什么刚才海啸眼中闪过几分敬畏呢？难道还有我不知道的隐情吗？

我正沉思着，海啸突然讥讽道："但在海神三代人的努力下，神界对海神家族已放松了警惕。"

我的心中一下子燃起熊熊大火，他大概看出了我惊涛骇浪一般的目光，识趣地闭上了嘴。

我问："那祖神梦境后来怎么样了呢？"

"祖神是位高义薄云之神，作为神可以永生，但也会被杀死，神逝即为'神寂'。神寂后会从神界消失，被关在冥界地狱之中的第十层，比人界最坏的人死后所在的第九层遭受的痛苦要惨百倍，所以神不敢死，而愿意为了守护三界主动选择神寂的神我无法形容……"风啸眼含热泪地说道，却没有正面告诉我祖神到底如何了。

"为什么？凭什么神死后要经受痛苦？"

"记住，梦境只创造了人界与神界，死亡比生命诞生得更早！世间是绝对公平的，神可以永生，但一旦死亡就必须永久遭受磨难，这是轮回。"

这时，门开了，进来的不是雷电，而是一个陌生面孔的男人，样貌普通，并不面善。

我吓了一跳，下意识用手做爪形伸向他，却被风啸拉住。

男人打个招呼，开口说神语："你好，我是山峰。"

我一愣，反应过来这也是来开十二会的使神山神——山峰。

"十二会在思维殿堂中开不就成了？何必劳烦大家都从四面八

方赶来这里呢?"

山峰又答:"思维殿堂易被入侵,不安全,唯有十二使神齐聚一堂,开结界,方才放心。"山峰举止得体,谈吐得当,一举一动温文尔雅。

山峰也提出问题:"先生是?"

"海浪。"

山峰眼中闪过一丝不屑与轻蔑,但马上被笑容掩盖。他又问风啸:"先……"

风啸不等他说完,打断:"风神,风啸。"

山峰立刻向他投去复杂的目光,有仇恨、厌恶……以及恐惧。

山峰礼貌地微笑:"我出去走走,听说尚都的夜晚很美呢。"

风啸冷笑:"听说尚都治安并不好。"

山峰已经出门去了,隐没在夜色之中。我不解他为何看不起我,也跟了出去,打算当面问问他。

山峰走路很快且没有声音,我跟了几条街都没追上,加之半夜街头吵吵嚷嚷,酒瓶破碎声,汽车喇叭声,形成了混乱的一片,我叫他,他也听不见,我便转身往回走。

突然,我听见了炸裂声,整个人不由自主地趴了下去。

第六章 刺杀

瘆人的红光照亮了半边巷子——普通人是看不见的。我躲在一个角落里,惊涛骇浪的力量本已汇聚在了手上,但前几日在医院差点让恶灵屠夫掐死的恐怖经历浇灭了本就不多的勇气,我默默熄灭神力,随时准备开溜。

山峰被猛地掀起并砸在了地上,他在凡人眼中是站立着的,没什么异常,但在使神和恶灵眼中,看到的是一场恶战拉开了帷幕。

山峰也不是吃素的,他马上一摆手,一道无形的屏障展开了。

第六章 刺杀

山峰也不是吃素的,他马上一摆手,一道无形的屏障展开了。十八尊手执石斧闪电的护神像立在四周,伸展的手臂连着手臂,形成一个圈。

令我震惊的一幕出现了,几十个服装各异但清一色血红,皮肤微带铁红,瞳孔灰色的恶灵已经集结。我与屠夫交过手,知道恶灵不好对付。

恶灵已经将伪装撕下,露出了最凶残的一面。他们外形不变,但肩头已伏了一只恶蟾,说明他们已疯狂。

我心里暗叫不妙,事情的发展太玄乎了。

山峰毕竟也是一位神力高强的使神,他一个人可以抵十个我。

他受伤不轻,但屏障仍抵挡住了进攻。

恶灵一个个往上撞,屏障渐渐开裂,一道道裂纹爬满了晶莹的屏障。

他的护盾要碎了。

几十只恶灵前赴后继,只听震天动地的一声巨响,护盾化作满天细亮的轻纱,缓缓坠下。

山峰无奈,只能调动石块和木条,拼了命朝一众恶灵打去。

他抓住一只,使出看家本领"重如泰山",这一下,虽无形无影,但空气一下子被压缩,整个泰山的重量被他调来重重压下,那些恶灵连扭曲一下都没来得及就直接被压成了一个方块,然后融入地下,魂飞魄散了。

杀鸡儆猴,这鸡已死不瞑目,猴子们却仍上蹿下跳,一个接一个向山峰涌去。

山峰嘴里一直在念山神咒,把山神所有招式都耗尽了。遗憾的是在七万年前那场天地之战过后,年轮禁止所有神灵修炼终结技,否则这几十只恶灵也不敢如此猖狂。

山峰又来了个"山崩地裂",他把能量融在一颗压在山底上亿年、由大石头压缩成的极坚硬的石子上，射向恶灵眼睛，这石子据说可以打穿地心。三个恶灵被齐齐射穿，也融入了地底。

但恶灵太多了，他们如洪水一般淹没了山峰。尽管仍不时传来蓝幽幽的光——那是山峰在反抗，但一个个低劣却恶毒的诅咒将山峰刺了个千疮百孔，蓝光仿佛被扔进海中的火柴，转眼间彻底熄灭。

一切只发生在人界的一秒之间，但我看了个一清二楚。我曾想过上去帮忙，但我从未见过如此之多的恶灵，心中好不容易积攒的勇气，顷刻间一扫而空。

恶灵一时间各自散去，地上散落着十几只未完全融入地底的恶灵。山峰冰凉的躯体失去了蓝色的神光，瘫在地上。

我不敢凑上前，不敢直视他失去光芒的眼睛——实际上他的一只眼被诅咒刺穿了，那是他的致命伤之一。这是我此生第一次看见一个神灵的逝去。

我转过身，跑回了雷电的家。

雷电的家中已经聚集了七八位使神，见我回来了，纷纷露出不解的表情，雷电也回来了，正看着我。

我上气不接下气地说："山峰被恶灵杀死在街头了……"

众神炸开了锅。雷电威严地扫视了一圈，大家才安静了些许。他问："你怎么知道？"

我把来龙去脉一五一十地交代了，众神蔑视的目光令我抬不起头来。

一位使神向我投来怀疑的目光，他不疾不徐地轻轻吐出一段话："有没有一种可能，是贼喊捉贼？"

另一位使神也质疑："你有很大嫌疑！"一时间，我被推上风口浪尖。

这时，雷电一抬手："刺杀使神是弥天大罪，各位不要妄下定论，我提议先取回山峰的凡体，再提取海浪的记忆。"

风啸马上反对："那怎么成，绞忆术是针对犯人的，对一个使神用，成何体统！"

一位使神呵斥："听从护神大人的话。"说罢他上前一步，一手揪住我的衣领一手竖起食指，朝我左眼伸来。

风啸拦住了他，淡淡地说："我来。"

其他人正想说什么，风啸只是看了他们一眼，他们便闭上了嘴。

他对我做了同样的动作，我只觉得大脑撕心裂肺地痛，仿佛正割下什么东西。过程持续了一分钟，风啸放开了我，我倒在地上，捂住头，不住地抽搐。

他手指上多了一颗蓝珍珠，他向每人都展示了一遍，每人将珍珠捏在手里，闭上眼，便阅读了我的记忆。

事毕，风啸打了一个响指，珍珠如子弹一般打进了我的头里，我刚起身，又被突如其来的剧痛击翻。

雷电向所有人宣布："海浪虽然很窝囊，但他不是凶手，恶灵，又泛滥了。"

然后，他宣布："十二会，开始。"

第七章　十二会

大厅里只有十个人，除了身亡的山峰，还差了个使神。

正当众人不解之时，雷电强硬地重复："十二会开始！"

众人只得举起一只手，只见一层无形的屏障飞快地以我们为中心向外扩散，只听轰的一声，四周的景象破碎了，取而代之的是一张圆桌和十二把椅子。

雷电拉开桌斗，从里面取出十一粒碧色药丸，一人一颗，剩下的放回去。这是抑制情绪的安神丸,吃了以后会变得理性无比,保证一切顺利进行。

吞下后,只觉一股清凉感遍布全身,所有情绪都化为乌有。

十二把椅子中有十把蓝色椅子、一把白椅和一把黑椅。雷电坐在白椅子上,没人坐黑椅子。

雷电一脸平静:"开始自我介绍。主会神,护神兼使神,雷电。"

另一个神接话:"使神飞雪。"

"使神松针。"

"使神巨石。"

"使神春雨。"

"使神四季。"

"使神灰烬。"

"使神飞鸟。"

"使神情感。"

"使神风啸。"

"使……使神,海浪。"

我报名时底气的不足,再加上我先前被怀疑刺杀山峰,结合我们家族历史,我又得到了七个不屑的目光。好在有安神丸助阵,目光才柔和些许。

雷电发言:"我们这任使神责任重大,随着恶灵的泛滥,整个人、神、冥三界都必将为之一震。"

飞鸟:"山峰都已惨死街头可见恶灵之猖狂!"

情感:"可说到山峰,你们不觉得他死得有点蹊跷吗?"

四季:"的确啊,山峰当年和我剿杀恶灵时,一个人对付百来只问题不大呀。"

灰烬冷笑:"笑话!他对付的哪里是恶灵,那种不过是恶魂罢了,一只恶灵可以顶一百只恶魂。"

春雨冷不丁插了一句："山峰杀的怨魂比恶魂还多！"

因为大家都吃了安神丸，这句还算客观的话并没有激起山峰朋友的恼怒。

雷电："那更能看出恶灵的泛滥。"

风啸一直沉默，也插了一句："现在的恶灵比以前厉害了。我怀疑他们中有更厉害的种类。"

松针年纪比我还要小得多，他不解地问："你为什么这么说？"

风啸回答："因为我和他们交过手。"

雷电："恶灵的力量不可能平白无故地强大，一定有靠山在帮助他们。"

飞雪："虽说人界目前有些混乱，但这股势力应该不是来自人界，毕竟人界都有我们十二使神暗中盯着。"

四季："那恶灵的幕后黑手应该在冥界？"

情感："先派几个近侍神和主神去一趟冥界吧，看着他们点儿。"

巨石："我们要去冥界的事，得和年轮汇报一下，需要请他命令卫府做好接应我们的准备，再让卫族从安山准备出来了。"

讨论完此事，他们又讨论起其他事宜来。

雷电对我和风啸吩咐："我们负责备战，你们的任务便是前往各个国家，检查镇龙司的防务工作。"

镇龙司是神界设置在人界的管理治安的机构。这句话摆明了说：我们要做正事，你们别瞎掺和！

我们别无办法，只得遵从。

十二会持续了一夜，但我没怎么听，大部分时间昏昏欲睡。既然神界并不信任我俩，可将我们调下凡间，又是在回避什么呢？

当会议结束时，大家已达成了共识。

一、彻查恶灵泛滥的问题。

二、冥界近来动荡，局势恐要失控。

三、我与风啸很不靠谱，必须一边凉快去。

雷电宣布："十二会，结束。"

他一拂手，四周的桌椅一下子破碎消失，又恢复了雷电家中原有的场景。

我没怎么听会议内容，便问风啸："为什么说冥界局势动荡？"

他回答："上一任冥王'毁灭'给神界带来了灾难，是他掀起了八百二十年前的杀戮之夜。后来神界大获全胜，便用神力将冥界进行重塑并扶持了一名叫作严正的冥灵上位，做了新任的冥王。毁灭被杀，他的儿子深渊逃跑。现在的冥界由十个大陆构成了另一个世界，冥界不同人界，由冥王独立管理，神界在冥界的掌控权远不如在人界，神界只派了卫府神兵和近侍神驻守冥界。最近，听闻深渊带领着第九大陆的冥灵闹事，说要推翻严正统治的冥界。第八大陆也有人叫嚣先灭人界，再毁神界。前几个月有一位在冥界驻守的近侍神被杀了，为了抓凶手，卫府又与冥界的鬼发生了冲突，死了十几个卫府兵。"

我说："死在冥界怎么算？"

风啸说："神若死了，会被判入第十大陆，那里与冥界另外九个大陆不同，由判官控制。判官没有大脑但战斗力极强，他们只明白如何惩罚第十大陆的亡灵以及死守大陆不许任何人入内——死者除外。所以第十大陆在冥界就像另外一个国度一样存在着。"

他叹口气接着说："现在神界的战斗力已不复当年了，神界现在战力空虚，护神极少，好在局势还不算太糟，神界也派了一个护神——寒冰下往冥界协助严正了，但愿能压得住这场冥界的骚乱吧。"

我惨笑："与我们有什么关系呢？我俩是被神界打发下来的局外人。"风啸也苦笑："收拾行李，去世界各国的镇龙司看看吧。"

第八章 启程

　　我、风啸、雷电并排走在尚都的街头，四周有不少旅行的人与慕名而来一睹时尚之都芳容的男男女女。恢宏大气的铁塔、古朴精美的圣母院，无一不彰显着这座城市在人类文化史上举足轻重的地位。

　　而这座时尚之城在我心中却并不美好，山峰死在了这里，一想到洪水一般的恶灵和瘆人的红光，我便全身发软，不过好在我们即将离开了。

　　办好手续坐在候机厅，看着一个个步履匆匆，拎着大包小包的人，不知他们去向哪儿，又或是回到哪儿，也不知他们是带着喜悦离开，还是心怀阴郁起飞。他们只出现在我们旅途中的一秒，我们也不过是他们生命中的惊鸿一瞥。正如地球上流星转瞬即逝，流星眼中地球也只是一个小点儿。

　　我们就这样在人世间飘荡，不知何处是归家，又不知明日将去向何处。

　　风啸懒洋洋地躺在手提笼中，他又变回一只掉毛严重的银渐层。他半眯着眼，一点儿也不管我在想什么，只顾睡觉。

　　我坐在座位上，心中有些不满。为什么其他使神不相信我们呢，就因为几万年前风啸和我的祖辈曾固执和祖神梦境对抗？因为祖辈，我们在神界也随之失去了信誉，这公平吗？可又说不上不公平，因为我们的祖辈犯了错误，他们的后代被人看不上是理所应当的，可他当年所受的惩罚与他造成的灾难不对等，他应得的惩罚便一代一代继承下来，这又是大多数人都认可且信服的。

　　可对于后代来说，这又算不得公平了。算了，我只得将不切实际的思考终止，否则便会牵扯出公平的定义来了，本就没有绝对的公平，大多数人认为合理且拍手叫好的便是公平，道义本是一场

交易。

不知风啸在机舱里想些什么，是不满、恐惧还是无奈，又或者他什么也没想。

飞机有些颠簸，再见了洛国，再见了山峰！

飞机降落在吉国机场，我们决定先从这里的镇龙司开始工作。

风啸已经变回了人，他坐在我的旁边，说："你真的只打算吃喝玩乐吗？"

"那得一人买一次单。"

他笑了："我们能做什么呢？"

我反问："那另外九个使神能做什么？"

那可太多了："主动出击，去冥界调动卫府兵，剿恶灵，不能让恶灵把主战场放到人界来，保障人界的安全。对了，使神间可以密信交流，注意看着点儿。"

我有些惊讶："剿恶灵？危险吧？"

"是挺危险的，但有卫府呢。"

我们选了一间位于郊区的酒店入住。一进房间我马上问风啸："你说，恶灵为什么盯上我？"

风啸有些不耐烦："为啥老问我？你啥时候回国去把案子结了，不然小心警察来这儿抓你。"他的眼神一变："对啊，恶灵为什么盯上你？"

"怎么了，有哪儿不对吗？"

"你想，前天恶灵杀山峰的时候，几十只恶灵一拥而上，把山峰大卸八块，可若是他们真想杀你，也来几十只，你觉得你能活到今天？"

"万……万一他们觉得我弱呢，而且那屠夫本来就厉害嘛。"

风啸表情愈发凝重："屠夫的确是冥界叛军中还算有名气的小头目，但也不至于这么有信心吧？即使是刺杀山峰那个学艺不精的家伙,也做到了万无一失啊。"说罢,他手在空中挥动几下,脚轻点地面,指尖涌出一个个小亮点,飞向夜空。

"我把那些知道关于我们两个的人的记忆都清空了。"

我大惊失色:"你没有这个权力,也不该知道这个技巧!卫府可以抓捕你!"

他闲庭信步走到小茶几前,冲了杯咖啡,轻抿了一口,皱眉吐掉:"难喝。"又用咖啡糖冲了杯白糖水,喝下。

我提高声音:"你不怕被卫府抓吗?"

他回答:"卫府在备战,没时间干这个。"

这时一封信突然凭空出现在桌上,我打开来,大声念出来:"千万小心,恶灵凶残,人界第三行政区尤为猖狂。情况远超意料,卫府盔长已死,恐有大乱一场。春雨。"

风啸笑道:"雨神家族咋出了这么个文质彬彬的家伙,他爸暴雨可不是这般。"

"你知道得也太多了吧!"

他不再说话,化作一只白猫,从窗口跳出去了。

这时,黑夜中传来了雨声。

第九章　旅途

吉国一直是一个复杂的国度,它一丝不苟,极具匠心,整个民族都严于律己,它曾是野蛮的象征,后来它又成为最强的国家,它擅长征战,比上一任冥王毁灭还具有破坏力。它以素质一流的军队闻名天下,可当战争的狂热褪去后,它又变得谦逊。

吃过早饭,风啸神神秘秘地跑过来对我说:"走,去冥界看看!我听说冥界出了点儿事。"

"不,我们的任务是去'镇龙司检查防务工作'。"我边说边仔细打量周边建筑,"哦,风啸你快看,这就是发动啤酒馆暴动的地方呢!"

风啸没有理会我,拉着我跑到一个深巷中,打了个响指。

我问:"做什么?"

"打车。"

不一会儿,墙上的色彩开始褪去,车辆已然慢了下来,一辆小车开了过来,上面坐着一个绿胡子老头,吧嗒吧嗒抽着旱烟。他的脚踏车后面拖着两条长长的绳索,末端系了两个四周都有轮子的小板凳。

风啸解释说:"这是神界在人界设立的快车,以方便卫府的人通行。使神一般不坐这个,但地下或天空通道闹出的动静太大,我懒得施法。"

我们坐到小板凳上,我心想:小破脚踏车能有多快?

忽然一根绳子将我绑住,瘦小花老头一挽裤腿,露出轮胎一般粗的大腿,我眼睛都直了。

他拿着旱烟斗冲我们施了个小法术,让我们化作一团空气看不见摸不着。他又吸了一口烟,放下烟斗,猛一蹬,我们像火箭一般冲出去了!

风呼呼地吹过来,两边的景象飞一般后退,我感觉自己像叶子一样轻,在绝对速度面前,无力地被甩来甩去。

老头一转车把手,我们像流星锤一样被甩出去,我吓得都快灵魂出窍了,风啸却半眯着眼,不知从哪找出一份报纸,阅读起来,仿佛一位坐火车的绅士。

这个过程持续了半个钟头,当老头一捏刹车,我们依照惯性恶狠狠地撞在小车上,我赶紧麻痹了疼痛神经,晃晃悠悠地走下来。

转头之间,老头已不见踪影。我们两个呆呆地站在小巷子里。当我们走出去时,一切都已变了样子。

我们身处一处偏僻的图书馆，看样子已经荒废了，又或是没什么人来。

风啸推开门，灰尘如同雨一般纷纷扬扬地落下来，我屏住呼吸，顶住那厚重的门，走了进去。这图书馆里空荡荡的，没有一个人，书柜也少得可怜，且有一股霉烂的味道。

风啸找出一张借阅卡，来到一个书柜前，将借阅卡放在上面，食指、中指、无名指三指合并轻点书柜一下。

一股白雾升起——这是神作法时的标志，随着雾散，一切已变了模样。

我大吃一惊："你怎么知道这里？一个神怎么能和冥界的人走得太近？你怎么知道冥界出了事儿？为什么你的消息比神界派驻冥府兵还灵通？"

他没有回答，只是回头看了我一眼，示意我跟他走。

第十章 死门

眼前到处是红头发、绿眼睛、青面獠牙的小鬼，还有各式妖魔鬼怪，他们上蹿下跳，好不热闹。到处是冷着脸呵斥小鬼们排队的亡兵，还有面无表情的白脸工。

我被这一幕吓傻了，我这是来到冥界了吗？

风啸却不慌不忙，拉住一个亡兵，对方还来不及训斥，一沓冥币顺着风啸的手滑进了亡兵的袖子。

他环顾四周，低头问："什么事？"那张面无血色的白脸上有了些许欣喜。亲人烧了的纸钱大部分会流进冥贮库，再由其统一发行，亲人只能收到百分之三十。但这几年烧得太多了，冥界都有些通货膨胀。

亡兵兴奋的提问令我有些不适应，一直以为亡兵都是杀人不眨眼的呢，看来这个亡兵的家人已经遗忘了他，使他陷入捉襟见肘的地步。

风啸问："周转区在哪儿？能放我进去不？"亡兵面露难色，又是一沓冥币砸过去，亡兵马上掏出一块令牌，叮嘱风啸："别给我惹麻烦。"

风啸得意扬扬地捏着令牌，领着我到了一扇门前，向我解释："这是人界唯一可以进入冥界的大门——死门。当然了，我们面前这扇不是，死门在那儿呢。"他手一指，那是一扇重兵把守、缠着铁链的门。那门寒意凛然。

他又说："这是我朋友的住处。"

推开门，里面是一个小房间，与人界的房间没有两样。里面一位穿破汗衫的大叔席地而坐，正端详着一个玻璃球。

风啸与他相识，进门便打招呼："你好啊，老朋友。"大叔也亲切地招呼我们坐。风啸先开口："不多寒暄了，我听说冥界出了些乱子？"

大叔神色一凝："我也不瞒你，你若是为卫府办事，我一个字也不敢向你透露。"

"若是卫府的人，又何必来找你？"

大叔哈哈大笑："老糊涂了！"

风啸催："快些，快些说！"

大叔神秘兮兮地说："冥界的那十个大陆，四个都不安生，第十大陆若是沦陷了，那可就完了。"

这前言不搭后语的话令我摸不着头脑。

他接着说："我听说上任冥王毁灭的儿子深渊早已归来，正准备收个口袋，等十二使神一来冥界就把你们一网打尽。你若有几个良心，便告诉神界一声，让他们小心，若他们死光了，那神界和冥界这一战就无法避免了。"

风啸点点头，很郑重地答应了。

大叔接着说："深渊已经得到了消息，开始带人设埋伏，一旦踏上冥界的土地，他的鬼就会马上发动攻击。"

我好奇地问了一句："鬼在冥界还能被杀死吗？"

大叔解释："被神的法术击中，会化为尘埃，永世漂浮。"

在说完题外话后，大叔最后说了一句："冥界时刻七点八十四分，亡兵三天一换岗之时，若是出了事，便抓住机会了。"

他做个手势，风啸便拉着我回到了刚来时的地方，将借阅卡放在柜台之上。做个法术，我们便回了人界。

我一出来，就迫不及待地问风啸："怎么回事？"在他面前，我像个无知的孩子。

他回答："我的朋友，他之前做近侍神，做了十年，但不小心施错了法，变为了人，在人界混不下去，索性到了冥界。在冥界倒混得如鱼得水。当上任冥王毁灭上位时，他又被满界追杀，最后流落到这儿来。但他的人脉极广，身边朋友也多，什么事都清楚。"

我点点头，风啸说："我们必须赶紧发密信，否则这些使神可全下冥界去了。"

我问："他们会信吗？"

风啸苦笑："他们若不信，我们也没有办法，但也算仁至义尽了。"

风啸的眼神变得空洞起来，双脚机械地迈步，我知道他开启了思维殿堂，便也加入了进去。

他正坐在一张桌子前，信纸上自动浮现出金色的烫字，用的是神文。

大意如下：十万火急，近日听闻诸位想齐下冥界平乱，万万不可！我已知道冥界有埋伏，下去必死无疑！若执意要下，也请不要九神全下！

风啸一扬手，信纸便飞了出去，隐没在阳光中。

当返回肉体时，我们已经回了酒店。风啸刚坐下，一封信飞了回来：空口无凭，消息来自何处？又有何证据？堂堂九神，岂会中伏，天不怕地不怕！

风啸看后气得七窍生烟："这么嚣张！"

我也不快："由他们去吧！"

风啸皱眉："此事关乎神界安危，不可夹带情绪！"

我说："那我们什么时候出发？"

他回答："我一个人去。"

我正要反驳，他先我一步开口："不成，你太弱了。"

他打开行李箱，从里面拿出一个金丝楠木雕花木盒，打开卡扣，从中取出一柄拂尘来。那拂尘长约半米，流苏色若朝雪无瑕，好似一头雪白的长发。

我不解："只有卫府兵才会用拂尘，使神都不用这玩意儿啊。"

他解释："我觉得好用，便使用。"

他眯起眼，眼中闪烁着兴奋的光芒："夜晚，总还是享受狩猎的时光。"

他说罢，走进卫生间，出来时已是一只白猫，口中衔着拂尘，跃出窗口，消失在墨一般的夜里。

弯刀一般狰狞的闪电在夜空中撕裂开一道口子，雨水像鲜血一般喷涌而出，大地沐浴其中，任其流淌。

我愣愣地看向窗外。

第十一章　秘密

我被落在了房间里，一个人静静地思考着，这几天发生了太多事情，我还来不及梳理清楚。现在我试图将他们联系在一起。

首先，恶灵将我家炸了，栽赃给我。接着，屠夫到医院，想谋害我，所幸风啸救了我。然后，我们找到雷电，十二使神齐聚，开了十二会。会前山峰被杀，再然后，冥界局势紧张，使神准备下去镇压，因为神界下冥界不方便，所以大部分兵力都从派驻人界的使神中抽调。最后，我们又被其他使神孤立，被赶去各国的镇龙司检查工作，可风啸不放心，带我亲探冥界，发现使神面临的危机，再回到酒店房间。

一切都像网络小说一般。

我闭上眼，记忆回到了七年前。

神界天宫里我正着长袍，如临大敌般强迫自己正襟危坐，因为对面的年轮也是一脸凝重。我不得不收起平日里吃喝玩乐的模样，努力装出一副斯文相。

年轮开门见山："我要你做一件事。"

我有点结巴："啥……啊不，什么……事？"

年轮丝毫不顾及我的紧张，第二句话又压了过来："过两个月，你会被派下人界执行任务。"

我刚想说话，年轮第三句话已顶上来："做成了，有机会恢复你们家族的声誉。"

我没有理由拒绝了。

他又说："你只管让他远离使神们的正事，不要让他接触到人界以外的事。"

我问是谁，他回答："风族神，风啸。"

我说："那他若是非要探索呢？"

年轮回答："上报或灭口。"

我心里说："灭口？我要是有杀神的能力就不至于混到这个地步了。"表面上我还是点点头，离开了。

果不其然，当年会上的第一支裁决之箭就钉在了我面前。我以前一直以为它是很公平的箭。

现在，我的头脑并不十分快地转动着，风啸又去冥界的死门审问恶灵，已经严重违规了，按理说我应该立即上报年轮。

可他从屠夫手下救出了我，又如此信任地将自己的底牌摊在我面前，让我一览无遗，我如果背叛他，对得起他吗？

我鼓起勇气，进入了梦中。

年轮坐在我对面，问："有什么事？"

我支支吾吾："那个……听说，使神要集体下冥界？"

年轮挑了挑眉："哪儿听来的？"

我心里暗骂你老糊涂了吧，表面上还是毕恭毕敬地答："使神之间，密信往来，通报行踪，合情合理。"

年轮点点头："风啸……"

"也知道。"

年轮又问："你一定还有话，是什么？"

我下定决心：风啸成功与否关我什么事，年轮的命令才是最权威的，干好了，我就有扬眉吐气的可能！风啸的话，听了有坏处，不听没坏处。那当然不听了。我对他仁至义尽，只检举一部分，已是仁慈。

我毫不犹豫地开口了："风啸想阻止使神下冥界。"

年轮脸色有些难看："我马上让使神准备行动。"

我担心风啸发现秘密，便提出："可以把他调回来。"

年轮摆手："不必，调回来更碍事。"于是草草结束会谈。

我睁开眼，心中是扬眉吐气可能成功的欣喜，又有几分不是滋味。

又过了几分钟，我闲得没事干，索性玩起了在人界学会的网络游戏。

队友本挺给力的，可惜我老是被子弹打中，对手的分数噌噌上涨。

我气得差点把手机摔了,转眼想到一个办法,我快速找到对方网名后的真人,在关键时刻调用一级神力麻痹他的手指,然后……

一局下来,对方全部退出游戏。

我正扬扬得意之时,窗台上跳上来一只黑猫,我正要赶,发现雨水浇在它身上,流下黑色的水珠,一股浓烈的火焰味扑面而来。

这只掉色的黑猫叼了一柄拂尘。

它不慌不忙地跳下窗,稳稳落在地上。黑色的水珠滴在地上,构成一条长长的线,狰狞地划开地面。

我瘫在了地上,这哪是黑水啊,这是恶灵血啊!

风啸直接变回了人形。

他几乎被血浸透——不过不是他的。那柄拂尘却仍洁白如雪。衣服被血浸湿了,紧紧地贴在皮肤上,脸上沾满了不明半固状物。整个房间充斥着难闻的气味。

我都吓傻了,整个人像石头一样一动也不敢动,心里反反复复重复着一个想法:遇着变态了!

风啸简单清理了一番后,又坐回椅子上。他的眼神没有一点异样,就像一汪平静的潭水。他烧了一壶开水,回到了自己的房间。他的眼神、表情、动作都没有异常,仿佛几分钟前浑身沾满恶灵血回来的人不是他一样。

我坐在床上,陷入了沉思。我的这位同伴实在是神秘莫测,我不禁为我的安危担忧。若是这个有暴力倾向的家伙发现我是年轮派来监视他的,不得把我吃了?

我正想着,风啸已经风风火火地敲开了我的门,他已经穿戴整齐,手上提着行李箱。

我大惊:"做什么?"

"出发。"

我有些不满:"哪有这么突然的?说走就走啊?"

风啸只是说:"行李我已经收拾好了。"说完,他扭头就走。

我只得跟上。

夜风很凉,我套上了一件冲锋衣,哆哆嗦嗦地跟上风啸。

他简单吩咐:"我知道其他使神会在哪里前往冥界了!"

我大声制止:"不成!你不能阻止他们!神界已经明显不信任我们了,你若是再这么一胡闹,那可真是永世不得翻身了!"

风啸并不听劝,执意往前走。

我大吼:"神界讨厌你,你又为什么为他们拼命?"

风啸边说边走:"若是神界不公,借刀杀人无可厚非,但是,我不想有陪葬的人。自己的事,要做得体面。"他眯起双眼看向夜空:"况且,可能要下暴雨了,我们也需要撑伞的人。"

我又问:"怎么去?"

风啸回道:"叫土地神载我们一程。"

第十二章 拦截

风啸在地上用手指画个"卍"字。不一会儿,地砖轰的一声裂开了,一个穿灰袍的人钻了出来,抖抖身上的土,不耐烦地问:"干啥呀?"

风啸也不客套,开门见山:"使神,去汀陵行政域,甲申行政区,东芬道,第七十一区第十四号。"

土地神一挑眉,吹胡子瞪眼:"凭啥?"

风啸说:"因为我们是使神,或者你愿意花一个小时与我们争执。"随后他瞳孔变为金色,以示自己的身份。

土地神权衡利弊,一晃头:"那走吧。"

随后他在地上用拐杖轻敲十一下,土地中开出一个正方形的深不见底的洞,一部电梯缓缓上升。

电梯到了我们脚下,急着回去的土地神为我们打开一个盖子,让我们爬进电梯,然后飞快地关上。

电梯飞快地坠向地心,仿佛流星坠向地面。我透过油腻的窗户,看见地下组成了一个神奇世界。数不清的电梯像火车一样驶向一个个洞口,靠近时,一下子被吸了进去,过了几秒,又被抛甩出来,这时里面已空空如也。纵横交错的轨道构成一个庞大的系统,宛如蚂蚁巢穴。

风啸对我说:"其实走地下通道挺快的,仅次于'灵魂出窍',但使神们一般不走,他们觉得掉价。"

我刚要问为什么,电梯停住了,我只觉得有一股力推着我的脚底,我径直被抛了上去。

"啊!"

当我爬起来时,只觉腰酸背痛,揉揉关节站起来,看见一样灰头土脸的风啸,已经在往前走了。我想我知道神一般不走地下通道的原因了。

风啸的手中不知什么时候多了一柄拂尘。

我赶紧追上他,没好气地问:"半夜三更拉着我玩'闪电战',闪到哪儿了?"

他不疾不徐地回答:"我们现在已在加拿大的渥太华。"

我喃喃道:"真恼火。"然后跟了上去,再抛出一个问题:"为什么来这儿?"

他边回答边加快了脚步:"九名使神会在这里下冥界。"

我听后刚想劝他,他却像会读心术似的:"我不听劝。"

我一狠心:反正有年轮罩着,为了下半辈子扬眉吐气,玩遍三界,下血本了!动手!

我生硬地将一个基础的击晕术集在手心,看着手心中蓝光渐渐闪亮，我的手心沁出了密密麻麻的汗珠。高手可以无形中发起攻击，但我这个战渣，连击晕术都不怎么会。

随后，我向他的后背发动了攻击。庞大的海浪凭空出现，怒吼着向风啸拍了下去。

风啸看也不看，手中拂尘凌空一抖，细长的白色流苏仿佛钢铁一般坚硬锋利，从柔软凝成了一把无比坚硬的剑。

我的数千吨海水还没来得及沾湿他的衣角，便被一股龙卷风在半空中刮成了一道腾空而起的水龙卷，径直卷向我。

我刚想起母亲告诉我的海水控制术，但早已忘了细节迟迟控制不了。短短一秒钟，瞬息万变，令人措手不及。

一刹那，我的海水被风驱使着涌向了我，我仿佛被一百辆疾驰的装满水泥的卡车撞上，直勾勾地飞出几十米远。

感觉肋骨一根不剩断了个精光，即使用了麻痹了痛神经的法术，但仍感觉身体已经支离破碎，就像在一堆木头外面套了一层麻袋，外面看似是一团，里面却一点联结也没有。

幸好神界在十二会那天给我们发了冥界的免死牌，只要神体没事，人体被搅成肉酱了都没事。

我刚想挣扎着爬起来，却发现自己动弹不得，风啸的背影渐行渐远，在夜风中不大看得清了。他的声音断断续续地传来："别挡我的路。"

我瞪大眼，看见街的深处，有七个匆匆的人影，疾行至一口井边，掀开井盖，为首者第一个跳了下去。

风啸也已飞奔而至，他飞快地刮了一阵疾风过去，一个人影也拉开阵势，空气中仿佛出现了一张无形的大盾，在盾后面，连一片叶子也没被吹动。

我躺在地上，一动也不敢动，心里盘算着回去之后如何与年轮交代。我试想可不可以告诉他我拼死阻止风啸，但最终不敢，遗憾失败。

可这时,风啸一声大吼,彻底浇灭了我心中的希望。

他用尽全力,声音大到对面的使神们都听得一清二楚:"海浪,跟上,按我们商量好的办法上!"

完了,这下他们肯定都以为我们是一伙的了。

使神们抓紧时间往井里跳,那使神的挡风盾只三秒就被风啸击碎了,但另一名使神又赶来帮忙,挡住了风啸的攻击。

风啸拼命想击晕他们,可七个人相互掩护,已离开了大半。风啸正要全力一击,突然被什么东西击中了,疾风戛然而止。我一看,竟是雷电。

这就是为什么刚才只看到七个使神,原来还有一个雷电使神在这儿!

一道闪电杀气腾腾地将天空劈开一道口子,又一道闪电劈向风啸。风啸连忙用风汇成一张大盾,闪电劈在上面,发出噼噼啪啪的电流声,空气中弥漫着烧焦的气味。

我心中惊叹:风啸竟能以一敌八,这战斗力与护神旗鼓相当了,他到底什么来头?同时,我自我安慰道:护神都不一定打得过的人,我输给他很正常,不丢人。

雷电也已退至井边,纵身一跃后,街道上除了我们二人,再无他人。

整个街道都已毁于一旦,街边两栋居民楼的玻璃无一幸免,全被大风吹成了碎片。路灯被风卷起又摔在地上,早已支离破碎。电线杆被吹弯了,电线断裂处闪起星星点点的火光。汽车也被砸成了铁饼。

他向我走来,扛起了我,默默离开。在幸存路灯微弱的灯光下,他的背影蹒跚,一瘸一拐,扭曲的灯光更显出他的单薄,他无助地走着,一半身体隐没在黑暗之中,一半身体在灯光映照下显得

一道闪电杀气腾腾地将天空劈开一道口子，又一道闪电劈向风啸。

第十二章 拦截

更加苍白。在这沉默的夜里，他更显得孤独和凄凉，仿佛一匹受伤的孤狼，在眼睁睁地看着同伴去送死却无力阻拦，带着满身的伤口，独自走在回程的路上。

我们按原路乘地下电梯返航。

第十三章　征途

风啸扛着我回到了酒店，他将我放在地板上，给我扎了一通针，我便感觉全身断骨咔嚓咔嚓活动起来，重新长回到一起。

风啸眼中看似平静，但那乌黑的瞳孔之中，射出两道怒火。

他声音很低，极力抑制自己流露出的杀气："为什么？"

我结结巴巴地解释："这是年轮的命令。"

风啸冷笑一声："海神家族的人，果然都是利益至上啊。"

我的愤怒绵软无力："可你怎么知道你一定是对的，年轮一定是错的？"

风啸咬牙，似乎我的背叛对他打击很大："当一个人在一条路上走得很艰难却绝不改道时，他要么是众人皆醉他独醒，将在正确的道路上坚持下去，成为克服困难的英雄；要么是众人皆醒他独醉，而且醉得彻底，不愿再醒了，他将在错误道路上越走越远，最后将邪恶练就得炉火纯青，将残忍施行得无以复加，他将会把万物毁灭，他将是登峰造极的恶魔。我不知道我是哪类人，但我愿意赌一把，押上我全部的筹码。"

我一时竟哑口无言。

风啸伸个懒腰，像一只软腰猫咪一般："不过你已回不了神界，不久之后，杀神令就会发下来，咱俩将与三界为敌，去追寻所谓的真理。你回不了头了，与我一起赌吧！"

我后背发凉，这家伙好阴险，竟把我拉下水！

风啸精神有些亢奋，仿佛一个赌徒正等待轮盘的转动。他大声说："你想好了吗？与全世界背道而驰，去做你认为对的事。"

我无奈地摇头："我也没有别的选择了。"正当我心灰意冷之时，突然头脑中闪过风啸提取我记忆的场景，一下子两眼放光，仿佛落水的人抓住了一根救命稻草。

我兴奋地叫喊出声："记忆提取术！年轮可以提取我的记忆，证明我的清白！"

风啸懒洋洋地躺在沙发上，眼里充满了计谋得逞的得意，仿佛一个犯罪分子拔了受害人电话线后，那种"你跑不掉啦"的快感。

他缓缓开口："你以为我当初为什么要亲自提取你的记忆呢？"

我的瞳孔陡然放大："你说什么？"

风啸的脸上浮现出一抹狡黠的微笑："我使你的记忆变得无法提取，很简单的一个小法术，只是很多人不知道罢了。"

我彻底绝望了，瘫在了床上，像一张无助的煎饼。我感觉自己被眼前的这个家伙一点点拉下深渊，为了防止我抓住哪怕半根稻草，他还贴心地将周围的希望全部粉碎了。

风啸起身握了握我无力的手："合作愉快，以后可以以性命相托。"

随后，风啸提起已经收拾好的行李箱，打开后，将衣物一股脑儿全倒在床上，清空了箱子，然后说："这些东西没用了，走，和我买些东西去。"

我问："我们又要做什么？"

风啸说："去冥界一趟。"

我吓得跳了起来："你说什么？"

"去冥界。"

"那地方去了还能回来吗？"

风啸哈哈大笑:"当然了,只要别去第十大陆,还是可以的。"

我还是有些紧张,忐忑不安地问:"那,我们要买什么?"

"多带点冥币。"

我还在震惊时,风啸已穿上夹克衫,将拂尘装在木盒中背在背上,起身说:"走了,去采购物资。"

他又催促道:"十分钟之后,通缉我俩的弑神令就会起草,三十分钟后发布,四十分钟后卫府、地神卫、近侍神寓会全部接收命令,四十五分钟后,以上单位会倾巢而出,全面待命,五十分钟后,搜捕正式开始。"

我一下子被严峻的事实震惊了,脚步无意间加快了不少。风啸一拍脑门:"完了!"

"咋了?"

"如果我没记错,这儿不卖冥币。"

我灵机一动:"马上去唐街。"

现在天已蒙蒙亮,我们走在空无一人的街道上,远处有个小旗子委屈巴巴地飘在半空中,破破烂烂的布上写着歪歪扭扭的一行字——陈大嫂丧葬。

我打了个寒战,硬着头皮走了进去。里面坐着一位半耷拉着眼皮的老阿婆,开口是浓浓的家乡话:"咩事?"

我分辨了好久才听清楚她说了什么,问:"有纸钱吗?"

"多得是哇。"

"全要了。"

我将兑换的欧元交给她,阿婆十分震惊,大概是第一次见到这么个买法。

她一边背过身去点钞,一边小声嘟囔:"你兄弟在下边欠了多少钱哦。"

我们背着一麻袋冥币走在街上,行人纷纷向我们投来惊异的目光。

我们要走了，带着两麻袋冥币。

风啸告诉我："冥币最近有点通货膨胀，以前一百万可以买个蛋糕，现在得一千万。所以还是多带点为妙。"

我点点头，询问："什么时候出发？"

风啸眼中流露出一丝兴奋，唇齿间有一股淡淡的期待藏在话语间被吐出："一个钟头以后，死门守卫换岗。"

我看看手表："按你所说的弑神令发布时间，卫府已经收到消息了。"

风啸说："是的，马上出发。"

我们马上叫了一辆加急的神界快车，在老大爷风驰电掣地一通加速之后，神界快车稳稳停在图书馆门口，抛下晕头转向的我们，正要消失不见时，一张金色的弑神令出现在老头的手中。

完了！

老头马上举起手中的武器，一道声波向我们袭来。风啸眼疾手快，拂尘在老头脸上轻轻扫过，他马上失去了意识。声波被风啸轻易挡了下来，四周玻璃被弹开的声波震碎。

我们马上进入图书馆，轻车熟路来到死门前，上百名亡兵正在死门前把守。他们士气不高，因为他们已经驻守了三天。亡兵不时询问时间，问了时间后，脸上纷纷流露出欣喜之色。

风啸看看表："还有十分钟换岗。看看弑神令上写了什么！"

"喂，你不研究一下计划？"

"这还不简单，门一开，我马上用风横扫守卫，你再用海潮水淹七军，然后我们飞快冲进死门。"

我瞠目结舌："可是你这计划未免太暴力了点吧？"

风啸仔细一想："没什么问题呀。"

"你哪来的自信？"

风啸又低头看表,抬头时眼中放出两道寒光。

"不说了,动手。"

起身时,他轻轻地说:"死亡不是一生的终结,而是征途的开端。"

第十四章 冥界

亡兵们开始躁动起来,随意瞟两眼小鬼们递上来的文书就将他们放行了,混乱之中,我看见亡兵们强打起最后几分精神,驱走围在死门前的小鬼,随着另一队亡兵走来,守在门前的亡兵一下子失去了斗志,小鬼们又拥了上去。

我们趁乱想接近死门,可谁知道一个亡兵将小鬼击飞了一片,顿时就引起轩然大波,我们赶紧往前冲。

可死门开始启动关闭,亡兵也挤在了门口,挡住了我们的去路。风啸急眼了,拂尘一扫,亡兵倒了一片。亡兵赶紧列阵防御,可几十上百个亡兵哪里挡得住使神?不出一秒,亡兵已大多飞了出去。

死门缓缓关闭。

我们冲向死门。

风啸一把把我推进死门,正当死门即将关闭时,他纵身一跃,也跳了进来。

咚!死门关闭了。

我们向下坠落,下方是无尽的黑暗。

"啊!"

当我们睁眼时,四周已变了样子。

那是一座庞大的港口,人群嘈杂拥挤。人们两手空空,一脸苍白,双眼空洞,四肢僵硬,像企鹅一样走路,天空中的太阳并没有人界那般亮。一艘大得惊人的巨轮停泊在港口，人们排成长长的一队，等待上船。

远处，是波涛汹涌的滚滚大河，河水乌黑，犹如千万只乌鸦上下翻飞。

风啸却仿佛回到了故乡一般，畅快地呼吸着带着潮水臭味的空气，这令人作呕的空气似乎很对他的胃口。看着远方的潮水，风啸眼中多了几分迷醉。

风啸高兴地对我说："欢迎来到冥界。"

我对这里的压抑气氛感到恐惧，所有人都像行尸走肉一般麻木。

风啸看出了我的不安，他在感知方面顶尖，最擅长像剥洋葱一样剥开我的掩饰，直达我内心最深处的情绪。他就像一只嗅觉灵敏的猎犬，一旦嗅到了任何人任何时候流露出一丝恐惧，便会兴奋异常。

他说："冥界可不似你想象中那般恐怖，眼前的景象只是暂时的，上了船，到了第一大陆就好了。"

我已经开始思考怎么拯救使神们了："那我们怎么找到使神们？"

风啸轻轻一笑："所有入界者，都会被记录在案，按入界大陆划分。据我所知，神界一贯的办事风格，他们一定会先去当地的卫府驻所。"

"所以我们下一步要做什么呢？"有了风啸在，我一点脑筋也不愿动。

"先去登记所，再去驻所，找到他们的行动轨迹。"

"可就算我们找到了他们，又该怎么阻止呢？"

风啸不假思索地回答："只要我们稍稍给他们点教训，让他们付出小小的代价，他们就会夹着尾巴逃回去。"

我有些不解:"神界的人那么谨慎,岂不是很难?"

风啸的语气有些颤抖:"恶灵门最擅长的就是一击必杀。"

我点点头,表示听明白了,正好此时也已轮到我们上船了。

亡兵排成两队,注视前进的人群。

我们被人群挤上了船,船上人潮汹涌,一眼望去全是各种生物,有牛马,有虎豹,有飞鸟,有昆虫,满满一整船,少说也有上万只。而人也有不少,一眼望去,密密麻麻全是攒动的人头。船上没有任何气味,一切都是冰冷的,是一点儿温暖也没有的那种冰冷,冷得令人绝望,一切都在不断提醒你,这里是死亡的世界。

在过了大约十分钟后,船开始发动了,高高的桅杆上,两面黑色的帆被放下。一股强劲的风刮起,墨色的海面一下子波涛汹涌,浪花仿佛濒死人的手臂一般高高举起,重重砸下,爆裂开绝望的水珠。

行了一个多钟头后,我们在一座港口靠岸,亡兵登上船,将所有人从船上请下来,动物们离开了。

亡兵们带着我们来到了一栋巨大的建筑前,这栋建筑被刷上黑漆,残破不堪,青苔藤蔓肆意在墙壁上爬行。

亡兵将我们带进去,里面的空间大得难以想象,上千名全副武装的亡兵将人群分割成一小块一小块,然后再细分,将每五人分成一组,押向一个房间。

两名亡兵押着我们到一个空间宽敞但气温极低、恶臭扑鼻的房间里,两位身着黑色铁甲,头戴一顶乌纱帽的家伙坐在骨头堆成的椅子上,用大得惊人的眼睛盯向我们五人。

第一个男人被盯得心里发毛,只好挪开视线,两个戴乌纱帽的家伙开口了:"判官发问,必须回答。第一个家伙,你是什么人?"这声音冰冷,威严异常,令人不敢反抗。

男人很紧张:"我叫吉安达,吉国人,十七岁。"

个子矮胖的判官开始在一堆文书中翻找。高瘦判官催促:"胖子快点!别影响下班时间!"

胖子反唇相讥:"自己不知道提醒下一个啊?"

瘦判官严肃地看向第二个女人:"什么人?"

"朴景慧,白国人,六十三岁。"

胖判官从文件堆中探出脑袋,手里拿着两份文书。他先看向吉安达:"警察,被坏人报复,好人!判第一大陆居住权,一百四十年后投胎!"

吉安达眉开眼笑,在亡兵陪同下离开了。

胖判官又看向朴景慧,目光似一把尖刀;"你杀了四只流浪猫?"

朴景慧理直气壮:"它们偷吃我的剩饭,再说,杀猫又不违法!"

判官一声大吼:"判官面前,生命没有区别!第七大陆,三百八十年!"两名亡兵快步上前,押住她,上铐,然后带走,全程寂静无声。

胖判官又去找文书了,瘦判官严厉地注视着我:"什么人?"

我结结巴巴地回答:"海……"

风啸响亮地咳嗽了一声。

"啊不,洛云岭,二十七岁,玄国人。"

"你呢?"他看向风啸。

"卢漫山,玄国人,二十七岁。"

瘦判官感慨:"呵,俩英年早逝的。"

胖判官找了很久,额头冒出了汗。

"我找不到他俩的文书……"

第十五章　第一大陆

瘦判官一下子直勾勾地盯着我们，身后亡兵也虎视眈眈。
"走哪儿下来的？"
"死门。"
"文书在你跨进门的那一刻就会出现在我桌上，为什么没有！"
"出了场乱子，俩家伙强闯死门，文书不见了。"
"确有此事？"
"确实。"
"去查。"瘦判官下令道。
亡兵退下，不一会儿回来："的确有两人强闯死门，正在严查。"
判官说："介意我采取你的血液吗？"
我刚要拒绝，风啸说："洛云岭与我一起的，他比较怕疼，抽我的就行了。"
瘦判官刚吹胡子瞪眼想拒绝，胖判官拉了一下他的衣袖："到点了，该下班了。"
瘦判官只得无奈地摆摆手，亡兵们上前，采集了风啸的血液，浇在一个晶莹的水晶球上，水晶球一下子浊黑一片，然后显现出流畅的画面来，想必风啸使了什么法术，水晶球上浮现出一幕英雄史诗。
判官只看了几个片段，便做出了判决："英雄，第一大陆，二人皆是。"
亡兵向我们点头致敬，指引我们走出建筑。越向左走，便越是明亮温暖。烛光已不再昏暗，而是洁白明亮起来，地面不再是潮湿肮脏，而是变成了大理石。整个长廊都化作了白色，白色的光投在白色的墙上，映照着白色的地面闪成白色的一片。

而回头，后方是一片黑暗。

我们顺着走了约莫两个钟头，腿软得像煮熟了的豆芽菜。突然听见了海水的声音，咸味扑面而来令人陶醉。

转过一个弯，一座港湾赫然出现在眼前。本还是两三米宽的走廊，只拐过一个弯，竟已是一片开阔，落差之大，令人咋舌。

港口的环境比上一个要优美得多，太阳的光线又将海面照射得闪闪发光。一艘纯白的渡轮停泊在港口，随着水面起伏摇晃。

海水不可谓不汹涌，但颜色却蓝了许多。人们的眼神也重新闪烁起来。亡兵少了许多，只有十几个在维持纪律，态度也变得彬彬有礼。

人群已陆续登船，我们也上了船。

随着汽笛声响起，我们向南前进。

在船上，环境干净整洁了不少。在洁白的皮椅上，我闭上双眼，感受温暖的海风吹拂着头发。我的好奇心驱使我再次向风啸发问："你的记忆为什么显示你是英雄？"

"我可以改。"

"你怎么做到的？"

"你的问题挺多的啊。"

我悻悻地闭上了嘴。风啸却开口了："到时候若是有战斗，你最好小心点。"

我一下子紧张起来："第一大陆很凶险吗？"

"第一大陆几乎是人界的翻版。对于人界之中的英雄来说，对他们最好的奖励，就是让他们重回人界。第一大陆惯用枪火，只要进入第一大陆，身上所有神力都会被收缴，只有潜入冥卫亭拿到赋令牌，才能再使用神力。"

我有些不安："那我们要进神令亭？"

风啸摆手："不可能，神令亭在哪儿都没人知道。"

"那我们怎么办？进去了，可就是凡人了。没了神力，我们俩怎么对付一众人等？"

"凡人技击枪术，我还是了解些的。"

"唉！"我叹了口气，"竟要像凡人一般作战。"

风啸半眯着眼，仿佛一只晒太阳的猫："第一大陆是除第十大陆外，冥界戒备最森严的大陆。让罪人绝无逃跑之机，让贤者永无危险之时。若是第一大陆乱了，只怕冥界已是一片荒芜。"他的眼中闪过一丝深不可测的光，好似预言家正提出假说，也不知有意无意。

又过了七八个钟头，我已饥渴难耐，困倦不已，头靠在椅子上，昏昏欲睡。不少乘客有晕船反应，可对我而言，海水的翻滚好似摇篮的轻晃，柔和而舒适。做了海神这种苦哈哈的神，总得有点福利。

这时，天已黑了，虽看不见黑夜中翻滚的海浪，却能听见海水低沉的咆哮。我曾以为冥界与人界有着天壤之别。可现在到了才发现一切都出奇相似，只是更加公正。咆哮的海水洗涤了一切的尘灰，留下完整而崭新的灵魂，向脱离死亡的第一大陆挺进。死后的一切，如此不真实，不禁令人怀疑生命是否真的已逝去。当然这是最美好的第一大陆，惩罚五大陆是什么样的，我也不清楚。

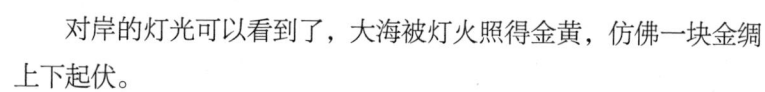

对岸的灯光可以看到了，大海被灯火照得金黄，仿佛一块金绸上下起伏。

我们在汽笛声中登陆。

登陆之后，一名亡兵校尉向我们通知："第一大陆分两部，中间行政区与隐居政区，请自由选择。"

我们离开了港口，手中提着偌大的皮地图。风啸头脑清醒，马上开始查神界卫府驻所。可找了十多分钟，竟没找到。

风啸抹了一把冷汗:"该死,卫府驻所位置是绝密,还老变,这可怎么办?"

我第一次听见他说怎么办,有些手足无措:"有没有一种地图,可以看得见卫府驻所?"

风啸一拍脑门:"我怎么把那儿忘了!那里什么都有,不过不合法。"

"你什么时候干过合法的事?"

"好吧,反正也不会害别人。"风啸拉上冲锋衣拉链,到路边打了一辆出租车。

出租车温柔地停下,司机下车会心一笑,那笑容出自灵魂深处,没有任何虚伪,他为我们打开车门,热情地为我们搬好行李,说:"为你们服务是我的荣幸。"

风啸露出笑容:"谢谢,很高兴能乘坐你的车,看得出来你很热爱你的工作。"

司机问:"去哪里?"

"中间行政区,千里陵,秦庭杂货铺。"

"好的,请坐稳。"

车子开了很久,我有些困倦,便睡了。这里时间仿佛并不值钱,人们并不着急。

不知过去了多久,车子停下了。司机为我们搬好行李。

"三亿冥币,谢谢。"

我们打开麻袋,露出里面厚厚的冥币。司机看到后,并没有质疑,而是钦佩地说:"你们是英雄吧?这是你们应得的。"

信任,使人感受到格外惬意,我点好数目,从中取出三张一亿的递给他。我没有多给,因为我相信他并不需要太多。

我们下车。车边已是另一番景象了。街道整洁,行人不多。一家杂货店出现在门前。落满尘灰的招牌上挂着蜘蛛网,"秦庭杂货铺"五个字已看不出原来的颜色。

当破旧的木门吱呀一声被推开时,扑面而来的尘灰掺着霉烂的气味呛得我无法呼吸。而风啸除了不满地扇动了几下,并没有别的反应。

风啸也不叫老板,领着我走向杂货铺深处,穿过重重叠叠破旧的货物后,我们来到一扇木门前。

木门很旧了,只有钥匙孔还是干干净净的。风啸说:"只要用钥匙打开门就可以进去了。"

我迫不及待:"那快打开啊。"

"我没有钥匙。"

第十六章　奇市

我一下子愣住了:"那我们怎么进去?"

风啸说:"这只是一扇木门而已,为什么要用钥匙?"说罢,他取来一把椅子,用力一砸,木板轰然倒下。

我们走了进去。

四周一片嘈杂之声,货架与摊位形成了一片繁乱的再生林,纵横交错。四处都是身着绿袍子的精灵,鼻子大得惊人,眼睛的比例也大得惊人,皮肤黝黑,嗓音粗低洪亮,常发出粗鲁的笑声。

风啸小声对我说:"这些家伙极其喜欢搞恶作剧,若是被他们盯上了,不死也得掉层皮。"

我们小心翼翼地在市场中穿行。脏兮兮的防水油布上陈列的稀奇古怪的东西令我大开眼界,有加了二十四层锁的防盗马桶,有只有一只脚却可以倒挂金钩的足球小鸡,有可以让人的眉毛长到耳朵里的爽身粉……

精灵们不怀好意地盯着我们,我感觉全身发毛。风啸也不多说话，径直走向一个铺面。

店里很昏暗，隐约出现了一个模糊的人影。风啸说："来一份万能地图。"

"一百亿冥币。"

风啸开始掏钱，叮嘱我："别乱碰啊。"

这时，一只做工精美的招财猫吸引了我的注意，那招财猫是陶瓷制的，眯着眼，嘴咧成了月牙，脸上满是赘肉，十分逼真。我忍不住伸手想去摸摸它的脑袋。

突然感觉脚下被什么东西绊了一下，我重心失调整个人向前扑去。

哐当！

霎时间，招财猫咧着嘴，从柜台上直挺挺倒下去，坠落下来，一下子变成无数个碎片各奔东西。

看着一地碎片，店里三人都沉默了。

突然，我感觉胃里翻江倒海，仿佛有什么硬物在腹腔中翻滚。硬物开始往喉管里爬，一下子，恶心感侵占了身体，我像喷泉一样呕吐起来。

哗啦哗啦的声音在耳边响起，我惊讶地发现，自己吐出来的全是金币！

老板笑得瘫在椅子上，风啸连忙来搀扶我，可不小心又碰倒了一个奶粉罐，他一下子变成了奶牛的肤色。

我们一路磕磕绊绊往外跑，谁知一个精灵向我们扔来一只鸡。一瞬间，我们被凭空变出的鸡崽淹没了。黄色的绒毛塞满了嘴里，风啸死命抱住刚买的地图不撒手。

好不容易从鸡海中钻出来。我碰倒了一个咖啡豆罐子，没有提神醒脑，反倒是困得不行，上眼皮仿佛有吸力一般，拼命往下眼皮靠。

第十六章 奇市

风啸的头被一个小丑的鼻子球砸了一下，顿时他的鼻子变得又大又圆，还是绿色的。

而我不小心迎头撞上肉铺的猪耳朵，顿时只听见砰的一声，我的耳朵不见了！

好不容易回到出口时，我们已经不成人形了。可屋漏偏逢连夜雨，船只又遇打头风，门刚被风啸给拆了！

正当我傻眼之时，风啸飞快地搬来一个货车轮胎。他的力气大得惊人，一下子挡住了门。

当我们出来时，简直成了两个猪头怪。风啸顶着个网球一样的绿鼻子，全身是黑白相间的奶牛花纹。我满头鸡毛，耳朵已不知去向，而且困得要命，站都站不稳。

路人纷纷向我们投来惊异的目光，就像看到博物馆里的恐龙化石开着拖拉机逛街一样。

我们狼狈不堪，我去买了一顶大帽子遮住消失的耳朵，然后我们找了一家旅馆，由形象较好的我出面订了两个房间。

我们坐在旅店的椅子上，从怀中掏出地图，上面记录了所有地点，任何保密地点都一览无余。像什么冥界兵械库啊，第一大陆总督府啊，还有卫府驻所，全都清清楚楚。

风啸开始与我商议下一步如何行动。"卫府可以在规定区域使用神力，但出了这片区域，他们只能以枪火自保。在武器方面，第一大陆与人界相同，过了第三大陆，一切又不同了。"风啸指着一片淡蓝色区域。

"可我们就算是进了蓝色区域，也用不了神力？"

风啸想起了什么似的："十二个钟头！我们从踏上第一大陆算起，经过了多少个钟头？"

我看表，答："七个钟头又五十六分钟。"

风啸懊悔地一拍脑袋："这次怨我，忘了这事了！不知还赶不赶得上。"

我问："什么事？"

"神界下达的任何命令都会在八个钟头后抵达冥界，在四个钟头后，信使会到达冥界第九大陆帝国宫，将命受呈交冥王，再由冥王公布。在此期间，只要截住信使，就可以拖延命令发布的时间。"

"也就是说，只要袭击信使，就可以拖住弑神令被公之于众的时间。"我恍然大悟。

"对，那样在我们进入蓝色区域时，我们就还是神，可以用神力。"

"太棒了，那我们赶紧动手！"

第十七章 晚了一步

正当我们决心干一票大的时，街上突然骚乱起来，人们交头接耳讨论着什么，无不大惊失色。报童声嘶力竭地喊起来，手中哗哗作响的报纸不到一分钟就被蜂拥而至的人群抢了个精光。警察正试图维持秩序，可原本遵纪守法的人们竟无视警察，疯狂地传着一个消息。

风啸瞳孔陡然缩小，打了个寒战，仿佛回忆起了什么恐怖的往事。他叫我等一下，自己则飞快地冲下楼，不到三分钟，便拿着一张报纸跑回来了。

风啸脸色煞白，喘着粗气，额头上挂满细碎的汗珠。我问发生了什么，他丢给我那张报纸；"自己看吧！"

那油印的纸已被风啸手心的冷汗浸湿，变得黏黏的。上面一行红色大字像是用血写成的：加急加急加急！一个小时前，卫府驻所遭一伙恶灵袭击，八名使神同时在路上遭遇袭击。两次袭击共造成七名使神神寂（死亡），仅一名护神幸存，一千零九名卫府兵与三百六十一名近侍神死亡。恶灵方面共损失五千一百只恶灵，其中刺客级恶灵是九百只。兵力极少，冥界是否会重新落在深渊手中？

一百二十三个字，在我心头重重砸了一拳。

风啸走到洗手台前，用冰水洗了一把脸，冰水打湿了头发，无力地覆在前额。风啸走到柜台前，打开小冰箱，从中取出一瓶功能饮料一饮而尽，冷静了几分钟后，他说："战争可能要爆发了，但在此之前，我们得做点什么。"

我茫然地问："做什么？"

"在恶灵袭击之前，一定先占领了冥卫亭。再把报纸往下看。"

果然右下角出现了一行字：冥卫亭被袭，一百七十名守卫无人生还。

风啸说："那就没问题了，马上跟我去冥卫亭一趟，拿到允许我们使用神力的令牌。"说罢，他取出拂尘，扔给我一个双肩包。

我打开背包一看，一支手枪赫然出现在眼前！

"你……你从哪搞来的？"

"我有我的渠道。"说罢，他从背包里取出另一支，然后在腰上系上一条满是弹夹的腰带。

在冥界，两个神用人界的武器去打冥界的兵来获得神力，真是讽刺。

风啸递给我一大把子弹，我将其装进裤袋，手刚伸进去就碰到一块圆似球、凉如冰、滑如玉的东西。拿出来一看，我活了六百多年，没见过这么美的东西，即使是在奇珍异宝多如牛毛的神界，也从来不曾见过。

那是一块圆的石头，我也不知道那是玉，或是水晶，还是钟乳石。那石头焕发出淡蓝色的光,那光芒仿佛大海凝成一根蜡烛,轻柔地燃烧所散发的光芒。那石头是半透明的,这点与水晶球有几分相似。那石头中,千万缕奇异的光芒缠绕交织,在小小的美石中,我仿佛看见了浩瀚的宇宙。

我也舍不得丢,如此美的事物,即使欣赏够了,卖了之后,够我吃喝玩乐几十上百年了。

风啸拍了我一下:"穿避弹衣!"我连忙收起美石,穿上那厚重的防弹背心。

"你从哪儿弄来的这些东西?我还是很想知道。"

"我在冥界少说也待了一千年,认识朋友很正常。"

我惊呆了,真没想到,眼前这个英俊的年轻人的岁数,竟如此之大!

"走了。"

我们打了一辆车,驶向冥卫亭的方向。普通人不知道冥卫亭在哪里,所以我们只说了个邻近地点。

我们坐了约一个钟头才到。我一直紧紧握住枪柄,汗水使手掌有些打滑。我活这么大从没碰过这玩意儿,没想到第一次碰是在冥界。

下了车,风啸领着我来到一家电影院,二话不说,走进放映厅,抬手就是一枪打在天花板上。震耳欲聋的枪声像炸雷一样,刺鼻的火药味儿充斥在空气中。

突然电影院的墙上凭空出现了一扇门,随着门缓缓打开,几十名全副武装的亡兵冲了出来。他们手中握的不是十字镐,而是明晃晃的枪。

风啸连开几枪:"海浪,快开枪掩护!"

我愣愣地抬起枪,闭着眼乱开几枪,随着撞针空响才睁眼,风啸一把抢过我的枪,甩出弹巢,释放弹壳,装填子弹,上膛,还给我，一气呵成。他为我戴上防毒面具，从怀里掏出两枚烟幕弹扔了出去。

亡兵的子弹打得座椅的棉絮四溅，当烟雾升起时，他们全成了模糊的人影，分不清敌友。

我们趁乱摸索着来到那扇门边，走了进去，顺手关上了门。

一进门，风啸扔掉手枪，脱掉防弹衣，扔掉武装带。进了冥卫亭，所有枪火都失效，唯有法术，才是杀人技。

上百名手执十字镐，身穿黑甲（防法术），头戴黑罩头盔的亡兵排成队列向我们逼近。十字镐两面开刃，尖端锋利，刃尖上凝聚着能置人于死地的法术。

风啸看着眼前密密麻麻的柜子："我们昨天才到，一定就在这附近！"说完我们便分头行动，开始在挂着如林般的令牌中寻找。

砰！一个柜子被亡兵击得粉碎。

轰！一个柜子燃起熊熊大火。

火光映照着令牌上一个个陌生的名字，我的心随着逐渐逼近的脚步变得越来越绝望，那不断被击碎的柜子及飞溅的碎片，撕碎了最后一丝希望。

突然，一个令牌从风啸手中飞来，我下意识接住，上面刻着我的名字。我的身上一下子有激流一般的神力在奔涌，我感觉手心湿润了，那是海水。

风啸用沙哑的声音冲我吼："攻击呀！"

我连忙大手一挥，手中出现一柄用海水凝聚成的长剑，海水喷涌而出，亡兵一下子被淹没了。风啸也找到他的令牌，几十名亡兵瞬间被卷上半空。

我们将令牌系在腰间，连忙离开了冥卫亭。电影院里那些拿枪的亡兵自然不是对手，我请他们泡澡，风啸还请他们享受吹风机。

我连忙大手一挥，手中出现一柄用海水凝聚成的长剑，海水喷涌而出，亡兵一下子被淹没了。

离开电影院时，我们又变成了两个无所不能的神。风啸手握一柄拂尘，冲锋衣被他穿得仿佛仙袍一般轻盈。

接下来，神界在冥界最后的希望，只能落在我们身上。

第十八章　叛乱

情况远比我们想象中的糟，恶灵仿佛在一夜之间冒出来，数量多得惊人，第九大陆几乎在一天之内就沦陷了。那里本来就是恶灵的根据地，神界自以为是地在第九大陆驻扎的一万卫府兵，在上百万恶灵的进攻之下土崩瓦解。

亡兵本就曾跟随毁灭东征西战，在神、人两界大杀四方，他们的记忆之中仍对那段金戈铁马、尸横遍野的日子存有渴望，嗜杀的本能使大量亡兵倒戈相向，背叛了神界扶持的严正。可以说，第九大陆是从内部瓦解的。

冥界各大陆间有浩瀚的冥海、冥河等不可逾越的屏障。在各大陆间来往的舰船在战争爆发时就停运了，冥界舰队已经封锁了海岸线，但恶灵的实力难以估量，眼下这些防御措施不知道能否奏效。

神界已经开始备战，开战当天，七十万卫府兵马上开拔进入冥界，只要死门及其他通往冥界的秘密通道没有被毁，神界的军队就可以源源不断地灌进冥界。不管神界的部队如何腐败，如何不堪一击，军纪如何糟糕，士兵素质有多低，一百四十万常备远征军可不是吃素的。那凝聚着无上法力的兵刃，寒光足以吓退任何来犯之敌——至少神界是这样展示的。

可事实上的真相并不似神界发布的《三界日报》那般可观。四十万叛乱亡兵与上百万恶灵正在重组海军准备渡海，第八大陆已爆发叛乱，第八大陆的一百一十二万亡兵当中已有三十万叛变，这

无疑是个惊人的数字。

　　昨天我和风啸上街买东西，街上的人少了许多，冷冷清清。不少店铺已经关门大吉，一把把冰冷的锁挂在门上。只有冥界警局、亡兵驻所等政府部门仍敞开大门。

　　亡兵已经驻守街头，现在第一大陆随处可见法术的痕迹。

　　我们正走在街上，寻找着开门的店铺，突然只听一声巨响，身旁的亡兵将领暂住府一下子陷入了熊熊烈焰之中。亡兵奔跑的身影，恶灵施放的诅咒，交织在一起仿佛一场噩梦。和平与宁静一下子化为了泡影。

　　本不多的行人四散奔逃，化作无数恐惧的支流流向四面八方。恶灵很多，有百来只。亡兵们排成方阵，手中的十字镐不断劈向恶灵。

　　风啸取出随身携带的拂尘，大手一挥十几只恶灵被劲风卷走。我不禁愣住了，这种灰瞳孔、红衣服的恶灵战斗力凶悍，一只可以抵数十只普通恶灵，竟被风啸轻而易举地刮走了十几只！

　　风啸也不恋战，拉着我撤出战场，十几栋建筑早已化为灰烬，半条街被炸成了废墟，每一堵墙都被烧焦了。而冥军将军府，早已化作一片火海。

　　亡兵的战斗意志还算坚强，属于军中精锐。但即使拼死抵抗，在血肉横飞的战场上，亡兵倒下的频率比恶灵高得多。将军府已然被毁，亡兵们只能拖住恶灵，等支援来后一起歼灭。

　　我们撤出足够的距离才停下脚步大口喘气，火光冲天，在千米之外仍可看见。那熊熊燃烧的地狱烈焰蹿动着恐惧。火，是冥界的特色，一切恐惧因它而起，它可以吞掉美好，也可以剥夺生命，却又能驱散寒冷与邪恶。神界没有火神，从来没有。火是由冥界传入人界的。而人界所拥有的火，能窥探到的火力量，不过是冰山一角。

恶灵们的火离我们越来越远，我们终于回到了旅店。旅店的人少了许多，也冷清了不少，气氛压抑。

风啸坐在沙发上，从背包中取出那幅万能地图："有一座钟，只要拉动它的钟摆就可以上到人界。钟的出现是随机的，但这上面会有显示。我们只需要在离开的一瞬间毁掉它，便可断绝冥界与人界的联系，只要神界守住了死门，一切就不会再恶化了。"

我点点头，风啸指着地图上一个金色的小点："没错，就是这里了。它只会在这个点停留一个月，我们必须抓紧时间。"

"我们怎么过去？"

"我们是神啊！可以走空中通道，飞过去。"

我们收拾好东西，结算清房费，离开了旅馆，找到一处空旷一点的地方，施展飞行术。

我的飞行术一点也不出色，拼了命地调动神力，一股巨大的海水在空中凝聚成了……一辆单车。唉，失败了，没法像别的神灵一般潇洒地在半空中飞行了。

风啸拂尘一挥，一股劲风在半空中凝成一匹隐约可见的骏马，马儿的鬃毛仿佛在招摇，腿上的肌肉棱角分明。他熟练地跨上马背，轻抖缰绳，马儿飞驰出去，在空中奔腾。

我吃力地坐在单车车座上，奋力一蹬，单车的链条吱呀呀地懒洋洋地转动着，向天空驶去。

风啸的马儿跑得英姿飒爽，我的单车蹬得狼狈不堪。

随着越飞越高，我的腿不禁有些发软。下面的建筑越来越小，刚才离开的旅店，早已被云雾模糊了，在平平无奇的建筑群中，再也找不到了。仅十分钟，它已成了过往的记忆，也终将淹没在记忆长河中。

燃烧的建筑冒出的滚滚浓烟形成了烟柱立在天地间。所有美的细节在如此之高度已看不见一丝踪影，那古朴精美的殿堂已经成了一个小黑点，可恐怖与杀戮留下的疤痕却一直留在天上，融入云中抹之不去。

在踩了六七个钟头的单车，腿都快肿了时，我们终于离开了城镇。我的单车在神力加持之下，速度其实并不慢。穿梭在云间，倾听单车用沙哑的嗓音歌唱，感受风拂动衣角，仿佛又回到了小时候学飞的日子，在前面披着月光飞行的，仿佛已不是风啸，而是七百年未见的父亲。

在杀戮之夜，父亲是最后一道防线的将军，在四个小时的搏杀之后，他一个人跑了，将六十万军人送给了冥军。最后那六十万人与冥军战斗了二十九个时辰。神界最后的主力军，只回来了我的父亲——海礁一个。

海礁一个人跑了，留下了一座不设防的城——神都。

神界看似是一个庞大的概念，但实际上主神只有六十四位，副神也不过一百二十八位。他们大多住在东部的小镇里，过着质朴的生活。神都当中只有九名主神和二十八名副神，以及不胜枚举的神兵及神兵家属。

那一夜，整个神都被冲天火光包围了，无数神族、精灵，全部葬身火海。亡兵与恶灵的武器刺入躯体的声音成了多少人一生的噩梦。

伤痕至今也没有愈合，神都至今仍没有恢复到曾经的模样。神界存在的意义是给人们快乐与幸福，而冥界的职责，是毁掉它。

正因如此，海神家族的地位本不高，现在更是一落千丈。六十万精锐雄师，本可以拒敌于门外，可因为海礁的怯懦，酿成了继神界内战后的第二个悲剧。

海礁至今下落不明，而我的下半生也已尽毁，我不可能再有当近卫队校尉的机会，任何荣誉也不再与我有关。我便恶习尽染，放荡不羁，法术从来不练，一塌糊涂。

现今回首往事，一切只似一场醒不来的梦，可醒不来的梦，就不单单是梦。我只希望，一切只是梦。

梦与想无用，我看向前方，父亲的身影碎了，风啸轻盈的身影又重归眼前。

我们已骑行了近一整天了，我在思想殿堂中吃了睡睡了吃，正打算玩上一会儿神跳棋时，风啸出现在殿堂里。

"马上返回肉体，这里是冥界，容不得半点差错。"风啸的声音不容置疑。

我重返肉体时，风景已大相径庭。看不见无边的金色的上下翻飞的麦浪，看不见郁郁葱葱的森林，看不见波光粼粼的湖面，也看不见峻峭的烟雾缭绕的山峰，只有一片黑色的雾。

空气中寒冷在奔腾，黑暗在翻滚，风的怒吼更加嘶哑，根本感受不到一点生气。

隐约听见了滔滔水声，在黑暗中显得更加诡异。又飞了一段时间，已经看得见浊黑的河水在翻腾，茫茫没有边际。

我们被剥夺了视觉，而听觉与嗅觉便疯狂捕捉令人恐惧的事情。当理性的视觉没了后，感性的听觉和嗅觉便疯狂施压。

我甚至连风啸也看不见了，只知道自己飞得很低，呼啸而过的风没有熟悉的海腥味道，取而代之的是一股铁锈味儿。

"喂，我找不到方向了！"我抑制不住心中的恐惧，声音颤抖。

风啸的声音仿佛是从很远的地方飘来的，被风吹得变形与扭曲。

"勇……敢。"

我咬咬牙，使劲踩着单车，向前飞驰。

又飞了近两个时辰，我终于又看见了光。

第十九章　漫漫无期

光愈发强烈，失去了近三个时辰的视力又恢复了。我感到非常震惊——从未见过如此纯粹的黑，连神也只看得见河水，仿佛有谁刻意这样安排。

我们飞到了第二大陆上空。

这里是真正的乐土，美丽的风光遍布各个角落。一个个错落有致的村庄与小镇，甚至比第一大陆更为美好。第一大陆是为伟人（并非人界定义）而生的。当一群拥有世间最伟大心灵的灵魂聚在一起时，平凡的环境便可催生出最简单而最热烈的快乐与幸福，第一大陆是对他们生命的延长，是一个追梦的平台。而第二大陆是为好人而生的，除去了尘世的烦恼与压抑、只有对美最纯粹的追求。

山峰重峦叠嶂，连绵不绝；湖泊波光粼粼，碧色如翠；瀑布湍急汹涌，雄伟壮丽。一片片竹林翠色欲流；一个个小镇宁静平和。小镇有中式的、罗马式的、北欧式的、拉丁美洲式的、希腊式的，各有千秋，美不胜收。

在第二大陆飞行的十三个时辰中，我的心情无疑是极舒畅惬意的，这里的空气中仿佛有可以让人放松的成分。

第三大陆也震惊了我，那是一个四面被碧蓝海水环绕的大陆。第二大陆是淡雅的山水，而第三大陆是如此温馨与唯美。第二大陆是给人以心灵上的宁静，深入的陶醉，而第三大陆是让每一个受伤的人感到心灵的治愈。

我们飞达时正是夜晚。夜空中满是繁星，浩瀚的银河散发出神秘的淡紫色光芒，淡蓝交织于其中，甚至人界罕见的极光也在天边闪耀，翡翠色在天边变幻。海里仿佛坠入了群星，散发出斑斑点点的荧光，一只身上闪着星光的座头鲸缓缓跃出水面，飞向茫茫星宿。这一切只能用梦幻来表示，那星光照耀下的小镇里，人们应该睡得很香甜吧。

在二十七个时辰的飞行后,我们穿越了第三大陆和将它与第四大陆相隔的冥河。

第四大陆是奖励给最低级的好人。这里金碧辉煌,冲入云霄的高塔上镶着黄金与钻石。精雕细琢的大理石罗马式喷泉喷出的不是清泉,而是精酿的美酒。人们住在高大雄伟的宫殿里,穿着丝绸制成的长袍。他们身边有几十个从惩罚大陆押来的奴隶,像伺候上帝一样伺候他们。

他们可以尽情享乐,声色犬马;可以趾高气扬地使唤下人;可以放纵自己的欲望;可以在甜点与珍馐建成的建筑里胡吃海喝;可以在金樽美酒前开怀畅饮。他们可以掌控奴隶的生死,享受绝大部分人一生不曾追求到的幸福。

在飞了十四个时辰后。我的眼睛快要被金光闪眩晕了,终于来到了第五大陆。

第五大陆与人界无异,与第一大陆看似相同,实则一个是中性大陆,只配成为无罪无功之人的中转站,而另一个却是冥界的最高奖励大陆。一切都一样,唯有人不同。

第五大陆既有现代大都市,也有贫民窟,也有富强的国家,与人界一模一样。

又飞了九个时辰,我们穿过了一片极宽的冥海,在七个时辰的黑暗飞行后,正式来到了惩罚大陆。

第六大陆是惩罚懒惰与放纵的地方。这是一片贫瘠、干旱、炎热的土地,只有枯木与尸骸,高低起伏的山脉寸草不生,只有裸露的石头与漫天的黄沙。罪人们的皮肤干裂了,嘴唇流血了,但仍不能停下。他们必须在干旱的土地上种粮食,否则将受到饥饿的折磨。在这望不到头的荒野中,流淌着一条甘甜的清泉,它流得那么快,后面是千万罪人在追觅,他们永远只能听见叮咚的流水声,看见小溪清澈地流过，却永远也追不上。没有水滋润的喉咙，连哭泣也无法做到。

在十一个时辰顶着热浪飞行后，我们来到了第七大陆。这里是惩罚打击与诽谤罪名的地方。那是一片未知的森林，被黑色的雾笼罩着，一个个罪人在里面无助地走着，找寻着食物与水。没有人知道前面与身后有什么生物，到处是陷阱与毒物。不知名的怪叫声久久回荡，空气中是血与腐肉的味道。骨架散落在地上，也不知是什么东西的。那些令别人陷入迷茫与无助的人，也是时候让他们尝尝找不到方向的滋味了。

刚离开第七大陆，一阵风暴袭击了我们。这风暴绝非自然现象，而是有人刻意用法术布置的，风啸试图用狂风阻挡，但根本无济于事。

我们完全失去了方向，冰冷的雨水打在脸上，皮肤竟开始结冰，有时一阵疾风刮在脸上，竟冻伤了脸颊。

我们四处乱飞躲避雨点。可这像网一样密的雨点，哪是躲得掉的呢！

在十分钟之后，我们逃离了风暴。浑身全是冰碴子，脸上，手臂上的皮肤冻伤脱落，痛苦不堪。

风啸看了看地图，脸色凝重，眉毛紧紧拧在一起。"不对，方向不对……"

"我们到哪儿了？"

"第八大陆在西南方七十一度，我们现在在……"

"到底在哪儿？"

"第九大陆上方。"

"什么？"

话音未落，两支黑箭擦着头皮飞过。我吓了一跳，下意识想往回飞。风啸声如洪钟般命令道："跟着我！"一下子镇住了我，让我本能地服从。

随之而来的是几百支长矛一般的黑箭，封死了我们的退路。

"我们只是飞到了边缘，不要慌！"

黑箭戛然而止。正当我暗自庆幸时，突然感觉全身像被点燃了一样灼烧，疼痛难耐，仿佛被人用烫红的刀尖狠狠剜了一下。刹那间感觉全身涣散，眼珠胀痛，一点力气都没有。想施放海水防御，可我根本动弹不得。

风啸大惊失色，拂尘直指一团云雾。一瞬间狂风卷起那片灰云，连同藏在里面的三四只恶灵一起被搅成灰烬。

不断有恶灵向我们飞来，风啸挥舞拂尘左冲右突，仿佛一名冲锋陷阵的将军。恶灵向他掷沾满了毒液与诅咒的斧子。风啸便驱使大风卷起斧子，全部还给了恶灵。

风啸为我筑起了一道风墙，又递给我一颗丹药，吃下后果真觉得好多了。我刚中了一下诅咒——被恶灵偷袭了。虽然我有能力自保了，但鼻子和耳朵一直流乌血，还吐了好几口血。

风啸的拂尘杀人于无形，在众恶灵中杀出一条血路，我的神斗术在跟着他的这段时间也有了长进。我手中握着珊瑚制的长剑。上面镶嵌着珍珠，海赐予我的强大力量被发挥出来了，鲨鱼、抹香鲸、海蛇与我并肩作战，即使曾经把我打得毫无还手之力的刺客级恶灵都阻挡不了我。

但吐血吐得我实在是恶心，我们因此不再恋战向外飞去。恶灵本就被杀得七零八落，我们几乎不费吹灰之力就撤出了战场。

风啸对我投来了赞许的眼光："可以啊，挺有天赋的嘛。我就说海神的力量是最强的嘛。"

我好不容易才忍住了吐血，抽出时间来看看第九大陆。

一眼望不到头的破烂建筑滋生着罪恶。这里是惩罚残忍与嗜杀的地方。拥挤的建筑间，隐藏了多少血案。这里没有法律，没有道德，没有温暖。既然罪人们如此残忍，那就把他们放到这个满是恶灵与怨灵的地方，让他们在瘆人的红光中，在血腥的杀戮中，在恐怖的法术中见识一下什么叫残忍。既然他们往常高高在上地施暴，现在也是时候让他们被踩在食物链底端，让罪人看不见美好，在这弱肉强食的世界血腥成长。

可第九大陆最大的问题就出在这儿，没有约束。一个人修行三百年可以拥有法术，五百年成为怨灵，八百年成为恶灵。现在，恶灵的数量与日俱增。

"上一次，也就是杀戮之夜那会儿，"风啸告诉我，"毁灭是真有手段。他不是带恶灵反叛的小头头，而是将反神之风煽动在第一大陆。你想想，能驱使第一大陆的好人们参与他的残忍计划。"

我说："也不一定，有时候从政与煽动的手段并不意味着战争天赋。"

没想到，一语中的。

我们又飞了几个时辰，第八大陆一览无余。

这是惩罚嫉妒与贪婪的。在这里，每天早晨人们从黄金制的宫殿中醒来，在水晶镜里欣赏自己的盛世容颜。在西装革履穿戴整齐的仆从温柔的服务中享用玉盘珍馐，金樽美酒也不过是漱口用的。他们可以在金碧辉煌的展馆中欣赏自己的珍藏——水晶、钻石、翡翠、象牙、宝石、美玉，各式价值连城的珍品应有尽有。他们可以在风景如画的上苑园林中游玩，仆从永远是恭恭敬敬的。

但一个月中只有这一天。第二天，他们将在破草棚中被皮鞭粗暴地叫醒，昨天还彬彬有礼的仆人成了高高在上的奴隶主，尽情侮辱他们。他们必须像牛马一样服侍主人，在荒漠中戴着镣铐工作，稍有懈怠就是毒打问候。他们在这种巨大的落差中周而复始。

在冥界还有一种罪人另当别论，那就是压榨与奴役别人的"人"。他们被送到第四大陆当奴隶了。

第二十章　危机四伏

当我们在第八大陆着陆时，风啸所伪造的身份为我们带来了意外惊喜。亡兵迎接了我们，并将我们护送到了冥将府。

亡兵的马车在路上跑得飞快，一眼望不到尽头的荒漠被血红的太阳炙烤。一群群身披枷锁的罪人在荒漠上是看不见的，这点与我之前对第八大陆的猜想大相径庭。

他们被关在一座座巨大的石窟里。里面的温度比这里还要高上几十度，亡兵这样告诉我。里面只有窄窄的木栈道以供行走，一排排巨大的齿轮咯吱咯吱冰冷地转动，罪人们背着沉重的岩石在监工凶狠的注视下走上高台，将其投入翻滚着红色岩浆的熔炉里，那熔炉足有一座湖那么大，负责维持整个冥界的温度。

马车开了一段时间，驶入了冥界督部管辖区。这里是管理第八大陆的官员居住的地方。第八大陆的罪人数量庞大，加上需要有人监督，第八大陆的驻军数量惊人，大约有九个作战部（冥界的军事单位，一个作战部有十二万八千名士兵）。

我们在军营中行了半个时辰仍未走到尽头。马车在一座平平无奇的破烂建筑前停下，发出刺耳的刹车声。

驾驶位上的亡兵督察向我们介绍："两位，这里就是将军府。"

我吃了一惊："将军府这么朴素？"

督察挠了挠头，这位千人之长也露出了小孩子一样无奈的笑容："这里和第九大陆相邻，难免有些小插曲，以前将军府威武高大，恶灵就盯着炸。"

风啸轻轻一笑："长官，请问你叫？"

"啊，我叫钟影。"

"好的。"

我们走进去，里面的装饰极尽豪华，在冥界黄金似乎不是什么稀罕玩意儿，怎么稍微有点地位的人家里满屋都是。

一位胡须花白的将军在帐内仍不卸甲，双眼炯炯有神，射出两道深幽的光。

"两位是神？"

"是的。"

"目的？"他倒一点儿也不客气。

"什么军衔？"风啸也直来直去不绕弯子。

"领将。"

"不能告诉你。"我知道，不管对方说什么，即使贵为最高级别的冥将，或是略逊一筹的副将，我们都不会说目的，总不能说断了你们到神界的路，让你们自生自灭吧。

将军点了点头，问："需要我做些什么？"

风啸想了想，说："给我们一支令箭，拥有调配一百至三百名士兵的权力。其他就不必多问了。"

一提到军队调配，将军马上警惕起来："你们神界的兵呢？"

"全部沿着海岸线布防了。"在杀戮之夜后，神兵大量入驻冥界，双方的矛盾日益增加。

将军皱着眉同意了我们的请求。没办法，谁叫他们战败了，我们神族的地位最高呢？

很快令箭便交给了我们。风啸顺带提了一句："当心空中。"

我们正要到住处去，风啸想起了什么似的，马上倒回将军府，叫住将军："将军，请马上通知神族军团驻所，恶灵学会了飞行技能，不仅要封锁海岸线，还要当心空中的袭击。"

将军无奈地摇摇头："他们不会听的，不会的。你们也是神，自己去说吧。我给你们安排车。"

我们愣住了，亡兵的地位竟如此之低，我们哪里敢去神兵驻所，那不是自投罗网吗？假身份骗个冥界工作人员没问题，但到神的面前，无论如何也糊弄不过去。

风啸摆手："我没有那个时间。"有那个时间也不敢去。他又补充一句："你们自己看着办吧。"

离开将军府，我们回到自己的住所，这是一座还算崭新的小屋，有尖尖的屋顶，很漂亮。

小屋附近有亡兵在巡逻，这里离第九大陆太近了，治安极差，危机四伏。

我们坐下将地图在木桌上铺平，仔细找那座可以回人界的钟。突然窗外一根黑烟形成的柱子刺破了苍穹，突兀地立在天地间，提醒着我们：第八大陆的三十万叛军还在与亡兵交战呢。

风啸在地图上向我指出钟的位置："就是这里了。"

我点头："出发吧。带几个亡兵不？"

"没必要，我们自己能应付。"

于是我们又飞在了空中，第八大陆幅员辽阔，所到之处看不见一抹绿意，只有一个个封闭的厂房林立，里面关着为熔炉搬石头的罪人。

我用力踩了几下单车，来到风啸身边，从怀里掏出地图指给他看："钟在交战区！"

风啸漫不经心地回答："知道了。"

"可是我们只有两个人！真的要去吗？"

"要。"

"确定？"

"当然。"

"要不我先回去了。"

"你找得到路吗？"

我只有不说话了。

风啸不经意瞟了一眼地图，脸色瞬间大变："钟在动！"

"钟怎么可能动？"

"可偏偏它就是在动！"

"不对呀，钟不是一下子出现在别的地方的吗？"

"按理来说是这样的。"

"难道……"

"有人带着它在动！"

我们面面相觑，大惊失色，赶紧加快速度往钟赶。地图上钟的位置越来越靠近边缘，已经要到第八、第九大陆交界处了。

我们的速度越来越快，渐渐连风景都看不清了。与钟的距离越来越近，眼看就追上了。风啸手持拂尘一马当先，一队人马出现在眼前。那是一队叛军，正在与恶灵交接，一部分恶灵正悬在空中。

叛军队伍中，赫然出现一座纯黑色的铜钟！

风啸马上挥舞拂尘，风化作一道无形的刃齐刷刷削过恶灵，刹那间十几只恶灵就如同秋收的麦子一样齐齐倒下。

我负责对付叛军。我手中紧握珊瑚长剑，剑指之处海水源源不断奔腾翻涌，比海水更剧烈的是我的恐惧。这里至少有五百名亡兵，他们戴着恐怖的刷着黑漆的钢面具，枯红的头发散乱地从扭曲可怕的头盔缝隙中露出来，绿油油的眼睛射出骇人的杀气。

我克服不了对这些家伙的恐惧，只有闭上眼睛胡乱攻击。我毫无义务保卫我的家乡正如我的家乡也从未作为我的避风港。我听风啸说起过，这些家伙杀戮的方式，当他们的屠刀落在你身上时，你记忆深处最痛苦、最黑暗的部分将会被唤醒，你将被恐惧撕得粉碎。

我不敢睁眼去看他们，也没有注意到一个叛军偷偷摸了过来，掷出了手中的标枪。当枪尖碰到我的那一刻，我的腹部出现了一个大洞，但流出来的不是血或内脏，场面也并不血腥，无数缤纷的光流了出来，化为泡沫消散不见。

一下子我仿佛坠入黑暗一般，四肢冰冷，头痛欲裂，而眼睛像被火灼烧了一般。四周听不见战斗的声音，而是哭喊与哀号声。我站在广场中心无助地大哭，幼年稚气未消的瞳孔里，倒映出的全是战争惨不忍睹的画面。我依稀看见海礁在近卫的护送下逃离的身影。依稀看见曾载我飞行的龙族大叔被亡兵摁在地上无力地吐雾，而不知哪把冥界强弓的弦，是用的他的龙筋。冲天火光将城市照得格外可怕，火球横飞，带走了多少性命。

我痛苦万分，陷在幻觉中不能自拔。风啸及时赶来救了我。他的怀里抱着那座黑钟，恶灵的残骸落了一地。叛军在风刃的收割下，溃不成军。

我清楚地看见几支标枪扎在风啸身上，可他却像没事人一样，并没有像我那样失去美好的记忆陷入痛苦的梦魇。

最后我忘了我们是怎么回到住所的了——我陷入了昏迷。迄今为止我已经受了两次伤，一次差点丢了命（屠夫那次）。

在养伤的这几天里，形势变得太快了。

第二十一章　失利

叛乱越来越多，规模越来越大，不少亡兵部队纷纷倒戈相向，与本该杀死的罪人一起，冲向了神兵。

叛军的兵力越来越雄厚，又有一个战斗部叛变了，将军忙得焦头烂额。他手下的两个战斗部已经要顶不住了，士气低落。

叛军攻下了一座座惩罚罪人的工厂，将里面的罪人放出来训练成了恶灵，第八大陆近半的土地落入叛军的魔爪。

我的恐惧症也逐渐好转，一次问风啸："你为什么挨了几标枪，却没有陷入痛苦？"

"标枪只能剥夺美好回忆，而我没有美好的回忆。一切痛苦对我来说不过是一场音乐会。我除了灵魂已没有什么可以被夺走的了，然而我的灵魂永远属于自己。"

"哦？！是什么让你如此勇敢。"

"我如果怯懦，最害怕的事情就会发生，所以我只能勇敢。你的怯懦是因为你不必为怯懦付出任何代价。"

"你究竟在担忧什么？"

"我在担心神界的安危。"

"神界如此对你，你何必呢？"

"如果亡兵只杀那些伤害我的人就好了，如果要借刀杀人，我绝不会让别人陪葬。为此，我不敢胆怯。"

"啊。"我点点头，"我可没有值得拼命的东西。"

"会有的。没有只是代表你的胸怀不够大，而不是真的没有。"风啸这样告诉我。

回到冷酷的现实，神兵已经参加了第八大陆的战争，成功挡住了叛军。神将终究还是神将。神界引以为豪的强大海军封锁了海平面。无人可以驾驭的冥洋上飘扬着连绵的神旗。神界的印象中，恶灵是断然不能染指神圣的天空的。在神界中有一句谚语"恶灵飞上天了"，意思大抵和"猪上树了"差不多。

在这样的环境下，气氛已没有先前那么紧张了。第一大陆的骚乱很快被潮水般的亡兵与冷酷的神兵如秋风扫落叶一般平息了。神界单方面宣布恶灵的势力只能触及第九与第八大陆。

冥界第一猛将剑刃也伤愈归来，统领一百四十万亡军精锐。不得不说，现在恶灵已失去了翻盘机会。神界宣布停止向冥界增兵，并陆续撤回二十万远征军。神界与冥界旧政（深渊那个叫新冥界帝国），已经开始商讨光复第九大陆了。

这一日，冥历十四月七十一日（冥界二十个月为一年，八十天为一月），我的伤势基本恢复，可以承受返回人界的压力了。我们决定就在这一日返回人界。

风啸的眼中也流露出兴奋，终于可以为这场失败的行动画上句号了。

"三，二，一！"风啸拉动了钟摆……

一秒钟过去了。

一分钟过去了。

"嗯？什么情况？"

风啸又拉了一下钟摆，只听吧唧一声，钟摆断了。

他挠了挠后脑勺，感觉有点不可思议。当然了，他现在这副模样与旁边眼珠子都要掉下来了的我比起来，显得十分平静。

我们把钟翻来覆去细细检查，终于在钟面下边发现了紧紧插着的箭头。我刚想去拔，只觉得头昏眼花，舌根尝到一丝甜味，差点一口老血喷到了上面。幸好及时后退，才没有再受伤。

风啸吓了一跳："呵！这箭头法力不小啊。"

"那当然啦。不然怎么把钟射报废。"

风啸环顾四周，深吸了一口气："如果这是恶灵能射得出的箭，三界必亡。"

我们瘫坐在毯子上。

坐了一会儿，风啸叹了一口气："我们的义务已经尽到了，歇一会儿去死门吧。"

很久以后回想现在，捶胸顿足后悔当初为什么要"歇一会儿"。

刚坐了十分钟吃了一点东西，只听屋外乱作一团，杀声四起。风啸打开窗户往外看，外面的景象着实令我们震惊恐惧。

恶灵遮住了半边天，血红色铠甲映出的光令人睁不开眼，只见漫天的恶灵血旗与不断倒下的亡兵狼旗交织。

叛军几乎在一瞬间出现在营地的各个角落。亡兵们拼尽全力与之厮杀，盔甲碰撞与刀剑互砍的声音大得令人胆寒。呻吟声与哀号连成一片，奔跑的士兵身上全是灰尘与鲜血。

十几名叛军冲进小屋，恶灵的冥火点燃了小屋，我连忙召唤出海水灭火。在火灭之后，风啸冲向那十几只恶灵，至于那些叛军嘛，我就请他们冲澡了。

风啸的拂尘时而坚硬如铁，轻松刺穿恶灵的铠甲；时而控制风势，将火势往叛军那边引；时而柔韧且长，将恶灵卷成一团。不得不说我从未见过像风啸这么出色的斗士。

很快，恶灵一个也不剩。我们二人便试图击退叛军。但叛军太多且与亡兵混在了一起，我想发起海啸都束手无策。

亡兵几次集合军队试图防御，都被恶灵击溃了。叛军正在围攻将军府。

最终，亡兵撤退的号角声被吹响了，亡兵拼了命地往后跑。

在一个时辰的混乱后，撤出来的亡兵在二十里之外的山丘上集结。

我事后才了解到，叛军几乎在一天之内就击溃了四个战斗部，另外五个战斗部在战斗打响的一瞬间就叛变了，转而攻击第八大陆防线。那位老将军的一个战斗部被歼灭，另一个战斗部则是驻守大本营的，老将军战死了。

最后撤出来了六万三千人，这是目前第八大陆唯一的冥军了。军衔稍高的将军一个没剩。骑着狼的骑兵在队伍中找了半天，最后只找到了督军钟影，也就是先前接待我们的将领，他曾经手下不过千人，现在却肩负六万三千人的性命。

神界也雷厉风行下了一纸文书：即刻撤军二十万。冥界旧政也马上向钟影发出警告：必须守住第八大陆。

钟影问："增援多少人？"

答:"没有。"

我们见到钟影时已是一天以后。他面容憔悴胡子拉碴,一直念叨着:"怎么会输呢?不是说已经要光复第九大陆了吗?"

我也很不解:"为什么会这样?"

"新冥帝国一直在憋大招,恐怕不久以后我们的亡兵就会为深渊而战了。"很难想象如此消沉的话出自万人统帅之口。

钟影沉沉地叹了一口气:"叛军一天以后来,准备打仗吧。"

第二十二章　节节败退

钟影的军队已经整装待发。人不多,士气低落,武器也多有遗失。钟影之所以急着打这么一仗,就是因为他们士气太差且一天不如一天,再这样下去定要崩溃。他还抱有干掉敌军主帅使对方败退的幻想。

到了地方一看,三十七万人密密麻麻挤满了平原与山丘,站在塔上都看不到尽头。就是这支军队,闪击了四个战斗部。

战斗很快就结束了,一轮箭雨几乎浇灭了所有人的希望。接下来的冲击没有了意义,冲击成了追击,追击成了屠杀。

钟影带着两万八千人回来了,两万人都受了伤,只有八千个正常的士兵。

钟影将我们叫到中军大帐,开口第一句就是:"你们该走了。"

我们不说话。

"第八大陆守不住了。"

我们不说话。

"我是讲义气的,不会害你们。"

我们不说话。

"我不希望你们看见我投降的样子。"

我们不说话。

"别人问起,就说我死了。"

风啸应声"好",我们便离开了。

飞在空中看,两万人还是有这么多。再高些,两万人与三十七万人没什么分别了。

我细细回想着钟影离去的背影,以一种轻微的经过刻意掩饰的幅度不易察觉地颤抖。这位挂帅三天的将军,他的能力不足以指挥数量如此之多的军队,在无法逆转的败局面前,他所拥有的唯一权力就是屈辱地活下去。

我们有惊无险地在第七大陆降落,这里已是重兵把守,没人想得到第八大陆的亡兵会如此不堪一击,现在冥界旧政只希望能将新帝国挡在第七大陆,从此分裂统治。

我们很快得到了消息,钟影率残部投降——叛变得很彻底,连同第八大陆所有的舰船一起送给了恶灵。新帝国的实力大幅增强,大量罪人加入了叛军。

谁也没有料到恶灵竟学会了飞行,从空中夺下了第八大陆。亡兵们从来不会想到自己头顶上的天空也会具有威胁。一时间,整个冥界都陷入无尽的恐惧之中。

冥界的战火带来了新的麻烦,那些刚死的罪人不能去第八、第九大陆,罪轻的就去第六、第七大陆,罪重的就当场处决。那些本该去第五大陆的人被迫入伍,接受法术训练。

我们在第七大陆也不好过,只能暂住亡军营。卫府兵来了时我们还得东躲西藏,谁叫我们在弑神令上呢?好在神、冥两军隔阂较大,才不至于更糟。

但亡军营也不是个长久之地,毕竟我俩是神。我们只好住在第七大陆无尽的森林里。

天天都可以看得见身穿洁白的铠甲行军的卫府兵,他们的士气并不高涨，但装备与队形依然整齐。

可我们并没有等来什么振奋人心的战报，反而在无止境的对峙中等来了一个震惊的消息：

神界引起了民愤，众神认定深渊和风、海两神族勾结，卫府的调查也证实了这一点。三天前年轮就下了命令，立即逮捕所有风、海族的神。

我看完报纸狠狠将其砸在桌上，愤愤不平地说道："都什么时候了，还在内斗！"

风啸躺在藤椅上："年轮可是这方面的高手，这么一个彻底消灭风、海族威胁的机会，他怎么可能错过。但局势恐怕不会朝他预想的方面发展。"

"他分明是要把整个冥界与一百万卫府兵当成弃子嘛！"

"冥界本就不归神界管，至于那一百万条命在他眼里也算不得什么。只要战火不烧到神界，就算是胜利。"

我无力地坐下，沉默片刻之后问道："我们应该做什么？"

"现在大局尚且掌握在神界手中，我们只能静观其变，待情况再动荡一些才有浑水摸鱼的机会。"

"那我们现在干吗？"

"你的战斗力好像很低呀，抓紧时间练练吧。"

于是从现在开始，我每天都得研读经书，领略技巧。在读了一个月的书之后，我被迫开始练习。

练习的内容也只有一项，实战。每天我和风啸一见面就打，我使尽浑身解数，什么水淹七军，什么飞流千尺，一会儿凝聚风暴时的能量和黑暗，一会儿用海中的生灵攻击，一会儿用海浪侵袭，无所不用其极。但他只是拂尘一挥，风一起，一切招数瞬间被巧妙化解。

惩罚倒也简单粗暴：打不过就进不了屋。这一个月里，我几乎天天睡在外面，夜里就紧紧裹着棉被，在无尽的寒风与鬼哭狼嚎的不知什么东西的叫喊声中瑟瑟发抖。为此我几乎丢了性命。

那是一个夜里，大抵已经过了午夜，我正在硌人的草渣地上翻来覆去睡不着。就在这时，没有任何预兆的，一个黑影缓缓向我逼近。突然，它发起攻击，尖利的趾爪刺进了我肋下！我试图用神力攻击它，但疼痛令我没有了力气——我甚至忘了麻痹痛觉神经。

我张开手掌，珊瑚剑便出现在手中了——这便是最近苦练的成果。我别无他法，只能刺它。

刺了多少下已记不清了，总之我耗费最后一丝力气英勇地反击了不下十次，那东西终究还是受不住痛跑了。

那大抵是林中的野兽。我踉跄着站起来，痛神经终于被麻痹了，肋下的伤口也很快不再流出晶莹的蓝血。我毕竟是主神，也还扛得住这一击。

我想去敲门，但最后还是没有去。

在闲暇之余，我也会读书看报。毕竟第七大陆实在没有什么玩乐的场所，甚至连酒馆与赌场都找不到，根本无法像在神界那样一醉方休或一掷千金。

报纸上全是战败的消息，反扑第八大陆的三个战斗部只回来了一个。深渊正带着他的邪恶帝国卷土重来。

我们所不知道的是此时此刻，在第九大陆一栋豪华的宫殿里，深渊正徘徊着。

他粗壮的手指拨弄着骸骨制成的精美浮雕，尖利的指甲划过，吱吱作响。他转动灰色的眼球，血红色的瞳孔看向眼前的将军。深渊的眼睛仿佛铜铃一般，且几乎没有眼白，眼神凶恶，与高大的身材相得益彰。

他面前的将军站得很随意，仪容也算不得整洁，黑色的制服上

第二十二章 节节败退

就在这时，没有任何预兆的，一个黑影缓缓向我逼近。

还有血渍，一看就知道是从前线直接调回来的。

深渊开口了，声音像山洞里的风："屠夫，召集他们开会。"

第二十三章　深渊的抉择

九名新帝国最高级统帅在三角桌前坐了一圈，深渊用柔和的眼神扫视他们。

"兄弟们，我想征求你们的意见。"

统帅们并不遵守神界那样的礼仪，粗鲁地讲话："什么事？"

深渊没有感到不妥，只是平和地说："我不打算攻击第七大陆。"

一名叫乌云的统帅说："这可不成，咱可不能安于现状。"

深渊哈哈大笑："不不，你误会了，我打算绕过第七大陆攻打第六大陆。"

一名叫剃刀的将领质疑："将军，冥界是一条直线，没法绕啊。"

深渊并不介意自己的权威受到质疑："没错。我们的海军本就不强，不可能执行这项任务。但我们的恶灵军团已经掌握了飞行的技能——那些家伙帮了大忙！我们为什么不直接飞越第七大陆拿下第六大陆呢？你们认为这个提议怎么样？"

"要拿下第六大陆也不容易啊。"一个将领说。

负责情报的将军墓碑说："负责第六大陆防务的有神界卫府三个兵团（一个兵团十万四千人），亡兵五个战斗部外加三万人。有一千名近侍神。"

剃刀说："加起来有近一百万人呐。"众帅倒吸一口凉气。

屠夫不满："你们怕什么？第七大陆不也有一百七十多万人吗！"

"但我们有一百一十万人去对付他们，这个数字还在增加！"

深渊拍桌子道："言归正传！墓碑，我们目前有多少恶灵？"

"一共十三万名。其中有十万会飞。"

"好！把十万恶灵编成一个战斗部，由一位将军带领。你们谁来？"

众将面面相觑，一个都不吱声。深渊的脸色看得出来很难看。这时，一位一直坐在角落边的将军站起来："我来。"

"啊！烈焰，是你。我勇敢的将军。"深渊喜出望外，"你需要什么？"

"新帝国剩下的所有战士全部进攻第七大陆，我们需要一支强大的舰队。"

深渊毫不犹豫地说："我回去和第九大陆内部沟通一下。"

屠夫说："第八大陆不是有一座小的屯兵城吗？（就是亡兵营）拆来造船啊。"

乌云："那不行啊，我们答应了他们把家人安置在里边啊。"

冥界人也会在自己的冥间寿命内养育后代，与人界没什么不同，只不过他们的死亡就是去人界出生罢了。

烈焰不屑地揉揉鼻尖："那还不好办，找一支部队伪装成卫府兵，干掉不就得了。"

深渊很欣赏这个心狠手辣的将军："没了牵挂才能一往无前嘛，反正一个月之后我必须看到一支庞大的舰队。"

乌云领了任务走了。会议也接近尾声。深渊对烈焰说："老规矩，输了就别回来了。"

烈焰面无表情答应下来，领了令牌下去了。

我们并不知道深渊的抉择，仍在林中等待。

我日常仍旧练功，天天与风啸对战。那奔腾的海水更加汹涌，风啸也变得越来越吃力了。

终于有一天，风啸擦擦额头上的汗："从今天起，你可以睡室内了。"

我欣喜若狂，风啸不紧不慢地说："你与我本就不同。风漂泊不定四处游走，不知道何为故乡，只得四海为家。所以我在哪里都能大杀四方。而你不同，海洋的未知与浩瀚才是你的武器，我是进攻神，你是防御神。"

我似懂非懂地点点头，问："那你为什么这么厉害？"

风啸一边吃东西一边眯着眼睛，上上下下打量我，思考着什么。

过了许久，他缓缓开口："是时候给你讲讲我的故事了。"

第二十四章　往事

风啸的年龄远比我预想的大得多，他是远古梦想时代的人了。

他的父亲便是掀起神界内战的风影。风啸在七十二岁时——对神来说正是幼年，便展现出前所未有的军事与作战天赋。

风影发动内战时，风啸不过百来岁，才刚刚步入少年时代。他曾领三千精兵，拖了两万士兵一个月。在神界叛军中可谓声名鹊起。

风啸呷了一口茶，眼中流露出对少年的怀念与淡淡的落寞和悲伤。"想想当年，我右手捶左胸，呼号礼中高唱军歌。军号声声，无尽威风。"

"只可惜，"他的头微微低了些，"我生在了一个错误的时代，站错了队。"

"我甚至无法改变我的命运，因为我生在了一个错误的家族。我的血液就是我的枷锁，我的名字就是我的牢笼，我不能在错误的路上走到黑。"风肃的神情越发悲哀了。

"我们那么坏,可我却改变不了。总不能让我用父亲的尸首去邀功吧。他可教会了我所有。

"我只能在错的方向飞驰。我已不再战斗,生平便只打了那一场仗。那场仗抓的全部俘虏都被我送回去了,我躲在了林中。

"最后还是战败了。我现在也搞不懂太阳神他为什么带众神反叛,为什么?

"我自认为罪过并不大,毕竟只打了一仗,且还算得上仁慈。可到了秋后算账的时候,我还是被抓了。那时候梦境已经死了,年轮才刚上台,他下手之狠是我们万万不曾想到的。

"风、海两族几乎被赶尽杀绝,只留了一两个后人,维持人界基本的稳定。我被抓本是不意外的,毕竟好歹还是打了一仗。可审判结果惊呆了我,什么'种族灭绝罪',什么'大逆不道罪',什么'滥杀无辜罪',各式各样的罪名,足够判个死刑!我当时才一百四十岁,是不能被判死刑的。因此我被关进了冥界。

"先在第七大陆住了约三百年吧,我每天与危险的罪人搏斗,好几次差一点便死了,但还是熬过来了。这三百年,战斗力提高了些。

"后来神界又派人来,念了些罪名,押到第八大陆去了。我算是明白了,不是因为我打了那一仗——太阳神他们打的仗、杀的人比我多了去了。归根结底,就因为我是风影之子!

"又在第八大陆待了百来年。这些年我一直在想事情,也悟了些道理,意志力也坚定了不少。

"第九大陆迟早总是要去的——这点我早就清楚,神界又押我去了那里。我在第九大陆待了一千多年,凭着命硬愣是杀出了一条血路,没人敢动我。

"神界大抵看我太舒服了,便罚我去了人界。我所有神力都被剥夺了,唯有与恶灵战斗的能力他们夺不走。我在人界一直待到三十年前。

"我在人界混，每一次接近成功就会前功尽弃。我一直是一个失败者。

"我缺过手脚，脑瘫残疾过，我得过白血病，但这不算什么。我每一次赚到救命的钱，都会意外失去。

"自己的病倒是不打紧，但我的家人似乎也没好过。我的孩子也有很重的病。我都还记得自己抱着孩子站在雨中，实在找不到差事干。

"我曾经开过一家不小的公司，也赚了一大笔钱，但突然来了一群人，说我有个弟弟欠了一大笔赌债，又收了我的财产。

"我也当过一段时间的兵，也从未胜利过。我还记得在汪达尔人的追杀中逃离罗马，在炮声中撤出滑铁卢，在火光中为圆明园而号哭……

"每一次死，要么死在追杀中，要么死在饥寒交迫中，每一次死，都要在冥界忍受一百年的苦刑。每一次我被判去奖励大陆，总有神使来宣判我的罪，又将我送到惩罚大陆去。

"后来我读了一本书，上面说'公正的裁决是在阴间'，我信服了。

"我这一生，从没有感受过快乐，所以我也不怕什么，在与恶灵的斗争中——没错，我死一次就得斗一次恶灵，我也摸索出了对付他们的方法。

"我不怕失去什么了。

"这些记忆，也是我十年前才知晓的。"

风啸深叹一口气，结束了回忆，又陷入了沉默。

过了许久，我问："神界这么对你，你为何不随深渊杀回神界？"

他回答："我只恨年轮，因为他知道我会影响他的地位，才会迫害我。仇恨是不该波及旁人的。我热爱着神界的每一寸土地——尽管我厌恶拥有土地的人，我将为我的民族而战——尽管我厌恶领导神族的人。大敌当前，一致对外。"

我似懂非懂，问："那你年龄这么大了，为什么不显老？"

"我一直在轮回，轮回时我的身份是人。因此我神体的年龄比你还要小。"

"嗨嗨嗨！小老弟，叫哥！"我兴奋不已。

"滚！"

风起，墙塌，我飞出去。

第二十五章　闪击

我们正在百无聊赖中混日子，风啸突然用起了一个小法术以解闷。

我一直想看看第七大陆的防守工事，毕竟神界与冥界旧政可是拼了命要守住这里呢。但飞是不可能的了，自从恶灵会飞的消息人人皆知后，任何在天上飞的人都会被射下来。

风啸小时候学过一个法术，他唤出一只鸟来，拂尘轻挥，再睁眼时自己已身披洁白的羽毛，双手成了长满羽毛的双翼，变成了一只鸽子。

我们飞上了蓝天，所幸我们鸟嘴里吐得出神语，交流不是障碍。

"跟着我！"风啸大喊一声后，我们扑腾着翅膀向上飞升。

我们飞在云层之下，下面的景色看得一清二楚，因为我们是鸟，不会被打下来。

在无边无际的黑雾森林中，亡兵们挖了层次分明的壕沟与阻断带。临第八大陆的地方修起了长长的城墙，一片片森林被砍伐了，取而代之的是灌木丛般的铁蒺藜与兵营。那铁蒺藜如草原一般延伸，反射出银光。兵营连成一片望不到头的海，黑色的帐篷与白色的帐篷形成一条明显的分界线，没有一座帐篷越线。

卫府驻扎的位置靠前，接近海岸线，大抵是不放心亡兵吧。而最靠近海的沙滩阵地——也就是一旦开战最先被冲击的，是一支亡兵部队，亡兵部队的后面，是一支督战队。

越往内陆走防御越松懈，靠近第六大陆的海滩更是成了大后方。

整个第七大陆的一百五十万士兵，就这样形成了一个防御圈。

从鸽子变回神后，我对局势更有信心了。我们的军队如此之多，一人一口唾沫都能淹死他们！

神界唯一担心的是亡兵反叛，为此专门解散了一些以前跟毁灭征战的亡兵。但仍不放心，所以才采用了神、冥混编的方式。这种方法令战斗力大打折扣，但没办法，安全至上。

我们正有一搭没一搭地聊着，就着小圆饼喝杜松子酒，不怎么好喝，但总归可以解解渴——谁叫我们已经没有苹果汁了，也没人愿意去打水。

这时，我不经意间仰望天空，发现本不明亮的天空更暗了，云层上方好像有什么东西在飞行，那东西极多，铺天盖地，黑压压的一片好像一张黑毯，但仔细一看，又透着一股血红色。

风啸也发现了异样："什么东西？"

陆续也有军队发现了，带着倒钩的弩箭唰唰地射向天空。渐渐地也有近侍神与卫府兵飞向黑毯。

上面必定是经历了一场厮杀，断断续续有人坠落下来，砸进森林里。只听见一声巨响，便看不见人影了。

整个第七大陆都注视着这一场史无前例的空战。地面部队马上警戒，准备战斗。

但战斗不过持续了几分钟，黑毯便飞过去了。

我问："发生了什么？"

"大抵是试探吧。"

"人数可不少啊。"

我们并没有在意，每天仍不过是翻翻书喝喝茶，简直快步入老年生活了。

只说我们似乎没什么意思，不妨将视野开阔起来，看看第六大陆的事。

此时此刻，第六大陆。

主防务官是神，名为磐石，岩族神。他时值壮年，正跷着二郎腿，抿着神界的甘露茶。他此时此刻正坐在防务塔上，满意地扫视着自己的防线。

他的压力可谓小极了，有一个固若金汤的大陆在前面挡着——据说当初布置防御时，第七大陆预计可以抵御三百万兵力。

他拥有七十万的人手，除了伙食比较一般，第六大陆可谓天堂一般了。

防线像波浪一样环环相扣，铁蒺藜、绊马线夹杂其中。磐石很满意地咂咂嘴，想不出恶灵能怎么拿下第六大陆。

杏少林是前方防线的一名低级军官。在冥历十九月二十八日，他永远忘不了这一天。

他刚吃过早饭，正在巡察，突然听得一声巨响。

轰！

他的眼前掀起一个巨大的火球来，火焰在一瞬间充满了整个营地，到处都是可怕的红色，士兵们惊慌失措地奔逃，不少人已经成了一个火球。

他一甩鞘中尖刀，形成一面水盾来，他大喊命令士兵列阵，自己的作战盍（盍：神界军事单位，一个盍为一百八十人）已经乱了散了。他身边只有一百人左右。他们组成了盾阵，合力抵挡来自敌人的重击。

恶灵体格硕大，身披重甲，且拥有法术符咒。他们挥动手中的战斧，削瓜切菜一般收割守军的人头。不时有诅咒的红光亮起，伴随着神兵大口吐血身亡。烈焰也四处燃烧起来，一派恐怖景象。

杏少林竭尽全力向恶灵扔出水凝成的飞刀，正刺进了一只恶灵的肩头。但恶灵根本不在乎，连拔也懒得拔。

他展开一张水之网，再次掷出，终于套住了恶灵的脑袋，连头盔也被挤变形了。他控制着水网变成了水口袋，密不透风，终于溺死了这个家伙。

这庞大的法术耗尽了他所有的力气。他觉得头昏眼花、四肢无力，瘫坐在地上，看着这一个盏的兵四散奔逃，看着战友搀着他回撤。

神兵们根本挡不住牛高马大的恶灵，尽管他们和近侍神多少都会一点法术，但恶灵还是击溃了他们的防线。

逃了十多里，一个亡兵营接纳了他们。杏少林吐血不止，退下战场，生死未卜。

亡兵营里有一名低级军官，叫银汀。他是一名伍长（伍：冥界单位，与人界有出入，一伍为三百人，由三个百人队组成）。

银汀听说了战争爆发的事，军队已经登上了高高的城墙，弓箭与弩机跃跃欲试。重型的投石器与弩炮也装上了弹药，亡兵们列好阵，黑色的铠甲在几近昏暗的阳光下仍发出耀眼的光芒。刀剑都已磨尖，掌握法术的高等亡兵（学名焰士），双眼冒出火花来。所有人凝望着无尽的枯萎浓雾环绕的森林，时间的尘埃迟迟没有落下，血暂时还没有埋进烂掉的树根中去，这里的泥土也无法见证一场英勇的抵抗。

恶灵飞越了城墙，径直向防御塔——第六大陆的中枢飞去。

第二十六章　斩首

磐石——神军统帅，吓得一骨碌爬起来，因为他惊恐地发现空中有一大群恶灵向他飞来。

他连忙从窗口跳了出去——他也会飞行，在短暂的滑翔之后，他着陆了。磐石清楚自己必须在陆地上，只有在陆地上，他才有机会幸免于难。

他在卫士的簇拥下怒不可遏："近侍神呢？这么大一个第六大陆，一个人也没有吗？"

他赶紧派出所有掌握飞行技能的神兵与近侍神。随着铺天盖地的士兵升空，一道无法逾越的屏障挡在防御塔面前。

铠甲碰撞的声音与兵器刺入肉体的声音交织在一起，双方使用的法术遮盖了天空原本的样子。恶灵早已经分兵，十万人分成了十路，现在不过是其中的一路，恶灵很快就抵挡不住了。

混乱之中，两个黑影潜入了军营中。那两个家伙身手矫健，随即捂了卫兵的嘴，抹了脖子，拖进帐子里。再出来时，已换上神兵的军服，连瞳孔也变了颜色。

战斗昏天黑地，双方均有伤亡，恶灵人数不过八九千人，一段时间之后，也只得铩羽而归。

磐石已换了住处，极为保密。身边带足了一千人的近卫队。他坐在皮椅上，看着窗外不断升起的狼烟。

冲突不断，战火纷飞。恶灵作为叛军的精锐部队，极快地占领了全大陆十分之一的土地。但由于人数太少，他们无法完成攻坚作战。这支十万人的部队，给屯兵百万的旧政军带来了极大的威胁。

最要命的是恶灵带来的言论威胁，劝降信几乎在刹那间布满了全大陆。"这该死的恶灵！"磐石揉了揉发痛的太阳穴，他现在很担心防务的问题，只要有一支队伍——哪怕是五千个士兵反叛，都必将带来极为恶劣的影响。

他提起笔，写了一封催人泪下的求援书，派信使送出去。但他也不清楚上头还有多少兵能拨给他。

他决定今晚召开一场晚宴，与将军们讨论接下来的部署。

水晶灯照亮了帐篷的每一个角落，即使在泥泞的战场，将军们对生活品质的追求也没有改变。

今天的餐食不如昨天，但这里还不算前线，即使如此后方的餐食也令众将们皱了皱眉头。

磐石开口了："先生们，我们遭到入侵的事，我也是昨天才知道，可今天指挥部竟出了问题，我不得不说，现在的情况并不十分令人满意。我与一半的部队失去了联系。"

一位将军站起来行礼说："不！没有这么多！胜利必定属于我们！"

磐石用力地拍桌子："我们不是在动员！我需要计策！我的部队正在被分割！我的七十万人正在被十万恶灵分割！"

将军们不说话了。

"我们必须反攻！"磐石咽了一口美酒接着说，"我们的军队呢？都指挥着他们反攻啊！"他指向一个高个子将领，"你的兵呢？反攻啊。"

将领摆手："对此我深感抱歉，尊贵的将军。我的军队与我失去了联系。"

磐石又指向一个矮个子将领："你的十万人可还在你手底下好好的！为什么不出击？你附近只有一万恶灵！"

将军摇头："我也无能为力啊，将军。恶灵是深渊的王牌军,是精锐中的精锐,我是一点把握也没有,尽管人数有优势,但……"

"好了好了,你呢?你有二十万人!"他指向一个胖将军。

将军耸了耸肩:"我的士兵与我失去了联系,我的东部战区已经散了!"

"那你们还有什么看法呢?"磐石看向一个瘦将军,"你说说。"

"我认为第七大陆应该反攻第八大陆!这样我们可以配合反击。"

磐石说:"当下我打算这样,全面反攻。"

将军们嚷起来:"万万不可!"

这时,一名卫士走进来:"将军,有人求见。"

"什么人啊?不知道正忙着吗?!"磐石有些恼怒。

"好像是第七大陆的使者。"卫士答。

磐石眼里散发了些光彩:"带上来。"

一个面容精致的使者走了进来,很有礼貌地行礼:"将军,这是第七大陆的军书。"

他凑上去,又突然将一道红光先刺向磐石,磐石大手一挥,一堵石墙挡住了诅咒,又压住了刺客。一旁的卫士大步上前,摘了刺客首级。

磐石轻蔑一笑:"这三脚猫功夫还搞刺杀。"他又拍拍卫士的肩:"不错……"

众人愣住了。

卫士的诅咒穿透了磐石的身体,他一下子陷入了熊熊烈焰之中,并随之痛苦地扭曲,渐渐也就烧焦了。

那卫士也在众将的利刃下不复存在,只留下血色的眼睛。

当潮水一般的卫兵冲进宴会厅时,除了收尸,什么也干不了。堂堂第六大陆防务总帅就这么轻而易举地被刺杀了。

刺客伪造了身份文书，伪装成使者行刺，但磐石作为岩族大员绝不是一个恶灵可以对付的。单挑，恶灵必死无疑。所以这个恶灵只能成为弃子。而另一个恶灵则化装成卫士，亲手解决这个刺客。磐石看见一个陌生的使者，必定警惕，但看见为自己斩掉刺客的卫士必然松懈。这时再下手，必定成功。

　　卫士们挤满了房间，但磐石已经成了一堆煤炭。神兵们并不知道该干什么，随着主帅的死去，一切都混乱了起来。

　　副帅是磐石的弟弟礅石，他接替了将位。

　　与将印一起交到他手上的，还有一封战报。

　　冥历十九月三十日，第六大陆，离中心山脉两千三百里，近卫阵地。

　　亡军第六作战部的军官银汀被调到了这片阵地。

　　近侍神与神兵已经封锁了这片天空，一旦有恶灵的踪迹，无数法术与弩箭就会将天空分割成极细小的一张网。对于恶灵来说，空战是捞不到任何好处的。若是陆战呢，这里有九万人呢。

　　恶灵的一万人，驻扎在五百里之外，远极了。近来第五大陆又调了十万人赶来，人手也充足。

　　银汀站在城墙上，看着由铁蒺藜组成的森林，感到安心了些。

　　可火焰又一次包围了这里，亡兵们也能操纵火。可大家都一样，法术便没用了，只有肉搏（先前恶灵放的火，只为烧尽队伍中的神族）。

　　恶灵以极快的速度低空飞行掠过铁蒺藜，停在城墙前十米远的第一道防飞墙前。他们踏着铁蒺藜，飞过墙的一刹那，无数支箭刺向他们，一下子倒了整整一排人。

　　恶灵的先头部队在箭雨中几乎全军覆没，但主力部队已经过墙了，他们掷出了第一轮飞斧。

　　银汀经验丰富连忙趴下，但弓箭手几乎死伤殆尽。亡兵们也不甘示弱,很快,亡兵的飞斧也砸了过去。

恶灵迅速跳上了城墙,银汀清楚在窄空间作战中亡兵捞不到好处,便顺着绳梯滑了下去。

果不其然,亡兵在恶灵沉重的战锤下溃不成军,但如果列阵或骑兵上的话,还真说不好鹿死谁手。

骑着黑狼的骑兵已经排成了方阵,准备着冲击,一万骑兵的前方是密密麻麻的反恶灵重甲方阵,长长的矛直挺挺对准前方,重甲方阵一冲锋,骑兵就会绕后攻击恶灵侧翼。这一万骑兵是全作战军(冥界军事单位,五个作战部为一个作战军,六十万人左右)最精锐也是最忠诚的部队。

当恶灵出现时,重步兵们的标枪全部亮了出来。

突然,步兵们掉转方向,将手中的标枪掷向了身后的骑兵!然后转过方向,与恶灵一齐冲向骑兵!

骑兵一下子乱了阵脚,有的还在向前冲,有的已经往后跑。向前冲的死在了长矛之下,往后逃的也被标枪战斧干掉大半。

本应同仇敌忾的十字镐,砍向了战友。

八万步兵反叛,还是精锐的重步兵,最精英的骑兵全军覆没。

这个消息也令磴石头大,但他也只能硬着头皮下命令:"暂不反击,坚守阵地,死守不退。"

谁知,恶灵决定来一场颠覆性的行动。

第二十七章　兵行险着

冥历十九月三十二日,距中心山脉三千七百里处,恶灵总指挥所。

烈焰连沾满血的战袍也来不及脱,站在牛皮地图前皱着眉,副将们站在一旁。

"粮草？"

"够吃十一天。"

"运输队？"

"不存在的。"

"抢来了多少粮？"

"已经算上了。"

"拨五千人，专门抢粮。"

"是。"

烈焰抬起头，寒冰一般的眼神扫视副将们："听我说，收买那八万亡兵已花光了我们带的所有财产，粮食也不多了。我们必须速战速决。"

"我会带一万人，不行，多了。我会带五千人，潜入中心山脉，找到他们的总帅府，拿下。你们就负责在对方群龙无首时一起进攻，拿下第六大陆。"

众将大惊失色："烈焰你是总将，咋能让你冒险！我们去吧！"

一位年轻的将军站了起来："我去！"

烈焰眼里流露出赞许："你叫什么名字？"

"我叫幽谷。"

烈焰又问："那些神买通了吗？"

"倒也不算买通，我们的那两个杀手在动手之前问了其他卫士地址。"

烈焰在地图上圈出位置，位于山脉中央，易守难攻，周围全是神冥混编的军团。

烈焰轻蔑地一笑："磐石绝不会傻到这么多天不换位置，他也绝不会将神冥两军混编。燧石上任才几天，就干出这么多蠢事来。"

随后他神情一变，严肃地说："与第五作战部对峙的军队呢？"

一个军官站起来："在我麾下！"

"不对峙了,你带兵靠近中心山脉,战斗一打响,马上把我的朋友幽谷救出来!"

"是。"

"好了伙计们,各就各位吧!"

将领们重返前线,各奔东西。

幽谷换上了战袍,卸下沉重的胸甲、肩甲,取而代之的是轻便的锁子甲。他们集结了全军所有的锁子甲与软甲,只为获得更高的机动性,十字镐替代笨重的斧锤,他领着五千亲兵,踏上征途。

他们一路狂奔,绝不停歇,即使有人掉队也不等待。

他们只飞了几百里就不敢再飞了,因为防空网已做好准备。他们只得在陆路上迈开腿往前跑。

他们一刻也不停下脚步,有人累得虚脱倒下也没人管。沿途有亡兵亲属组成的小村落就洗劫一空,遇到罪人就搜刮一番。

不断有人倒下,后面的人又跟上来。

他们队形整齐,像一条狡猾的长蛇,游走在防线之间,从各个兵团之间穿过去。如果实在绕不开,他们会用一场快速的战斗撕开防线,迅速穿过。

士兵之间没有任何交流,只是迈步走,五千多人,连脚步声也小得出奇,就连呼吸声也经过控制。

他们逼近了中心山脉,与间谍碰头,恶灵埋伏在旧政军中的间谍已摸清了中军的位置。

事实上此时此刻,旧政军在恶灵军中的间谍也听闻了这个消息。他们快马加鞭向守军报信。

守军听闻大惊,连忙写密信送向中军,随即拨兵三万,即刻往回赶。怕走陆路追不上,又解除了防空警戒,命令全军起飞回追。

援军速度极快,不到一个时辰已追出近一千里。而恶灵军也马上发现了援军,并向天空发出诅咒,光染红了天空,被幽谷发现后，他马上意识到大事不妙。

他看向自己疲惫不堪的军队，离中军只有几百里了，他又看向天空，恶灵研发出的火语（向天空中施以诅咒，使红光在天上变幻不同的光芒，以此传达消息），在毁灭时代就用了，现在不过换个密码。

火语内容不过两个字：畅飞。

幽谷大喜，又来几个字：追兵两百里。

幽谷大惊。

他马上下令全军升空，他告诉每一个士兵，他们只有十分钟拿下中军里那数十名高级将领。他们必须突破三万人的阻挡与五千近卫军的封堵。

士兵们没有一句怨言，既然踏上了征途，就不奢求活着回去。

他们全力飞行，终于看见了中军营地，这里驻扎着一万名亡兵、两万名卫府兵。

恶灵惯用的招式，俯冲、火烧连营。

恶灵们挥舞十字镐，镐尖喷射出火舌。他们用十字镐施以一个个诅咒，遇见了亡兵，便提起刃尖，直劈下去。

恶灵们排成紧凑的锥形阵，所及之处火光冲天，但卫府也有掌管沙水的神，火很快灭了。但这冥火一旦上身如何扑打也灭不了。卫府兵有不少化作一团火，也有许多中了诅咒趴在地上吐血不止。

但卫府也不是吃素的，卫府兵的弓三界闻名。只要距离稍远，定有万箭射来。法术好的恶灵能变出火盾，法术差的只有往后躲了。

近侍神也不好对付，一会儿平地爬起树藤缠绕起一片恶灵，一会儿豺狼虎豹被从人界调来与恶灵缠斗。

幽谷身先士卒，一马当先。他高高跃起，十字镐猛地砸向地面，霎时地动山摇，卫府兵被震得人仰马翻。

幽谷身高近一丈，向前冲时气势如虹。神兵们洁白的铠甲与恶

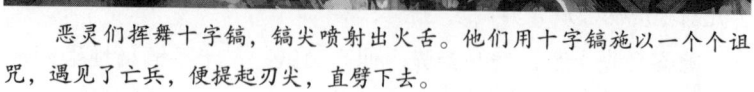

恶灵们挥舞十字镐，镐尖喷射出火舌。他们用十字镐施以一个个诅咒，遇见了亡兵，便提起刃尖，直劈下去。

灵的红甲撞在一起，仿佛红墨水与白牛奶混合。

不断有卫府兵吐血倒下或变成火球，也有恶灵被卫府军的各种招式杀得片甲不留。有被冻成冰的，有被岩石压扁的。

幽谷和他的恶灵花样没那么多，但他们将火练到了极致。

幽谷使尽平生力气，十字镐一挥，两道蓝幽幽的冥火形成了火墙，将神军分割成一小块一小块。一个人能有如此本事也是惊人。

没什么主神愿意到冥界打仗，谁也不想当这个冤大头。随军出征的大多是近侍神，他们的法力根本无法阻挡幽谷。

这蓝火连水也扑不灭，三千恶灵很快突破了这一层。他们低空掠飞，直奔中军。可一众将领也是战斗力高强的神中龙凤。

近百名恶灵一下子失去了性命。将领们与恶灵打得难解难分。幽谷点燃了中军大帐，但卫府将领们仍撑开水盾，继续作战。

眼看援军都要来了，幽谷彻底急了，他下令三千人全部上去。

恶灵们全部挤上去，尽管不断被法术震飞，但诅咒和火焰潮水一般涌上去，总有一两下可以给予他们重创。之前刺杀山峰的办法又一次重现。

当众将全部命丧黄泉后，幽谷和他的军队已经死伤殆尽，身陷重围。

幽谷与十二名将领搏杀后全身是血，一条腿几乎看不出军裤的颜色了。他跟跟跄跄地边战边退。身边仅存的数百名士兵拼死抵抗。

一个卫府兵很快地冲向幽谷，并顺势蹭了他一下，锋利的刃尖又为他新添了一道渗血的伤口，尽管接下来他毫不费力地将那个士兵变成了灰尘，只留下了一具空荡荡的尸体，灵魂已经不知去到了哪里——灵魂早已化为尘埃，飘散世间，再也没有轮回。

这时幽谷发现有一名将领躺在地上呻吟不止，他在众恶灵的围攻中活了下来。幽谷马上赶上去补了一刀。突然他看到了那将领的双眼凝然地望向苍白的天空。

天空？幽谷注意到了天空。

他马上在乱军中飞奔，大声地吼："升空！往南方飞！"

尽管恶灵清楚有弓弩等着他们，但还是全部飞升，他们的灵魂中只有服从命令的本能。

果不其然，当恶灵升空后，几乎一瞬间就有近三分之一的人被射了下来。但这已是幽谷考虑的最好结果——如果继续在陆地上混战，他们一个也跑不掉。

恶灵极速飞行，尽管不断有人被劲弩洞穿，像断线的珠子一般坠下，但这支呈一字形飞行的队伍仍然没有乱。每一只恶灵都是幽谷的亲兵，无法想象他们不服从命令的样子。

当全军撤出射击范围，与突进的接应部队会合时，幽谷已经昏死过去了，他的身边只剩一百五十人。

第二十八章　全线崩盘

幽谷一直昏睡了七天才醒，不过当他醒来后，迎接他的便是荣誉与奖章。

在冥历十九月三十四日，深渊站在指挥所里，遥望着神冥联军的防线。

四十万人在平原上一字排开，连绵起伏的中心山脉阻挡了视线，不过山脉背后，还有四十万人。他有近一万名士兵杀到了中心山脉附近，幽谷就在那里。一支亡兵部队已经合围了他们。

深渊手下的恶灵身经百战，早已只剩七万余人，而这七万余人被打散，分散在大陆的各个角落。远处又升起了浓烟，大抵是恶灵在烧村庄吧。现在还在惩罚大陆，恶灵们也没什么可烧杀抢掠的机会。

而此时此刻，在离中心山脉五百一十里的一个前线村庄中，一个小军官刚从前方的残军中退下来。他一直带着自己的狗。这狗他刚从军时就已带着了，现在早已成了一只耷拉着眼睛的老狗了。

狗每日躺在他的脚边，呼哧呼哧地喘着气，有时口水会打湿他的靴子。

这个军官手下的士兵早已从两三百人成了几十人，他每时每刻都想着怎么从少得可怜的口粮中剩出一些来喂狗。

他的草席下面全是老鼠，每天夜里到处乱窜乱咬，为此他已好几天不曾睡个好觉了。但这又能怨谁呢？以前有舒服的床的营房早送给恶灵了。

这天夜里风雨大作，他翻来覆去睡不着觉，老鼠到处乱窜，不时发出惊恐的叫声。

第二天他醒来时，床边已堆了高高的老鼠的尸体，挂了不少伤口的老狗安静地躺在一旁。

可这狗又怎会想到自己的主人将会变成一具尸体。

这天，他接到一个巡逻的任务，他清点手下的一百七十四名亡兵，他们多是衣衫不整，盔甲也多有破损，曾以装备精良而著称的亡兵在节节败退中也变得军心涣散，缺衣少食。

他费尽心思才让他们站好队列，叮嘱亡兵们戴好头盔。

"敌人已经在距离我们一百里处了！请你们拿出点精神！"

恶灵的军队经常派十几个人的小分队过来骚扰，抢点军粮吃，为此守军也组织了巡逻队。

这个军官见亡兵们准备好了，大手一挥："出发！"亡兵们没精打采地离开了营地。路上有一股狼粪的味道。

军人们排成两路，顶着炎炎烈日，在光秃秃的裸露岩石上艰难行进。他口干舌燥，但水囊里什么也没有。他们的铠甲上挂着由法术凝成的护身符，可以驱赶热气，保持凉爽，但惩罚大陆压抑的气氛还是令人情绪低落。

走出约莫十里地,到了巡逻的极限,众人开始往回走。

一路上顺风顺水,没遇着什么阻碍。

可就在要到军营时,一支箭矢划破天空,发出刺耳的叫声,火焰一下子狰狞地占据了天空。

瞬间,亡兵们的眼前扬起阵阵沙土,蹄声四起,杀声震天,黄土漫漫,甲光闪闪。

正当士兵们纳闷时,身体已被长矛刺穿,十字镐带走了多少条生命,只能交给飘散之魂去数了,而亡魂都已化为尘埃。

这是一支叛变的亡军骑兵,他们骑着飞驰的黑巨狼,很快吞没了这支巡逻队。

他尽力掷出飞斧将一人斩落马下,同为冥界亡兵,法术并没有用。而神界由于种族多样,互相残杀可谓司空见惯。

他被逼到要塞墙下,鲜血浸透了军服,从铠甲的缝隙中渗出来。他紧握手中十字镐,绝望地注视着面前的叛军,准备与他们血战到底,杀一个赚一个。结果被一箭穿心,他轰然倒下。灵魂飘散,化为尘埃。

叛军全力进攻要塞。要塞中一股部队叛变,与守军厮杀,里应外合,一举拿下要塞。

战后,叛军在他的衣袋中发现一张小画,在深秋,一个人,一只狗,两张笑脸。

亡兵一向好战嗜杀,这是刻在骨子里的。大部分亡兵在人界就是士兵、杀手,向来嗜血,本就有罪。到了冥界后便做士卒抵罪。

亡兵们桀骜不驯,军纪本就不大好。军官倒也镇得住他们,但他们最讨厌神界的人指手画脚。自从毁灭兵败之后,亡军就一直不大服严正政权的管束,在深渊叛变后,亡军一直蠢蠢欲动。

这次恶灵饮血征战,神界最怕的事还是发生了,一夜之间,亡兵叛变无数。

无数亡兵的营地被恶灵的火炬照亮，神军几乎失去了第一层防线。

神军的高级将领几乎都死在了幽谷的利刃之下。分散在各处的卫府将领只能自己顶住，这意味着中央的调配与指挥变成了奢望。

亡兵们似乎陷入了一种近乎疯魔的狂热之中，叛变的亡兵斩断了旧政的金边绿底冥河旗，挂上了深渊的十二铜兽边血色狼旗。昔日同生共死的战友转瞬间就成了不死不休的死敌。

神军与亡军混编的政策使得神兵吃尽了苦头，一时间整个防线乱作一团。神军与亡兵在荒原上杀得难解难分。白盔白甲白披风的神兵方阵与黑铠黑盾黑战袍的亡兵狠狠地碰撞在一起，炙热的火焰吞没了成千上万的卫府兵，冲天的水龙撞飞了无尽的叛军。

缠绕的木藤束缚了四散的亡兵，恶毒的诅咒击穿了多少神兵！岩神的钟乳石刺穿了前方的亡兵，十字镐毁了无数神兵的一生。

每一座要塞都被反复争抢，每一块石砖都在燃烧，每一寸土地都被血浸透，黑色的血与白色的血汇成了河流。

有时一片兵营被烧个精光，一座碉堡被冰凌覆盖。在双方几近疯狂的攻击下，双方的伤亡大得惊人。

叛军的骑兵在荒凉的大漠里驰骋，无数的罪人加入了他们。神兵弓如满月，也射不下来要塞上日益增多的叛军狼旗。

最可怕的还是恶灵，他们出没的地方，必有成千上万吐血而死的冤魂。恶灵趁前线一片混乱，长驱直入，一天能推进数百里。

天空中的战斗也同样惨烈，天空中不方便用法术，也只有主神才有这个能力。

铠甲相碰的声音响起，必有一人坠下，粉身碎骨。但神军的防空能力也属实出色，恶灵在空中碰了一鼻子灰后，只能转而在陆地上大举进攻。

双方在每一个卫城中厮杀，每一座工事都被法术反复攻击，士兵们在废墟中勉强抵抗。军旗不断地换来换去，堆积的尸体也越来越多。

叛军日益增多，驻扎的神军却孤立无援。在第六大陆的亡兵是惩罚大陆的人，或多或少对深渊有些支持，而不似奖励大陆的人对恶灵的憎恶。

神军人数还处于优势，但士气已低落极了。亡兵也还有一部分忠诚的士兵，但也数量堪忧。恶灵旋风般的胜利击垮了守军的第一层防线。

第二十九章　奇迹

烈焰满意地观察着战场的局势，虽然叛变的亡军指挥混乱，军纪散漫，但这并不影响他们带来的巨大好处，他们牵制了守军。

恶灵部队已经推进至距中心山脉一百八十里，他就在这支部队里。他身边有一万七千名精锐恶灵。

中军已经不复存在了，烈焰打算拿下中心山脉。口粮随着大量亡兵的叛变已经不再短缺，他已经做好了打一个月仗的准备。

幽谷的奇迹之战一举击溃了守军，如果磐石仍然活着并指挥军团的话，恶灵很可能陷入漫长的对峙，他敢说全军绝不会找出第二支军纪那么严明的军队。

他决心要攻占中心山脉，挤压守军的生存空间。粮食已经不多了。恶灵一直在深入敌阵，打了一场又一场血腥的战役。

士兵已经整顿好了，铠甲上泛起一片乌黑的光。恶灵集结了三万人，随行的还有九千名叛乱的骑兵。

烈焰看了看不远处的山脉，连绵起伏的山脉上修建了密密麻麻的堡垒。

他看了看时辰，自己的后备部队还在赶来的路上，但他不想等那么久。他命令自己的手下发出火语，命令部队全线进攻。

烈焰双目赤红，身披重甲。十字镐被他用力掷出去，化成一个巨大的火球，砸在厚重的城墙上。飞扬的尘土与碎裂的石块飞溅，整个堡垒陷入熊熊火焰之中。

骑兵们冲不上陡峭的斜坡，恶灵们试图直接飞上去。但城墙上有一名强大的将领。他是一名雪神，指挥大雪对着恶灵吹，无数恶灵被冻成冰雕，堡垒成了冰火两重天。

恶灵们又唤出冥界的各类猛兽，而神军也有人界猛兽助阵，野兽们又厮杀在一起，皮毛乱飞。

城墙即使有法术的保护，仍然被砸出了一个大缺口。恶灵们试图冲进去，但神兵的盾阵紧紧顶住缺口，弓箭和石块让恶灵苦不堪言。

恶灵与卫府兵陷入了混战，而一路神界援军赶来，与叛乱的亡军骑兵战作一团。

卫府兵掷出标枪，再抽剑与敌军肉搏。而恶灵的飞斧也夺走了不少生命。

双方撕扯着防线，消耗着生命。

但烈焰的援军到了，五万名叛军也加入了战局。山太陡，如此多的士兵挤不上去，只有排着队往上冲。

恶灵们丝毫不顾其他堡垒的攻击，而是尽全力进攻每一处防线。随着防线逐渐被撕开，守军的士气也越来越低。

最后一千名叛军的冲入，成了压垮骆驼的最后一根稻草。守军的军心崩溃了，白旗高高地飘扬在城堡之上。

叛军拿下了城墙的一部分，接下来的战斗变得枯燥而重复。在血腥的厮杀一天之后，中心山脉沦陷。

守军三分之二投降，三分之一战死。投降者如果是神族，即刻格杀勿论。

这是恶灵的经典战术——他们会派一支部队穿透防线往里攻，搅乱后方，让敌人没有前后线之分，一片混乱。而恶灵最擅长在混战中挺进。这次恶灵这种撕扯战线的打法又大获成功。

中心山脉沦陷的同时，叛军也推进至了距中心山脉五百里处。在守军看来，这不过是一片寸草不生的戈壁滩，让给恶灵又怎样？不值得付出生命。

又经过十多天的战斗，整个中心山脉以北，全部落入恶灵之手。在击垮地面防空部队之后，推进变得易如反掌。

而山脉以南的神军则多一些，战斗更为惨烈。但军队早已是群龙无首，各自为战。这与指挥流畅、士气高涨的叛军形成了鲜明的对比。

但战斗不如烈焰预想的那么顺利。旧政封锁了第六大陆，士兵们退无可退，唯有背水一战。

这种死战不退的策略让恶灵付出了巨大的伤亡，一连几天他们的收获都微乎其微，甚至一度被压在山脉上打。

烈焰一直非常头疼，他之前中了一箭，现在腰痛得要命。问题出在哪里呢？

他看着外面的尸山血海，一下子恍然大悟：问题出在俘虏上！

他马上下令：必须优待俘虏，不准伤害，伙食住宿都必须与恶灵平等，违者斩。

鉴于烈焰的个人威望，这项政策在军中被雷厉风行地执行。虽然粮草消耗巨大，但也没人敢反对。

守军们听闻恶灵也开始优待俘虏了，投降的现象大大增加。

恶灵的推进变得像闪电一样迅速，但当恶灵占据整个第六大陆时，已经断粮三天了。士兵们饿得连连投降。

俘虏的人数比军队还要多，这么多张嘴，一粒粮也没有。纵使是神鬼，也得吃饭啊。

烈焰早有打算，俘虏营马上被封锁，任何消息都出不去，整个第六大陆仿佛一个鸡蛋的蛋清被外壳包裹，谁也看不见。

当战俘营解封时，里面空空荡荡，一个人也没有，而叛军们则"膘肥体壮"、面色红润。

里面发生了什么，不得而知。

在冥历二十月十七日，第六大陆正式沦陷，最后一支防务部队被消灭。

第六大陆攻陷战共计四十九天，恶灵军团推进一万三千里，大部分领土在开战前期被恶灵占领。

最后几十天的战斗异常血腥，在战役结束后烈焰的军队只剩下原先的一半不到了。

但叛乱亡兵的加入弥补了不足，尽管他们军纪不大好，但战斗热情还是很高涨的。加以训练约束，他们很快就能变成一支精良的部队。

第三十章　压力

我和风啸仍住在第七大陆，当第六大陆沦陷的消息传来时，风啸握着报纸的手在微微发抖。

第七大陆彻底成了孤岛，被切断了一切供给、兵源、粮草、水源……虽然第七大陆作为惩罚大陆中最大的最要紧的防务大陆，也还能实现自给自足，但没有了援军和援将，第七大陆的官兵死一个就少一个。

风啸的情绪很复杂，有些焦虑又有些兴奋。"再过一段时间，我们就可以重出江湖了。"

前面的十天，什么都没有发生，但真相并不似表面那般平静。

冥历二十月十九日，严正四百九十三年接近了尾声。但年末会被战火耽搁了——在惩罚大陆本也没有节日之说。

在年末临近时，士兵们尤其是亡兵思乡心切，而神兵早已对思念麻木了。神界开始整顿亡军，不论是第八大陆还是第六大陆，都是因叛徒而沦陷的。

大半亡军被解除了武装，变成农务兵——也就是种地小分队，外加砍树纵队。

在这十天里，一切都混乱不堪。

而与此同时，负责总防务的神界元帅激流正愁眉不展地阅读着战报。作为与海族近亲的水族神，他受尽了审查。

十万名恶灵竟拿下了七十万守军的第六大陆，并策反二十万亡兵叛乱。

现在第七大陆被两个敌对大陆夹着，形势极为不利。兵力方面倒是不吃亏，但这些从惩罚大陆来的亡兵一个个都是不安定因素。

冥历二十月二十日，深渊确定了进攻的战术与日期，他与将领们坐在圆桌前，制定了战斗方案。

在二十月二十一日起，由烈焰负责的骚扰行动已经正式拉开了序幕。因为所有恶灵都在烈焰手下，只有第六大陆具备空中攻击的能力。

而深渊拆了第八、第九大陆的所有东西，又奴役了除士兵之外的所有人去种地，耗费了无数条生命，终于东拼西凑出了一支像样的舰队。但面对铁一般的海岸线，还是只能望洋兴叹。

恶灵一向擅长的"燃烧"战术让我们吃尽了苦头，一连十几天，整个第七大陆都处在大火之中。

成片的森林被空中盘旋的恶灵点燃，浓烟使雾变成了黑色，木材燃烧的噼啪声单调地回荡，除此之外没有任何生灵发出任何声音了。

还冒着烟的残骸（分不清是树还是别的）分布在第七大陆的每一个角落。昔日恐怖的森林成了死气沉沉的沼泽。不少工事和兵营都被烧毁，连城墙也被熏黑。

但恶灵也付出了惨痛的代价，至少有八百只恶灵被弓弩射成蜂窝，但真正烧死的神军也不过一千余人，这笔账对于深渊来说是绝对亏本的。

同时，这对我们的士气也造成了极大的打击，士兵们处在压抑的环境之下都要崩溃了。他们不明白自己为什么要在异界付出生命的代价。

防守总帅激流又收到了一封神界发下来的使信，命令他抓紧时间抓捕风、海神，稳定第七大陆内部秩序。他刚要执行命令时，远方一望无际的海上，有一支庞大的舰队缓缓出现。

与舰队同时出现的是密密麻麻的恶灵和熊熊大火。第六大陆的神兵还来不及销毁所有船只就被击溃了，因此第六大陆也派出了由叛军组成的一支小舰队。

当时我和风啸所住的小屋附近已经被烧成了焦土，幸好风啸法力惊人，力保小屋无恙。我们住的地方离海比较近，而士兵们多忙于防务，抓捕的力度反而没那么大。

我正打算睡个好觉，结果只听外面号角震天。神的视力都不错，我远远看见兵营里的士兵们拼命往外跑，有的还操作起七八丈长的巨型重弩，足有数百人操作。海兵们登上战舰出海迎战，会飞的近侍神和卫府督（卫府人员，法力高过一般卫府兵，会飞）则升空迎战。

风啸见了这一场景有些吃惊，他指向远方的深渊舰队："这么大规模的舰队，深渊花了多大精力啊。"事后证明他说得没错，深渊拆了所有能拆的，所有非战斗人员一半种田攒军粮，一半加班加点造船。冥界一天三十六个小时,他让工人一天工作三十个小时,累死的人坟包连成数排。

但光有船没有水兵也不行,而深渊用了最残忍的方法。受过一点点训练的叛军就登上船航行,中途如果沉了就算了。能回来的,就算过了一关。而留下来的士兵则分成两拨,直接登船作战,双方全然不把对方当战友,一出海就置对方于死地。

在这样的"实战"演练之中,许多叛军没有战死在沙场上,而是死在了最信任的战友手里。在无尽的死亡过后,这些旱鸭子叛军在鲜血中蜕变的速度令人咋舌,他们飞快地成了铁血海上骑士。但在成长之下,是堆积成山的尸体。

就这样,深渊拥有了一支所向披靡的海军。

我和风啸都有些吃惊,谁也没料到恶灵的进攻如此之快。

在海战之中,风神的作用尤为重要,一些法术可以保护船只不被风吹倒。但风神都被抓光了,士兵们只能硬上了。

海战尤为激烈,战船相撞,骇浪滔天。一开战就几乎有一半的守军船只陷入了烈火之中。虽然大多数舰船上都有水族士兵灭火,但还是有不少船只在火与呻吟中分崩离析,沉入深不可测的冥河之底。

冥河,虽然叫河,却大过海,在翻涌的黑色浪花里,夹杂着千年来的血液。

巨弩对射,双方的血流得更多了。不少神军被火球击飞,士兵们中了诅咒后,趴在甲板上吐血,一时间乱作一团。

但神军一向以擅于海战而闻名,因此他们也做出了英勇的反击。岩神的石块击断了叛军的桅杆。

卫府兵奋力掷出标枪,划破叛军的黑帆。两方的战舰碰撞在一起,木块与钢铁横飞。

我亲眼看见一台长近两丈的海军弩射出一支长近一丈半、粗足有两寸的巨箭,将包裹了厚厚一层铁皮的大船(叛军的)射个洞穿,不禁暗暗惊叹神军的强大。

战船之间的距离越来越近,恶灵用索链钉住神军船只往上爬,神军也用长梯架住敌船发动攻击。双方便在船上厮杀。船上地方小施展不开大的杀人法术,只有单纯的近身搏斗,因此在船上的战斗虽不似陆地上死伤多,但惨烈与血腥程度令人不忍直视。叛军挥舞着战斧、狼牙棒,神军紧握着刀剑、战锤,不时传来战斧砸扁神军白盔声与宝剑刺穿叛军黑甲声。

士兵与战船被撞得支离破碎,葬身河底。唯一不同的是,支离破碎的船上还有一群支离破碎的士兵。

空中下起了腥风血雨,近侍神与卫府督享受到了拥有"制空权"的快感,而叛军的防空力量却出乎了他们的意料。

无数火球与诅咒将天空分成一小块一小块,形成了一张大网——飞翔的神们也感受到了恶灵们的绝望。

我和风啸都被这场血肉横飞的海战惊呆了,我们亲眼看见了一艘叛军船被岩神的石块砸成两半,也目睹了一艘神船在烈火中化为焦炭。

在近两个时辰的血战之后,叛军一点好处也没捞着,唯有悻悻收兵。

当舰队回港时,舰船们都不是完整的了,有的被烧焦了一半,有的整个桅杆都断掉了,全靠桨划回来。

在战斗结束后,风啸淡淡地说:"我们出山的时间要到了。"

第三十一章　失守

冥历二十月二十九日的海战之后,第七大陆发现叛军竟如此强大。而接下来的几场消耗性海战又令守军吃尽了苦头。到后来神军索性不出战了,就在岸上架重弩射。

冥历二十月三十日,恶灵烧毁了一座看似无关紧要的建筑。这座建筑,是存放防御器材的库房。无数军械、弩箭在大火中毁于一旦。

第七大陆的物资一下子变得紧张无比,只够一边的防务了——防得了第八大陆,防不住第六大陆。

激流坐在地图前犹豫不决,他身边站着十几位谋士。

情报很简短,叛军正在第八大陆大规模集结,而第六大陆则没有动静。

激流说:"恶灵再精锐,调动也会有动静。把防御主力放在第八大陆那边。"

一个副将说:"恶灵两边同时打怎么办?"

甲谋士轻摇扇子:"不会的,若是同时打两边必然导混乱,把所有精力放在东侧,邻第八大陆即可。"

乙谋士捋胡子:"这倒不错。"所有谋士都明白,只有敌人只打一边,他们才有猜对的可能,才能体现出运筹帷幄来。"但你还是年轻,敌人调动定是假象,真正要打的是西侧(邻第六大陆)!"

丙谋士大笑:"你想得到,深渊又怎么会想不到?这是个计中计!真正打的还是东侧!"

丁谋士的手指轻敲桌面:"哼,深渊乃冥界数一数二的大将,他的计必定是一环扣一环,他就是想要你们这么想!这是个连环计中计!应防西侧!"

激流听得一愣一愣的,这些谋士都是神界派发下来的,他也无法反对,只得无奈推手:"诸位实在高明,便按你们说的办吧。"

于是,东侧的装备大部分调至了西侧,兵力也是一样。

而深渊做出的决定则朴实得多:第六大陆的恶灵已经过于疲

激流坐在地图前犹豫不决,他身边站着十几位谋士。

第三十一章　失守

倦，且伤亡太惨重，又要防备第五大陆的反击，实在抽不开身。让第八大陆叛军上吧。

于是，我和风啸手中握着的报纸上出现了东侧防线溃败的消息。

东侧的叛军战舰势如破竹——叛军还是登陆了。

守军的人数在针对亡军的处理之后大减，现在大陆上的八十多万名亡军全部被遣散，只留下不到一百万名神军在不断增加的叛军中瑟瑟发抖。

叛军在大量征招罪人入伍后，已有了一百五十万大军，而这支军队正陆续登上第七大陆。沿海岸线三百余里的土地在血战后变成了敌占区。

激流气得把那几个狗头军师全部拖出去砍了。

他马上停止执行抓捕风神、海神的命令，大量征招风神、海神入伍。我和风啸也成了他们中的一员。

我们穿上神军的白色军服，我们不能说自己是主神来换得军官职位，不然一审查就会发现我们是弑神令上的逃犯。

我们一直待在后方泥泞的军营里。我负责抬担架兼职搬物资，风啸则成了一名军医。

接下来的一切都没什么值得大书特书的，我们一直住在第七大陆的中央，每天照料从战线上送下来的伤员。看着惨不忍睹的伤员，我吐了无数次。

这场战争只能被略写了，因为在第七大陆上，没有任何精妙的计策，也没有任何巧妙的战法，只有简单的厮杀。

当守军节节败退之时，溃败的结局已经注定了。激流召集了最后的一支部队和所有后勤战士，有五十余万人——其中十多万人都是后勤兵，战斗人员早已没有原先的一半多了。

我和风啸正在营房里下棋，我们的盔长和伍长（神界军职，一伍为五百人）走进来，向我们命令道："士兵们，出来吧，有些事情要告诉你们。"

那时我们已经被逼到了距西岸五百余里处，所有人都看得见败局。

我们这个伍只剩下了三百余人，伍长吸了一口气，说："第七大陆守不住了。"

大家并没有多大的反应，也不怎么震惊。

伍长问："有没有会飞的卫府督级别的？"

零星十几个人举手，我和风啸也在其中。"你们几个走空路到第五大陆，其他人跟我去坐船。我们要撤回第五大陆。"

没人反对这个疯狂的想法，死在撤退的路上总比投降好。

于是我们飞走了。

第七大陆，这个没什么幅员的大陆，终于失守了，成了一片焦土。

我们很快与其他战友飞散了，落地时收到了其他人海难的消息。

冥历严正四百九十四年一月九日，第七大陆沦陷。这场战争因它的平庸而无法被记录，但它的惨烈却令人心神震颤。激流率领五十万人撤向第五大陆。恶灵百般阻挠，只有三十七万人回去，经整编后变成联合军团。

至此，所有惩罚大陆全部失守，更血腥的第五大陆攻防战拉开序幕。

第三十二章　血与沙

我们到达了第五大陆，但却找不到友军。第五大陆与人界没有什么不同，科技发展水平也差不多，只是不用热兵器罢了——在法术面前，火药没有任何用。

我们只能找到一支驻防的亡军部队，这里的亡军与驻守在惩罚大陆的亡军有所不同，这些亡军的家乡是奖励大陆的，他们是为保卫自己家园而战，士气更加高涨。

亡军们的军官是一名很友好的中年人，皮肤苍白，与亡灵没有什么两样，名字叫狐岭。他见到了我们后，并没有像别的亡兵一样敌视神，而是很友善地让我们进到他的军舍。

他让士兵给我们端上水来，放在桌上，开口道："你们是从第七大陆撤下来的？"

"是啊，最后还是没守住。"

"你们是什么神？卫府督？近侍神？"

"我们是主神。"风啸平静地说。

狐岭哈哈大笑："别开玩笑了！你是主神？我就是圣灵！"（圣灵，冥界中类似于主神的角色，全冥界有二十一个）

风啸和我不约而同地收起黑色瞳孔，露出金色瞳孔。

狐岭唰地一下站起来："什么？！"

"怎么了？"风啸看似平静，但我看得出他内心的狂喜。

"我得把你们交给神界的人，我级别太低了，接待不了你们。"

风啸直接开诚布公："弑神令上有我的名字。我们只能加入。"

狐岭大惊失色，但转瞬即逝："可以——神界的事关我什么事！说吧，要多少个人？"

"十万人有吗？"

"兄弟，我就是个敏长！"（敏，冥亡军编制，一敏为五千人，分五个千人队）

"我们就要一个伍。"

"伍？"

"啊不，我们就要一个百人队。"

"没问题！但他们恐怕不服你们的管。"

"我有我的手段。"

我们离开了军舍，穿过混凝土军营，来到百人队所在处。这支百人队队长因病去世了。

亡兵们正在石阶上有一搭没一搭地聊天，见我们来了，不约而同站起来，手放在鞘上。

"哟！哪来的神？"

"现在大敌当前，我们来当你们的新百人长。"说完风啸亮了亮令牌。

亡兵们哄堂大笑："你算什么东西？那个姓狐的又算什么东西？"一个最嚣张的亡兵说："你们这帮娇生惯养的神估计连我都打不过。"

我听后心底不快，便决心试试手——就算打不过也有风啸收场，正是立威的好时候。

于是那个亡兵很快就被滔天巨浪淹没了，待海水散去后，身上扎满了海胆。他大怒，一道诅咒飞来，看来火气不小，但我练了一个多月的斗战，轻易挡下，然后又附赠一次海蛇冲澡。

在失败之后，他不甘心地说："你们法力厉害又怎样？我副百人长就不服你！"

"那不用法术，练技击术？"风啸申请出战。

"来吧！"

副百人长一个勾拳，风啸抓住他的手，轻轻一钩他的脚，轻松搞定。

副百人长抱拳："我服了，以后只认您二人了！"

就这样，我们顺理成章地接管了这支百人队。

亡兵们站成十列，听风啸训话。

"我不想多说什么，但请你们记住，踏上了这条充斥着死亡的

第三十二章 血与沙

道路，痛苦就将如影随形，以后你们所能看见的就只有血与沙了。你们的战友也许会倒下，也许连尸首也找不到。但请牢记，不论最后还剩几个人，都必须走到最后！"

亡兵们用长矛末端用力敲击地面，算是呼号礼。

在接下来的两天里，我们和亡兵们相处得十分融洽。亡兵对比自己强的人尊敬有加，之前看不起神族是因为神军节节败退，这与讲究血统的神不大一样。

在第三天时，我们这个敏五千人被调至第六大陆前线。从舒适的军营里搬出来，住进简陋的帐篷，睡在荒郊野外。但亡军们并没有像神兵那样怨天尤人，而是欣然接受。用他们的话说就是"自己守自己的家有什么好说的"。

战士们将狼拴在树桩上，生火做饭，一派祥和。风啸不禁感慨："古来征战几人回？"

神界大抵是觉得卫府兵的伤亡太惨重了，不愿再付出更大的代价来守冥界。再加之对第五大陆的人没有信心，在冥历一月十四日，神军陆续撤出第五大陆，只留下了激流的联合军团与亡军。第五大陆成了一枚弃子。

冥历一月十五日，恶灵开始在第五大陆上纵火，处处燃烧，浓烟笼罩。叛军已经在第六大陆集结，足有百万之多。在神军狼狈逃出第七大陆后，大陆上的近八十万亡军全部投降了叛军，又成为一支新的生力军，正在后方训练。

我们这个敏处于前线，第一次与恶灵正面交锋时吃尽了苦头。还没开战就失去了数百人。

该来的还是来了，冥历一月二十七日，冥河上分布了密密麻麻的舰船，天空中像黄蜂一样飞满了恶灵，进攻开始了。

恶灵在学会飞行后不久，不少亡军的精锐——黑台军（类似于叛军中的恶灵，因受勋时会在一个黑色玉台上而得名）也学会了飞行,算是弥补了天空中的不足。

我们敏被调到了海边,抵御海上的威胁。这天,风很大,又是西南风,敌船几乎在一瞬间出现在了海面上,整个沙滩都在燃烧,风啸用风将大火吹开,交代我筑起水墙抵挡火舌,他则跃上一块礁石,一抖手腕,拂尘坚硬如铁。

天空中瞬间刮起一阵大风,碗口粗的大树被拦腰吹断,浪花翻飞上下起伏。这片奔腾着古老黑魔法的河流竟被他轻松驾驭。战船马上像纸片一样晃荡,不少船都开始倾斜。

风啸集中火力,猛吹一艘巨舰,那巨舰有强大的法术来维持稳定,据说可以在风暴中稳如泰山。但在风啸的疾风之中却保持不了平静。

浪头狠狠地拍打着它的船舷,水手迟迟不敢走出船舱,因为一出舱就会被大风刮到不知哪里去了。风帆没人收,已经被吹得鼓成了大半圆。这帆是熟牛皮风干制成,凝聚了整个冥界最好的技术,但在风啸的攻势下,像纸片一样弱不禁风,不过十来秒,便被吹破了。

船体强烈摇晃,最终随着严重地向左倾斜,轰然倒下,它的桅杆被吹断砸下来,嵌进了甲板里面。

风啸凭一己之力摧毁了一整艘战舰!但正当他打算吹下一艘时,一支黑箭不知从哪里飞了过来钉在了风啸肩胛骨的链甲上。风啸的法力强大又有护甲,挨上这一箭不是问题,但他重心不稳,跌了下来。

这一下风啸摔得不轻,爬起来之后状态差多了。

舰队缓缓靠岸,放下小的战艇向岸边飞速驶来,亡兵的弩拼了命也挡不住。

当叛军登陆后,海面上的尸体和木板在波涛中上下起伏。

陆地上将充满着血与沙。

第三十三章　战斗

叛军一登陆，亡兵们就射出了箭雨，然后发起了反冲锋。

士兵们骑上黑狼，手执长戟飞驰，沙土飞扬，尘烟四起。叛军也是亡兵，因此诅咒与法术没有任何用。我和风啸虽然是神，但穿着厚重的黑甲和罩盔，谁也认不出来。在冲上去前，风啸小声告诉我："尽量别用法术，叛军会围攻神。"

我点点头，手中紧握珊瑚长剑（用不惯冥界兵器），悄悄躲到风啸身后去。

"你最好再变个盾牌出来。"

我右手指尖一挥，一面礁石盾紧握手中。

"不错呀。"

"这点法力还是有的。"

号角声响，我们双脚蹬地，低空掠飞冲向敌阵，百人队的战士们骑着狼紧随其后。双方士兵狠狠地撞在一起，斧头到处乱飞，人员拥挤不堪。到处是铁械碰撞的声音和刀剑刺入肉体的声音。一把斧子猛地劈在我的盾牌上！

双方非常混乱，敌我认知非常不清晰，不少叛军还没有换上新帝国的红色马褂（套在黑甲上以分敌我，这样就不用给降军配盔甲了），放眼望去，全是黑浪。

一名叛军挥舞着十字镐向我冲来！我立马开启法术，一道水柱从指尖倾泻而出滋得他睁不开眼，但水柱喷出的同时我找不到自己的剑了！我只好任意捡起一把马刀劈下去，谁知那家伙又穿了重甲，刀劈在上面火花四溅，震得我虎口发麻，他反倒没事。

我气极了，掀下了他的头盔，手心变出一个大海胆扔到他脸上，然后躲在盾牌后面，跟着风啸。

风啸在乱军中显得游刃有余。他似乎早就习以为常，优雅地在厮杀中穿梭，轻巧地跨过血泊，拂尘一晃，敌人已身首异处。

叛军的十字镐被风啸的拂尘轻柔地包裹住，他一脚踹开，干净利落……

我们百人队的战士见队长如此英勇，也纷纷跟着冲锋陷阵。长矛挑翻了前排的敌兵，战友们紧跟着风啸的步伐冲进了汹涌的人海。如果此时在空中看战况的话，会发现节节败退的亡军中，只有我们敏在向前冲。

但四周的敌人太多了，我们的阵型被冲击了许多次，已经快散架了。不少骑兵战友已经不知跑到哪里去了。

我们开始有序撤退，随着海滩上兵力的增多，防线已退至长墙后方。连延的城墙阻挡了叛军的进击，这时空中战场的优势就出现了。

黑台军与恶灵杀作一团，黑血从空中洒下来，像下了一场雨。

当我们退到城墙上后，狐岭大喊："我们七十九敏的人呢？一团？二团？"（团，冥界军事编制，一团为一千人左右）

风啸无力地举手，我们这个百人队只剩了七八十个人。这个百人队的战士们与我们很有默契，才几天时间就磨合得很好。可惜我们连他们的名字都记不全。

最惨的是四号百人队，他们的队伍被近千名叛军拦腰冲断后被拖入混战。现在他们只剩了二三十个人，最高长官不过是个十人队队长，其他的尸骨无存。

随着敌人的猛攻，我们不得已又被迫加入战斗。投石机将城墙砸出一个个大洞，火焰吞没了整条防线。

我们一直往下射箭和倒热油，但作为一支陆战部队，对守城并不擅长。很快，我们被增援部队接替，后撤一百四十里，也算是因祸得福。

在后撤的路途中，队伍里谁也没有说话。四号百人队被并进了我们二号百人队,他们同样浑身血污,盔甲破损,衣冠不整。

本以为是大家见敌人如此之强,士气低落,谁知过了一段时间,我们的副百人长暗骂了一声:"上头什么脑子,我们明明挡得住的,非要把我们调下来,我连一个恶灵都没杀到呢!"

在三天的行军后,我们抵达了一个要塞,负责一个山头的防御工作。

在一片开阔的草地前,坡度猛地提升,最终所有可行的道路都汇聚到了这座要塞前。古老的石墙上刻满刀斧留下的疤痕,在每一块石头中,都凝结着神秘的冥界法术的保护,保护它于连年战火中屹立不倒。

随着哨兵一声大喊:"口令!"

"今晚月光不曾照亮!"狐岭回答。

城墙缓缓打开。

我们进入要塞后,发现里面不过数百人,见我们四千人挤进来,比我们还震惊。

简单了解了一下情况,分配了住处,我们敏一下子散开了,各自去负责的城墙。我们百人队分到了一个城楼和旁边的烽火台,四号百人队成了预备队。

晚上我们点燃火堆聚在城楼下面吃东西。

我悄声对风啸说:"你觉不觉得那个狐岭有点怪?"

风啸点点头:"我也这么觉得,他对我们善良得过头了。也没核查我们的身份,还直接交给我们实际兵权。"

"他不怕万一我们是叛军吗?"

"有一种可能。"

"什么可能?"

"叛军不怕叛军。"

我倒吸一口凉气。这时另外的战士们也来了,我们的谈话被迫中止了。换班下来的战士有十几人，他们围着火堆，一边吃配发的馍饼，一边聊着天。过了一会儿，战士们聚在一起讨论着什么。我和风啸凑上去一看，原来是副百人长在修改家书，让大家帮忙看看。但士兵们都是大字不识几个的莽夫，也只有不懂装懂。

风啸夺过泛黄的马粪信纸："我瞅瞅。"

信件内容如下：

秦癌的马嘛：

窝是你的俄子。

今天，窝们倒了新的驻蒂。窝的一服洗了还设干，血腥味太重。窝们的胃置飞常安全，离前线不近，大可方心。窝一切还好，就直是今天军良豆味太重，你知道窝是不尺豆子的。先不说了，窝要去擦甲上的血了。刚打了一使，窝们有了个新百人长，还不错。

风啸收起信纸，无奈地摇摇头："你这……你这……"

副百人长得意地把干馍咽下去："怎么样？不是我吹，我这文化水平在整个百人队都是数一数二的！"

风啸和我捂嘴偷笑，拼命憋住。忍不了了，笑声在第六大陆都听得见。

风啸说："俄子？"

我接："是儿子！"

"窝们？"

我接："是我们！"

在十多分钟后，我们改出了一篇像样的文章，内容如下：

副百人长欢天喜地读着，凑过来的战友也跟着点头。

亲爱的妈妈：

我是你的儿子。

在经历一场战斗后，我们到达了新的驻地。接下来我们将在这里抗击敌人。我以我的铠甲上有敌人的鲜血为荣。我们的位置离前线有一段距离，你大可放心。我们一切安好，我将为我的家乡而战，我们的身后两百里就是山城，你们住的地方，我将用手中的十字镐守卫你们的安稳。

副百人长欢天喜地地读着，凑过来的战友也跟着点头。而风啸早去睡了。

看着他们赞不绝口的样子，我笑得说不出话来："你们认识这些字吗？"

"不认识啊。"

第三十四章　坚守

我们一直待在要塞中，战况伴随着回撤下来残部，跟着连绵撤退的部队和垂头丧气的士兵带了回来。战斗一直极惨烈，亡兵一直死战不退。但能与恶灵相抗衡的黑台军实在太少了，在敌人的重兵之下，防线被硬生生向后推。

恶灵一贯的闪击战术失去了作用。在十七天的血战之后，叛军的伤亡向十万大关飙升。在这十七天里，双方花了五天时间争夺连绵一百里的海滩，为此第六天双方暂时停战，因为尸体堆满了沙滩，无从下脚。

这让深渊非常震惊，因为叛军付出的代价是守军的一点五倍。

如此血腥的战斗令叛军有些吃不消，但亡军下了决心要守住第五大陆，再让叛军往后打，他们就将在奖励大陆——亡军的家园上烧杀抢掠。

迫于第五大陆的压力，深渊又抽调了数量庞大的军队至第六大陆准备进攻——在一场又一场胜利之后，他已经拥有了冥界的半壁江山和一半的亡军士兵。

但即使实力悬殊，亡兵们也绝不后退。许多驻守在第四大陆的士兵不顾旧政的封控政策（各大陆守军不得互通），偷渡到第五大陆参加战斗。

战斗持续了许久，叛军才磕磕绊绊拿下了海滩。幸好接下来的战斗没有那么辛苦，因为他们面对的是士气低落的激流和他的军团。

而我们敏也迎来了一队神军督战员。他们奉命对我们进行监督。

我们百人队的督战员是个迂腐的年轻神，是云族神，在十二神族中也属于存在感不高的。他冷冷地眯着眼扫视我们，迎上我们同样冰冷的目光。

他缓缓开口，声音像生锈的金属敲击声："听着，鉴于你们在惩罚大陆的良好表现，伟大的神界派我来监督你们，我可不知道你们中有没有已经和叛军谈好条件了的……"

副百人长（简称副长）怒吼："那些家伙是惩罚大陆的！跟我们有什么关系，还伟大的神界！"谁都知道，现在卫府和神界在冥界就是个是笑话。

砰的一声，沉重的云团将副长击飞了。所有人都握紧了拳头，但大家都知道伤了督战员的后果——满门抄斩。

我和风啸虽说是主神，但也不敢轻举妄动。我们一点也经不起查。

督战员得意地点头，然后又轻蔑地环视一圈，闲庭信步地离开了。

他走后,队员们争先恐后扶起副长。副长伤得不轻,半天喘不上气来,好不容易恢复了,说的第一句话就是:"这小兔崽子算什么东西!"

接下来的几天,我们的日子都不好过,督战员禁止了所有娱乐活动,副百人长的家书都被抢去烤火了。

终于,有一个亡兵受不了了。一场报复行动拉开帷幕。一天,督战员趴在城墙上打瞌睡,衣冠很整齐地放在一边。那个亡兵小心翼翼凑上去,手里拎着一桶糨糊——倒了进去。

这个亡兵之前珍藏了一副祖传的瓷棋,一直随身带着,当护身符,也顺便与战友们下下。这棋盘不过手掌大小,棋子更是小如绿豆,却还刻着字,是他的心头肉。昨天让督战员见了,说他玩物丧志,不由分说给砸了,这才招致今天的报复。

这督战员最讲究体面,只要醒着,必戴礼冠。这礼冠外头用的是羊脂玉,凝白如脂,晶莹剔透,散发出幽幽的光芒。

当督战员醒后,果不其然马上戴上礼冠。戴上后立刻发觉不对。要摘时,糨糊已将他的一头瀑布般的长前发"焊"在了礼冠内衬的丝绸上。

他一用力,试图拔下来,礼冠连同一大把长发一齐被扯下。他疼得倒吸一口凉气,脸涨成猪肝色。那秃了一部分的头皮上沁出密密麻麻的汗珠,手颤抖着放在头上。

那个亡兵兴奋地用冥语向伙伴说:"看我把那家伙治得咋样!"自从神界驻军冥界后,文化入侵极严重。大部分亡人都会说神语,但冥语仍是主要语言(主神们都会说冥语)。

他以为那督战员听不懂,可我和风啸都吓白了脸——卫府规定,凡督战员必须会冥语。

督战员沉默了一分钟,指关节握得咯咯作响。终于,火山喷发了!

"滚！"

他一把将亡兵推下城墙，墙不矮，那亡兵过了许久才爬起来，一瘸一拐不敢吱声。

"我看谁敢开城门！今晚就让他在外边过夜！"

话音未落，远方升起火语，传来几声悠长的号角声。那亡兵慌了，使劲敲城门："叛军来了，放我回去！"

众人也是一惊，正要开门，督战员变出一把穿云弓，大喝："怎么可能，别听他乱说，我看谁敢开门。"

亡兵们也急了："不开门，一条命就没了！"

督战员正犹豫时，一支黑箭穿透了门外亡兵的咽喉。地平线那头，疾驰的叛军骑兵托着血色狼旗奔腾而来。

城墙上的亡兵顿时大乱。督战员面如死灰躲在城墙下面，烽火台被点燃，烟柱连成一片。往后极目远眺，已经看得见山城了。

守军们忙着架弩，空中掠过的恶灵已经和黑台军杀成了一片，投石机也开动了，随着震耳欲聋的撞击声，城墙被砸出了一个个大洞，石块飞溅。

我和风啸猫着腰走在城墙上，鼓励士兵们坚持顶住。风啸果真天赋非凡，在他的调度下，百人队井井有条地进行抵抗，他在布置完兵力后，竟还留了三十个预备兵。

叛军多是惩罚兵，下手毫不留情。亡军也分两拨，大部分是惩罚大陆的兵，也叫囵囵兵。而另一部分是奖励大陆的兵，更善良，因此叫仁义兵。

叛军们的狼头顶装了一个铁尖，被囵囵兵驱使着向城墙上撞，结果不必多言，但这种自杀式攻击，愣是撞塌了不少城墙。可怜那黑狼，跟着主人出生入死，南征北战，却被最信赖的主人毫不犹豫地舍弃了，眼睛也不眨一下。

城头已是钉满了战斧，也陆续有士兵倒下。但风啸指挥得当，敌人攻陷了旁边的城楼，愣是吃不下我们。

黑狼舍弃性命撞烂城墙，叛军便涌了进来。风啸早有准备，一声令下，亡兵们便纵身跃下城楼，仿佛悬崖上扔下的一块石头砸进水中般跳入敌群，不过是飞溅的水花变成了红色。

亡兵们背着圆盾，挥舞着十字镐迎上去，不由得乱作一团，敌人的骑兵已经冲起来了，全是不要命的囹圄兵，亡兵们渐渐也顶不住了。

守军拼尽全力挤出一些多余人手投入战斗，终于击退了他们。但也付出了惨痛的代价，在战斗之后，剩下的人已经不足一半了。

城墙坍塌了大半，守兵也多有死伤，谁也不知道还能守多久，但身后还不远的山城，令他们不得不强打起精神，擦拭刀剑，穿上血迹斑斑的铠甲重新投入战斗。

敌人几乎每天都来，人数不减反增；而守军却像一个数学规律一般，每战斗一次，人数除以二。

我们百人队只剩了二十余人，我虽与他们没相识多久，却一起出生入死，每失去一名战友，就经历一次剜心之痛。

副百人长屹立在城头，遥望远方的山城，目光逐渐坚毅起来。大家都清楚，只要敌人再来一次，一切就会灰飞烟灭。

但怕啥来啥。

号角仿佛临刑前的呼声，茫茫一片，黑海裹挟着裹尸布一般的血色狼旗，仿佛一柄利刃疾速劈向岌岌可危的城墙，誓要斩断残缺的犀旗，然后跨过这微不足道的屏障，一口将其背后的山城咬个粉碎。一股杀气随着热风扑面而来，不禁令人双腿发软。恶灵划过天空，似陨石一般砸将下来。

所有人都明白，这下彻底完了。

弓箭手死伤殆尽，箭雨都射不起来，守军大多身负重伤，连飞斧也挪不出去。战斗很快转移到城墙上。

一道利刃向我劈来,我正要抵挡,又有十字镐从背后袭来。我以为自己死定了,正崩溃时,一面盾牌护在了我身后。

满脸是血的副长冲我挤出一个笑容,说道:"尽忠的时候到了。"而后望了望家乡山城,从城楼上纵身一跃,砸进了密密麻麻的敌群中。

城塞已经失守,他绝不容忍看见这样的情况,像一颗尘埃落进怒吼的江河里,就这么消失了。

我悲愤交加,手中的珊瑚剑狠狠砍向城墙,竟将厚厚的墙砖劈成两半。正当我犹豫要不要动用神力为副长报仇时,一阵疾风平地而起,横扫山岗数十里,骨肉横飞敌潮溃散,满目疮痍如血洗。

敌人的狼旗被拦腰吹断,叛军仿佛风中落叶般到处乱飞,有的撞在城墙上肝脑涂地,有的砸在同伙身上两人皆亡,有的被抛上天坠下来惨不忍睹。

我定睛一看,狂风竟成了一道风刃,水平向前推进,任何挡路叛军都被拦腰斩断。风啸冲在最前,张开双臂狂奔。风刃从双臂向两旁延伸。

叛军人数也有八千以上,但在风啸手下不过是一田麦子任人宰割。

我也斗志昂扬,宝剑一挥,海水一泻千里,风卷着海水,海水托着风,瞬间大杀四方。

令我惊讶的是这场屠杀的主导者——风啸却没表现出杀气,反而展现出一种纯粹的美好。

他张开双臂奔跑,像进球的球员在庆祝,又像天真的孩子追风筝,甚至像一匹马在草地上捉蝴蝶。这场疯狂的杀戮,他却像在玩游戏一样,这个同伴令我有些头皮发麻。

按理说如此打法,风啸早就杀红了眼,应该属于见人想追着砍的状态，但在搏命之中，他却如此冷静，真令人细思极恐。

战场很快寂静无声，叛军甚至一个都没逃掉。守军们颤颤巍巍爬起来，不可思议地注视着这一切。

风啸站在战场之上，昂首屹立。

督战员跑过来，恶狠狠地说："作为主神，怎么能和死人鬼混！丢了我神界颜面！跟我去见激流大人！"

当我们被押走时，亡兵们看不下去了，纷纷指着督战员鼻子破口大骂："你怎么好意思？没有他俩，你现在早死了！"

督成员却一一回骂："无礼亡人，还不让开！"

我也心头火起，一把将他抵在墙上，珊瑚剑握在手中。

亡兵们也起哄，表示自己什么都没有看到。我做了几百年浪子，痞气涌上心头。

风啸却按住了我的手："神行于世上，总要带着良知，他虽固执迂腐但也算按规矩办事。你若要报复，也不是用这种方式。"

我忌惮风啸实力，松开了手。脸色苍白的督战员一逃脱，又威风起来："怎么的？还敢袭击督战员！回去再一并算账！"

我压下心中怒火，回望风啸，他却是一脸无奈，仿佛接受了命运的安排，一丝怨气不经意流出，被我敏锐地捕捉到。

第三十五章　新的任务

我们来到了联合军团营房之中，见到了激流。督战员得意扬扬地邀功："这两个神，不跟着我英武神军，倒与那亡兵厮混，看表现还是主神，辱我神族，定有问题！请您定夺。"

激流彻查了我俩的身份，不出意料我们在弑神令上的光荣事迹被一览无余。

激流却不叫人，反将我们带到了后面。

"你俩是主神?"

"咋了?"心想必死无疑,我也懒得顾忌礼仪了。

"能力怎么样?"

风啸忍痛让激流看了看刚才那一战的记忆。激流大为震惊,看我俩的眼神都不一样了。

"走,和我去找生灵。"

现在谁都知道,年轮对冥界的统治已经名存实亡,而人界的统治力也有所降低。冥界真正统帅,是驻军总帅生灵。生灵是物族一员,掌管无数动物,与虫族并称两大族,实力雄厚。

我们正要走,风啸说了一句:"若没了下文,那督战员会不会生疑?"

激流冷笑:"我不会让他有这个机会的。"

我心中惊叹激流的狠辣,又长出了一口恶气,督战员不久后就会明白我们为什么老和亡兵混了。

我们一路长途跋涉来到第一大陆,上次来这里已是近一年前了。

我们跟着全副武装的卫兵走进一座富丽堂皇的庄园,这便是生灵的住处了。推开刻满精美浮雕的大门,生灵正等着我们。

他朝我们微微欠了欠身,也不多说什么,直接屏退众人,开门见山:"我清楚你们是什么身份,你们纯属无奈之举。现在神界处处钩心斗角,被年轮搞得一片混乱。年轮那家队,对谁也不信任,现在我身边一个有实力的主神都没有,所以才给你们一次将功补过的机会。"

我有些咋舌,心说这哥们儿说话也太直了吧。

"我已接到了线报,说深渊一直在人界布置力量,伺机而动。而且这股势力十分神秘莫测,实力也不容小觑。我在人界本来还有点人脉,但十二使神就剩你俩了,也只能拜托你们了。年轮老糊涂了，竟不关心人界，只守神界。我会给你们两块令牌，有此令牌，你们可全权调动我在人界的全部人力。我还会给你们全新身份，暂时不会有人怀疑。"

我有些不解："你为什么那么信任我们？"

生灵犹豫地看向我和风啸说："没事，海浪是自己人。"

生灵一下子改掉了严肃的表情，换上一副久别重逢的喜悦："啸仔！好久不见！"

风啸笑得直不起腰："亏你绷得住！"

这下轮到我愣在原地了："啥玩意儿？你俩认识？"

风啸一摆手："没啥，之前救过他一条命。"

原来如此啊。

一番调侃后，生灵的脸又阴沉下来："除了调查那股势力，你们还有另一个任务。先帝梦想创世时留下三枚金印，一枚在神界，一枚在冥界，还有一枚在人界。神界金印在风啸这儿，冥界金印在深渊那儿，人界金印……在一个凡人手上。"

"什么？！"我们皆是一惊。

"神鬼得此印法力无边，凡人得此印则智慧无穷。你们要找到这人界执印者重加保护，绝不能让这人落入深渊之手。"

我一下子感到沉甸甸的责任压在肩头。风啸则一脸淡定。

"二位休整一天，明朝出发，去死门。"

我们离开庄园时已是晚上，我不经意瞥见几个黑影消失在路灯下，也没当回事，很快给忘掉了。

回到住处，风啸严肃地对我说："你知道我为什么选择你作为搭档吗？"

"为什么？"

"因为我相信，海族的人，不会让我失望。"

"这个嘛，真说不好。"

"如果你孤身一人,有信心完成任务吗?"

"没有。"

"那么你记住,如果有突发状况,你必须承担起你的责任,你要守护千万条生命。"

"守护?我没那个能力。"

"这就是我选你的原因。"

"嗯?"

"你比较无赖,可以做到神们做不到的事。"

"那你呢?不无赖?"

"我比较残忍。"

"哦。"

"总之,我预感到,明天可能要出事,接下来的路,你可能得自己走。"

我有些紧张:"我做得到吗?"

"一个善良的人,如果坚定地走对的路,那么在良知的指引下,他将无往不利。"

"可我是善良的人吗?"

"这正是我所赌的。"

风啸回房睡了。

第二天,我们前往死门。在神兵的管理下,死门没那么压抑,但更肃杀了,惩罚大陆全沦陷了,罪人只能被送去第四大陆当奴隶。

守军小伙和同伴有说有笑,见我们来了,连忙立正。近来管理得严,开门必须层层审批,走死门的小鬼本就不多(大部分人死后直接到渡口),现在愈发冷清,士兵是小鬼的百倍人数。

检查无误后守军正要开门,一道光闪过,小伙顿时倒下,纯白的神血喷涌而出。

我们全部方寸大乱——风啸除外。他已经握紧了拂尘。生灵唤出猛虎护在我们左右。

但周围霎时出现了几十个身影，这令我们大惊失色，死卫兵八千，他们却如鬼魅一般潜入。

风啸当初一人杀千敌，如今狂风又起，直扫向其中一人。此人有恶灵也比不上的法力，却一副凡人面相。他张开一面气盾便挡，那杀人如麻的风刃竟被他挡了几十秒，连风啸也吃了一惊，尽管这家伙最后还是命丧黄泉。

在众多近侍神围攻之下，这伙人显得游刃有余。突然他们一齐朝已打开的死门冲来。

卫兵一惊，马上要关门，可他们并不是来冲门的。在快速解决掉众多近侍神后，他们配合交替掩护来到门附近，一抖手腕，几十个香囊如炮弹般飞来，同时凶徒也被卫兵刺穿。

深渊竟将如此精锐当了弃子，令人瞠目结舌。

香囊中装了深渊亲自施的怨咒，威力无穷。这死门即使有强大法力防御，也于事无补。风啸看出其中利害，一把将我推入门中："全靠你了！"

我只听见这惊天动地的一声大吼，然后是冲天火光和震耳欲聋的爆炸声，不见了死门，不见了风啸，急急坠入一片黑暗之中。

只有口袋里的东西硌得我生疼。

可……左边口袋是令牌，右边口袋是什么呢？

看来，未来的路，只有自己走了。

于是，命运的轮盘悄然转动，中间一个不学无术的无赖神少爷手足无措地站着。

迎接他的，将是未知的敌人和更大的风险，一场腥风血雨就此展开。一个恐怖阴谋浮出水面。

第三十六章　重返人界

当我重新睁开眼时,一切又是熟悉的样子。人界的味道充满着鼻腔,我迎着清风走过,心中却是忧虑交加。

风啸永远留在了冥界——我实在想不出他还能怎么回来。接下来的事,我得自己处理。

我摸到鼓鼓囊囊的口袋,一边是令牌,而另一边,则是一块砚台。上面还刻了一行字,交代了使用方法及作用——为迷途者指引方向。

我像是抓住了救命稻草一般,急切地想用用这砚台。我想找一个歇脚的地方,但猛地发现自己身无分文,在人界一个人也不认识。十二使神现在只剩我一个了。

我走进一家旅馆,对前台说:"你好,一间单人房。"身份证在我衣服内包里,在冥界征战时所幸没丢。与身份证一起被翻出来的还有一张皱巴巴的纸条,上面的字是龙飞凤舞的行草,看字迹是风啸写的,就一句话:从冥界出来的人,就注定要为三界而战。

我满不在乎将纸条塞回内包,看服务员直勾勾地盯着我,才想起来自己没给钱。

我是有一个行囊,但里面只有冥界的货币,没有人界的货币。于是我看了一眼价目表,眼珠子差点没掉出来:"这不是青年旅社吗?咋那么贵!"这座城市我住了七年,这家青年旅社我还是记得的。

服务员尽量耐心地告诉我:"先生,青年旅社在七个月前关门了,现在我们是五星级酒店喔!如果您预约了,就请尽快支付费用哦,谢谢!"

我皱皱眉从行囊中掏出一大块冥界狗头金拍在前台,震得桌子都抖了抖。冥界通用冥币,但部分地区也通用黄金——黄金在冥界

特别是第四大陆跟硬币一样多。

"那啥,这个能住多久?"

看着金灿灿的狗头金,服务员眼睛都直了。"顶层总统套房,一整层楼,都是您的了。您可以住一个月。"

服务员招呼同伴来称黄金,发现纯度高得惊人。

我摆摆手:"就是阴气有点重,别介意啊。"心里暗自嘲讽人类对物质的极端追求。

服务员笑开了花:"就是有核辐射也不碍事,有什么需求您尽管按铃。"

唉,人类活得好累,为了争夺在冥界跟砖一样的金子不惜犯下滔天大罪,以至于死后还得去惩罚大陆。金子从来不是最宝贵的财富,善良才是。

我来到顶楼,这里装修极其奢华,但对我这种败家且阅历丰富的神来说,不过如此。

随着神冥彻底撕破脸,人界也不大安全了。我想起了砚台,便拿起来把玩。遵照使用说明,我给前台打了个电话,一瓶上好墨水送了过来。我将墨水倒入精美的血玉砚台之中,墨水自动排列成一行字:按兵不动。

我也没啥想法,索性真的待在酒店顶楼不动。顶楼设施一应俱全,有大泳池、健身房之类的。但作为海神我对淡水厌恶至极,对锻炼身体更没兴趣,索性来到私人影院看电影。

一转眼时间到了晚上,我舒舒服服泡了个海水澡,在巨大的丝绒床上睡了。

约莫四个钟头之后,已是凌晨,我被一阵异响惊醒。作为神,感官自然敏锐。

我爬起来,手中闪起蓝光。如果是在死门袭击我们的那些家伙,那我恐怕得吃不少苦头。

我将门打开一条缝，发现原来是两个人界小毛贼，手中隐约是一把刀，大概是听闻我一掷千金，对我打起了主意。

凡人自然没什么可怕的，我正要教训一下他俩，突然两人身子一震，软绵绵地倒下去了。

我正纳闷，屋子里瞬间被红光照亮，一下子将我的记忆拉回到山峰被刺的当晚。说时迟那时快，几道诅咒飞来，我连忙趴下，身后是玻璃破碎的声音，碎碴划破了皮肤，血顺着伤口流出来。

几道人影出现在视线中，我这才发现：这些凶徒都是凡人，却有无上法术。一瞬间对我发起了攻击。一团火飞来，我迅速躲闪。床顿时被点燃了，陷入莹莹绿火之中。这又令我一惊，先前听风啸说起过这绿火乃冥界最恶毒的攻击手段。眼前几人，想来也不是什么等闲之辈。

换作以前，我早就吓疯了，可如今我也曾在冥界征战四方，能勉强保持冷静。我尽力将滔天巨浪掷向他们，但那几个杀手却用火盾抵挡丝毫不退。

见强攻无用，我便使出了自己常用的小阴招：用海藻缠住了几人的脚，又用泡沫粘住他们。这些杀手平时用惯了酣畅淋漓大开大合的杀人技，对付这种流氓猥琐打法却没啥经验。我顺势扔过去一个烂鱼头——杀手们是人，也有感官，杀手们顿时连连作呕。

我见杀手没力气用法术，马上挥舞珊瑚剑想偷袭，结果杀手头目用拳头在地上一砸，我立刻被气波击飞了。

我心想：打不过还跑不过吗？想起昨晚看的电影，我马上模仿其中的场面变出一面礁石盾，对着落地窗玻璃全速冲去。按照设想，我会像电影男主角一样撞碎玻璃跳下去。可谁知——

"砰！"

该死！这钢化玻璃也太结实了！

我摸着头上的包，在半空中竖起水墙抵挡诅咒，这一层楼都要让他们给炸了。

这时电梯门开了,一队警察冲出来,原来是被火光吸引来的。我连忙冲进电梯,庆幸警察帮我拖住了他们。

但电梯门合上的一瞬间,我想到无辜的警察要死在凶徒手中就于心不忍,又赌气般将拳头狠狠砸在开门键上,铁板都砸扁了。

电梯门缓缓打开,我大喝一声:"一视同仁!"无数道蓝光从掌心飞出,警察们昏睡过去,而杀手们则失去了神力成了凡人——我也一样。

这是风啸教我的法术,只能用在己方人数大大少于对方时,且只能持续一分钟——让双方失去法力,陷入肉搏——凡人都会昏睡。

杀手足有五人,见我使出这一招都笑了:"你是会功夫吗?"说罢各自摆好架势向我冲来。有的练的是散打,有的练的是马伽术,有的练的是形意拳,有的练的是八极拳,还有个摔跤高手,纷纷向我冲来。

其实凭他们的实力,完全可以破了我的去除法力术,但他们都是武林高手,所以欣然应战。

一个杀手抱住我的腰,一个霸王举鼎将我摔翻。可怜我的小牙,就和我说再见了。

一个杀手一脚飞踹,动作虎虎生风,干净利落杀气十足。不出意外我再次实现了无神力飞行。

我重重摔在一个昏迷的警察身边,哇地吐出一大口血,心说今儿要被活活打死了呀!突然看见了警察腰间配枪,不由双眼一亮。

"砰!砰!砰!砰!砰!"

五声枪响,杀手们惊诧地看着身上的弹孔:"你……不讲武德……"缓缓无力倒下。

我走到那个嘲讽我的杀手面前,大笑:"我就是会功夫!有枪

"砰！砰！砰！砰！砰！"

五声枪响，杀手们惊诧地看着身上的弹孔："你……不讲武德……"缓缓无力倒下。

不用用武功，怎么成一代宗师！"说罢仰天长啸。

既然我那一招可以让神鬼变成人，那人吃了枪子儿不死才怪。

那杀手已然奄奄一息，这时，近侍神们也赶来了。

第三十七章　狂行天下

近侍神们见了此情此景无不震惊，在抹去警察们记忆并搬走他们后，一个卫府督指着杀手尸身问我："你干的?"

"咋了?"

"这些家伙可是精锐中的精锐！之前不知有多少条神命栽在了他们手上！你一个人干掉了五个杀手！"

我挠挠头，指上还有淡淡的火药味儿："科技改变生活嘛。"

卫府督收起了震惊神情，正色道："你是什么人?"

我亮出令牌和调令："生灵的使臣，代为调查人界恶灵势力。"

卫府督听后向我行了一个礼："我们定会全力协助。先让我们的精英贴身护卫您吧。"说罢走来一个其貌不扬、胡子拉碴、眼窝深陷的男子，看上去四十来岁，耳根处有一道触目惊心的疤痕一直延伸到锁骨，手上有厚厚的老茧。

我问："这是我的侍卫吗?"

"不，这是我们人界卫府兵的总帅，寒冰。他是三大护神之一。"

我吓了一跳连忙行礼，心中忐忑不安。

寒冰冷峻的脸上看不出一丝波澜："我只有十分钟时间，然后就要回神界，我希望你可以尽快阐述清楚你的计划。"

我早就将风啸写的行动方针记得滚瓜烂熟。背完后，寒冰眉头舒展开来，脸上总算有了一些暖意。

"很好，我听说你是从冥界撤上来的?"

"在下正是。"

"那我也给你安排一个冥界来的助手吧。"他强大的气场压得我喘不过气来!

说罢,他便离开了。

作为神的直觉,我感觉不大对劲但又说不出来哪里不对。当然也不敢说,只能目送寒冰的背影消失在视野中。

所谓"助手"出现在眼前,是一个脸色苍白面无血色但看得出曾经意气风发的少年。他自我介绍道:"我叫杏少林,卫府第十七军团的一名军官。可惜在不久之前受伤撤出冥界,转入了卫府的镇龙司(情报部门),现在来协助你。"

我和他握了握手,余下的近侍神便离开了,留下我俩处理房间。

酒店人员赶来了,警员也陆续醒来。我们随意怒斥了几句,诸如安保不到位之类的话,要求他们退款后匆匆离开了酒店。

杏少林和我站在街上,左顾右盼不知该何去何从。镇龙司也没人和我们一起——少一个人少一分风险。

我看向穿着随意的杏少林,与凡人没什么两样。我问他:"我们现在去哪儿?"习惯了风啸那种"大哥指哪我打哪"的风格,现在身为领袖来做出选择,还真有点没头绪。

杏少林回答:"我以前和战友住一起,现在我也不知该去哪里了。"

我不耐烦地摆手:"随便找家旅馆安顿一下,我们还有事情要做。"

我们找了间旅馆住下,开始调查。

我打算先从第三个掌印人查起。他游走于人世间,神秘莫测。神冥两界,镇龙司等追查其十余年未有分晓。我查得到吗?

我想起了砚台,马上从包里拿出来放在桌子上,正在泡面的杏少林凑过来。性格火暴的他也好奇起来。"这啥呀？""可以告诉我们下一步该干什么。""靠谱不？""不知道，死马当活马医呗。"

我将墨水倒进去，马上就浮现出一首诗来，既不押韵又不对仗，古怪颠倒。"煎字有后地中石，向东流前第三字。家财万贯富敌国，南谢己亥北四。"下有一句话：此为揭秘恶灵之地。

不一会儿又浮现出一句话：要找最聪明的人，就看他懂不懂人心。又出现一个地址：美达中学七二班。

虽看不懂前一首谜诗，但下一句这个地址可是明明白白。我们马上踩单车前往美达中学。

这中学附近很混乱，卫生也差。楼房建筑纵横交错，各种违章建筑挤在一起。学校也是破旧不堪，令人不禁怀疑地址的真实性。

这座中学安保很懈怠，我们没费什么力气就进去了。校园里也听不见读书声，学习氛围就像高原上的空气一样稀薄。迎面而来的学生要么穿着花里胡哨，流里流气；要么穿着脏兮兮的校服，还破了几个洞。

我们走进七二班的教室，此时正值课间，一片混乱。几个面相不善的学生向我们投来和他们的面相同样不善的目光，而我和杏少林也毫不犹豫瞪了回去。杏少林的眼神充满了一个战士的正义与无畏，而我的眼神，比那几个学生还要流里流气。

我嘟囔道："年纪轻轻不学好。"

杏少林担忧的不是这个："我们怎么知道谁是最聪明的那个。总不能用人类的办法吧。"的确，神赋予的智慧不可能单一体现在读书上。

"我们还得多观察观察。"我说。

于是我们开始扫视教室。倒也有几个心高气傲的尖子生，在同学的骚扰下无动于衷，与周围格格不入，仿佛是另一个世界的人，孤零零的。

杏少林问:"是这几个吗?"

我摇头:"掌印者绝不会让自己被孤立,既然砚台说他看得懂人心,那他无论在什么地方都会成为领袖。智慧不代表智商。"

我们在一众人等中发现了两个特别的学生。一个是身材高大、体格壮硕的家伙,一看就不好惹。另一个身体瘦弱、其貌不扬,坐在座位上看小说,几个同学和他说说笑笑,连不善者也礼貌地同他说话,更令人惊讶的是,他和同学谈笑风生的同时手上翻页的动作竟然没停。

我马上拍板:"就是他了。"

但新的问题又从杏少林口中钻出:"怎么带他走呢?"

我让杏少林去硬碰硬试试,他走进去开口道:"额,那个……这位同学你出来一下。"说罢指向那个"掌印嫌疑人"。

结果底下的同学根本不理会:"大叔,你是谁啊?有啥资格站在这儿?"

杏少林涨得满脸通红想要大吼,但又不方便发作,只得在其他人的无礼呼喊中悻悻离场,出来的时候递给我一个眼神。

我理了理衣装昂首挺胸走进教室,一拍桌子大吼一声:"我是你们的代课老师,一个个咋的!吵什么吵!"只听咔嚓一声——刚才没收住力,讲台裂了。底下学生呆若木鸡,连之前最调皮的学生都怔住了。

我扫视一圈,目光所及之处,学生们无不脊背发凉。神对付人,虽然有点不够公平但效果很不错。我缓慢在讲台上踱步,为他们做思想教育:"回望我玄国千年历史浩浩荡荡,你们作为子民不应该只顾着眼前的苟且,要将眼光放长远些,要意识到自己的渺小。但你不能因为自己是一粒灰尘而去祸害别的灰尘。

"也许这就是你们被规划的一生。但这条路太远了,远到看不见尽头，拾不起希望。你们不想走这条路所以游手好闲，崇尚暴力。但暴力最大的问题在于你们总能遇到更暴力的人。你们中有些人很暴力，所以其他人怕他，他们遇见了更暴力的我，所以他们怕我，我的朋友暴力到了极致，所以他没什么怕的。但你们不过一介凡人，到不了极致。因此你们摆脱这条路的方法很简单，平凡地活下去便可以了。

"你们有很多个选择，可以不上大学，可以成家立业，可以不这么做。但人这一生，总有东西是需要守护的。你们要么为了守护幸福辛劳付出，要么为了轻松度日孤独终老。人的悲哀在于你们守护的过程千篇一律，与神鬼不同，你们要守护幸福只有读书、工作，但至少不是战争，你们必须为幸福付出一些东西。做喜欢做的事，如果觉得责任重了，扔一些。但扔什么都别扔了善良。"

讲到这儿我有点词穷了，只好结束了演讲。学生们的反应令我很满意。在将"掌印嫌疑人"带出去后，匆忙离开了这里。

我们刚出去，那人便主动开口："神界的人？"

我们着实吃了一惊，眼皮微微跳了一跳。"你怎么知道？"

"我天生便悉知三界，掌印人嘛，了解一下工作环境是有必要的。"

杏少林正在赌气，不怎么开口。我便接着问："那你怎么知道我们是神。"

"进来的时候，你们一前一后靠近教室，还撞在了一起。"他指了指杏少林，"这位走在你后面，脚步直径略小一些，大抵是你的手下。但看你的眼神中又没有尊敬，不怎么服你管。冥界的等级很森严，绝没有下属敢这么看上司——他们都是被抽走了灵魂的，只会服从。"

我心里不禁对这个学生另眼相看。可他又扑哧一笑："真被我唬住了？其实啊，我认你们身份的方式很简单，如果你们是恶灵我哪里活得下来——我知道得太多了，强者是不屑于利用我的。"

杏少林冷冷地说："你向我们展示自己的价值求一条活路。"

学生轻巧一笑："三界之间，蝼蚁也有生存之道。"

"你叫什么名字？"

"王五。"

我忍不住插了一句："有够随意的。"

第三十八章　追溯寻源

将王五带回住处后我和杏少林有些迷糊，不知道怎么处置他。杏少林联系了镇龙司，但他们对这个掌印人似乎不怎么感兴趣，反倒是被一系列暗杀搞得焦头烂额。

杏少林气得一巴掌拍在桌上，震得茶杯叮当响。坐在沙发上看电视的王五抬起头说："还看不出来吗？你的上司们早就不对你们抱希望了。不过是找个烂尾项目把你们牵制住罢了。"

我们又何尝看不出来？不过是他的话打破了我们最后的幻想罢了。

我有些不甘道："我身上可是有生灵给的令牌！他们都得协助我！"

杏少林苦笑："生灵在人界的权力早被架空了，被堵在冥界。若是他派自己的得力干将来的话，恐怕上头根本不允许给这些精英开门。派你来也是无奈之举，只是他的面子已经不值钱了。"

我倒吸一口凉气，权力的交替在无声无息中进行。不经意间时代的轮盘缓缓转动，多少往昔传奇豪杰就这么不声不响消失在人潮汹涌中。仿佛将骷髅置于一口深不可测的井上，也许会浮上去一会儿，但终究会沉底。如果不想沉下去，要么不入水要么挂个救生圈。

我们三人一时沉默无言，窗外烈日炎炎，室内空调已坏，燥热难耐。但一丝寒意悄然爬上了脊背，吮吸出豆大的冷汗。

王五扫视着我们，他显然已经习惯了指挥我们二人。"看看我们的身份吧。一个生灵麾下，刚从九死一生的战场上回来的低级士官；一个游手好闲，不靠谱方面的权威公子哥；一个脑子好使，但无人问津的学生。我们的共同点，就是一切的原因。"

说着，王五瞳孔猛然缩小，似是琢磨出了什么。额头滴下一滴冷汗。

他喃喃自语："我以前总是被你们镇龙司的人寻找，但为什么现在……"

"你一下子就被找到了？"杏少林接过话头。

王五不出声轻轻点头，又思索良久后，突然喊出声来："快，有阴谋，是……"他的表情突然狰狞而扭曲，只长了几根胡须的嘴唇颤抖着，身上燃起幽蓝色的冥火——被冥火烧死，凡人成尘不入轮回。但离奇的是，王五还没被火烧死，自己脸色铁青口吐白沫而亡。

狭小的窗户突然被砸了个粉碎，那伙在酒店袭击我的杀手同党出现了。他们穿了防弹衣还带了枪，显然是吸取了之前酒店的教训。

我被这突如其来的变故惊得面无血色，杏少林也愣在原地。幸好我很快反应了过来，一股水流拖住他们。我带着杏少林噔噔噔从楼梯狂奔而下。窗户被他们封住了，飞都飞不了。

杏少林不愧是长年在战场上摸爬滚打，逃起命来连我这个跑路专业户都甘拜下风。当我们气喘吁吁跑下楼时电梯缓缓打开，一脸气定神闲的杀手老大从里面走出来。杀手将我们围住，只要一声令下，炙热的冥火马上就会将我们吞没。

第三十八章 追溯寻源

那老大看上去五大三粗，战力不凡，但眼神却有些一言难尽。他粗声笑道："哼，我金刚不杀无名之人。江湖规矩，报上名来。"

金刚不是那猩猩吗？我心说。

杏少林一身正气，荡然吼道："吾卫府军中一盔长，镇龙司里一镇龙吏，杏少林是也。"

金刚——被我取了个外号叫猩猩怪，一指我："报完名以后，你们就可以放心上路了。"

我背上全被冷汗浸湿了，索性将自己无厘头的潜力发挥下去。我偷偷将手伸进口袋，打开手机。凭肌肉记忆打开镇龙司一个镇龙官的对话框，悄悄给他发去定位，又加一句："救命。"

然后我开始念自己名字，心里计算一番，镇龙司的人赶过来大概需要三分钟。

"我叫艾吉卜·查哈尔·汀士奇·汤哈立维德……"有点编不下去了，我索性把人界听到的一些名字连在一起，就赌他们两耳不闻窗外事。

"呃，利昂内尔·梅亚·赫尔曼·黑塞·马克斯·唐伯虎·铁弦·伊布拉希莫维奇·基利安·姆巴佩……"

"快点！名字怎么那么长。老大，要不我们直接杀了他们！"

金刚瞪了那手下一眼："这是规矩。他们又跑不了，不如多享受一会儿猎物挣扎的样子。"

我一边心中默默祈祷反派死于话多，一边拼命编："呃，勒布朗·詹姆斯……"

我用尽了心中所有词汇，什么勃朗宁、西格绍尔、伯莱塔之类。不时还尴尬一笑："名字比较长。"

正在我念到莱万多夫斯基时，只听一声巨响，原来是镇龙吏们拍马赶到。十几个束缚术向杀手们袭来。杀手们手疾眼快，轻易接下，但留给我俩一刹那的时机。

我好歹是个主神，杏少林征战四方也是实力雄厚，加上我们一个是海族，一个是水族，因此虽然刚刚见面但配合起来颇有几分默契。流水连绵不绝，刀斩不断以柔克刚，因此杏少林防御之术练得炉火纯青。我架起一面水盾，金刚一时也无可奈何。我心中暗叹这个水平恐怕比起一些主神也毫不逊色。而大海气势磅礴，浩浩荡荡在我剑影之下，惊涛骇浪狂暴地横扫千军。这个组合与我先前同风啸海借风势、风助海威的双剑组合不同，一攻一守的剑盾组合也势如破竹。

杀手们俱是一惊，金刚虽有一种脑干缺失的美，但也深谙暴力美学。在他的领导下七个杀手分为两组，三个对付那些镇龙吏，四个对付我俩。

一团冥火冲我飞来，但马上被水盾拦下。我立刻用漩涡将那杀手卷飞出去。作为海神我更擅长主场作战，但客场专家风啸还在冥界和死人打牌呢，我也只好赶鸭子上架。

有了不少战斗经验的我对于扔海胆丢海带这种光明打法用得登峰造极。但杀手们的打法大开大合，无数诅咒满天飞，烈焰仿佛铡刀一样劈下来。

那几个镇龙吏很快被解决了，我俩边战边退也快逃脱了。

这时又一大批镇龙吏赶来，战局再次混乱起来。眼看我和杏少林马上要逃出生天，但麻烦又来了。一眨眼的工夫，几十个镇龙吏成了幽蓝的火球，瞬间命丧黄泉。

我心中大叫：完了完了，又遇到高手了。

杏少林也双眼瞪得鸡蛋般大："这几十个镇龙吏都是司里一等一的好手，怎么一下子全死光了？"

刹那间四周气温骤降，氛围也压抑得可怖。只见远处一人翩翩而来，闲亭信步，仪态端庄，一袭白衣随风扬，一双素手执扇轻摇，颇有几分仙风道骨。这男子面容俊俏，棱角分明，浓眉之下是狐狸般的眼睛，冰冷地扫视着每一个人。若不是他刚才暴起杀了几十名镇龙吏，还以为是寒冰派来的神呢。

这个男子踱步至我们几人面前，微笑着看向我们道："我们不杀无名之辈。"

完了，这下子彻底完了。

第三十九章　天降救星

我自然不可能再耍之前的把戏，空气中弥漫着浓重的杀意和阴气，地上躺着横七竖八的尸体，仿佛炼狱中的场景，不久之后还会多出两具。

我闭上眼，回顾自己的一生，前上百年属于虚度，吃喝玩乐甚是自在，至于后十几年嘛，还不如虚度呢。

我深吸了一口气，既然不能名声良好地活着至少也得体面地死去，于是决定最后放手一搏。

我睁开眼，目中的杀意令那无名男也是一惊。不知不觉我已淬火出了风啸一样的眼神。

我用尽全力，召唤出西风带合恩角最狂暴的海水，冰冷刺骨，排山倒海，力贯千钧，仿佛醉眼关羽横抢刀，梦里猴王环扫棍。无名白衣男冷笑一声刚要四两拨千斤接下此招，突然海水变成了一大堆冰碴子，肆意横飞。伴随杀手惨叫而来的是一阵悠扬清逸、婉转灵动的笛声。一个潇洒的身影出现，一身白袍。

杏少林惊道："主神雪语！他消失几百年后又出现了。"

杀手们被打了个措手不及，身上嵌满了冰碴，开始反扑。但两个主神、一个老兵去对付七个杀手绰绰有余。

雪语手中长笛轻响，茫茫飞雪也随之作战，凛冽的暴雪令杀手皮肤皲裂发紫，无名男只得下令，众杀手仓皇逃窜。

雪语漠然盯着我们："跟我来。"

杏少林生性急躁，问："去哪呀？"

"到了便知。"雪语惜字如金。随即匀步走出公寓，走上街道。我们一头雾水，只好紧紧跟着。杏少林小声问我："咱这是在干什么？"

我皱起眉头："咱保护不力，害死了王五，怕不是要……"

杏少林是军人出身，马上反应过来："军法处置！"

正当我们构思遗言时，雪语停了下来带我们进了一家电影院。我回想起与风啸一起在影院激战的场面不禁有些紧张。爆米花的焦糖味和膨化食品的味道却迎面而来。影院里人很少，空调也不给力，幸好我们待在雪语身边，气温比较低。

雪语一言不发，去买了三张票，领我们进去。我们找到位置坐下，电影还没开始，四周寂静无声。

雪语难得开口："我在想事情的时候喜欢来这里坐坐，安静——至少没有人的声音。"他看了一眼表说："开思维殿堂。"

我们进到思维殿堂，但杏少林法力不够，雪语费了好大力气才将他拉进来。

杏少林非常好奇，左顾右盼。雪语道："是风啸发来秘信，让我来救你们。"

我有些惊讶，因为没想到自己这条命是远在死人的世界的风啸给的。雪语不怎么说话，我反问道："那你为什么要信任风啸？"

雪语并没有被我噎住，而是固执地确认我们的身份。我的身份证是入界时备好的，上面"洛云岭"三字勉强打消了他的疑惑。

杏少林快人快语："你为什么要为风啸出头？"

雪语眼神迷离仿佛一团冰冷的迷雾，过了半晌才渐渐散开放出光亮来，但转瞬又被遮住。他的手指头轻拂指腹保持沉默，又犹豫着开口。

"这是我的使命。"

我有些疑惑，我所见到的每一个人都是这样的，他们似乎不正常，总是执着于一个任务，而且决定了就不知变通。风啸也是这样——他一心要守护神界，即使被神界流放惩罚。他曾经都打到神都门口了，为什么会为自己的敌人效力终生。这恐怕不是正常神干得出来的事。

正当我和杏少林发呆时，雪语的身影突然变得模糊不清。我察觉到了不对劲，马上返回肉体，结果雪语已经离开了。电影院一排座椅上都是冰碴子。能在思想殿堂里控制身体，那意志力我无法想象。

杏少林喃喃道："也许风啸的情面也就够让他做这些了吧。"

我眯起眼睛，许久不用的大脑转了几转，缓缓开口："风啸现在身份高危，愿意帮他的就不会是因为什么小恩小惠。"

杏少林也做沉思状："所以说，答案是……"

我们同时看向对方，眼中闪烁着八卦的光芒，异口同声道："他有社交恐惧症。"

第四十章 皇家赌场

在临时的酒店里，我和杏少林抓耳挠腮拼尽全力对着纸条苦思冥想，玩着为我们所痛恨的解谜游戏："煎字有后地中石，向东流前第三字，家财万贯富敌国，南谢己亥北四。"

我们想了一个钟头都没有结果，想到最后我竟是被杏少林的呼噜声叫醒的。

杏少林被我摇醒后，第一句话就是："放弃吧。"的确，我们两个大老粗，不可能做到。

这时，外面传来一声异响，我们都是一惊，杀手又来了？正当我们如临大敌准备作战时，却没了后续。杏少林南征北战胆子更大，打开门往外瞅了一眼，再回头时满脸轻松，笑道："没事了，电梯坏了。"

我这人有个毛病，好胡思乱想。一个东西能引出一连串联想来。提起电梯，我又想起了和风啸去阻拦使神下冥界的那晚坐的地心电梯，还有那个老头。也不知道风啸在冥界过得怎么样……

等等，老头、风啸、电梯、行驶！一个念头在脑海中生成，这四个词语又隐藏了什么？

我一拍桌子，茶杯在巨大的震动下变成了一堆飞溅的碎瓷片，茶水带着茶叶将地毯变得污秽不堪。

"坐标！谜底是一个坐标！一个地点！"我仿佛找到了猎物的恶狼，双眼发红，通红充血的眼珠放大，兴奋地盯着杏少林。

杏少林是从死人堆里爬出来的，还是被我狰狞的面目吓了一跳，但随即也和我一样为之发狂。他在镇龙司干得挺卖力，对神界和人界划分的行政区域背得熟，马上找来一张地图。

前三句不知道在说什么，但后一句和风啸以前对老土地神说的"汀陵行政域，甲申行政区，东芬道，第七十一区第十四号"相对。就是南榭行政域，己亥行政区，北风道，四多少多少号或区。

杏少林找出了这个位置，是莲城！但多少区多少号没确定。我们还得解谜。

有了这个思路再来审视，答案也就呼之欲出了。我真后悔让雪语走了，那家伙似乎脑力不错。

我感到无助，没人能帮我也没人会帮我。只能自己走下去，还得驮一块碑。不然死了都不会有人知道我是谁。

我重新审视这则谜语：煎字有后，便是无前。煎去前，是个"灬"，至于向东流，上网查查，出来的就是李煜的词：问君能有几多愁，恰似一江春水向东流。向东流前一句是"问君能有几多愁"第三字是"能"，能和"灬"成了个熊；第二句好理解，就是钱呗。

我马上在网上查，莲城特别有钱的熊姓商贾，只有一个熊达。

而他名下资产在带四的区内,只有一座"皇家赌场"。

就这样,这个谜终究还是让我破了。我长舒一口气靠在椅背上。

我们马上坐船去莲城。一路上我控制浪花助轮船一臂之力,不一会儿就到了。但我们还是要搞懂需要查什么。

我也懒得管那么多了,进去了再说吧。

到了莲城已是黑夜,整个岛屿被连成一片的华灯点燃。在白昼太阳是亮光,在夜晚它就是太阳!整个海面仿佛燃烧起来一样,令人眼花缭乱。

找到一家酒店,那价格令阔惯了的我都吸了一口凉气。黄金换来的钱不是很多,但也绝对足够且富余不少。

夜里我又摆出砚台倒好墨水,上面便浮出一行字来:寻一本古书《阁中谈》。我马上来了精神,找来杏少林立即启程前往皇家赌场。

看着灯红酒绿的赌场,我眯起眼吞下一口唾沫。看着场内的摇曳光影,沉睡在我心头十余年不曾苏醒的欲望又睁开了眼,仿佛又回到了神界那些诱人的赌场……

杏少林在外等待,他一点也不喜欢这种吵闹的地方,大脑被吵得发胀,双眼也被刺人的光亮弄得要流泪了。他虽迟钝,却也冷静。他非常清楚从这种地方出来的军队,一场战争也胜不了。

而场内的我已经赌红了眼,一轮轮失利让我近乎歇斯底里,我拼尽全力发动神力却无济于事。

最终我看着桌上堆积成山的筹码,扫视一圈那些赚得盆满钵满的赌徒,艰难地从袋中掏出一块纯金牌,用力一把拍在桌上:"押!"

就这样,当杏少林一路杀进来将我拖出去的时候,令牌已经被输掉了。

第四十一章　全是圈套

当我被杏少林拖出去时注意到了一个人，他揣着我的令牌大摇大摆地离开了。

杏少林不善说教，见面就是一拳叫我爬不起来，紧接着他扔给我一笔路费，留下句"你自己看着办吧"，便头也不回地离开了，大概是认定我这个领导空有"主神"之名。望着他离开的背影我也无话可说，反正这种背影我以前不知道见过多少了。

我坐起来，凛冽的夜风让我清醒了些——现在天气不暖和了。我也不知道自己要做什么，要去哪里。没有了风啸，我连方向也找不到。而我好不容易找到了方向又被自己毁掉了。现在杏少林也走了，就算又有了方向，也不知道怎么做。

我不禁又思考这一次的意义，和风啸不一样，我没有什么想要守护的。我只是在完成一个任务。现在，任务失败，该干啥干啥！

但是，该干啥呢？

唉，先回去睡觉吧。

第二天一觉醒来，我发现了问题所在。

我是主神，按理说和人比不可能输啊。但那天我的神力完全被人压制，一点都没发挥出来。这就有问题了，而且问题很大。

能让我的神力被完全压制绝不是人能干的事。也就是说，当时有高手在场。而这个高手不是神就是恶灵。冷汗密密麻麻浸湿衬衫，我瞬间如芒在背。

他知道我会去赌场，也知道我的嗜好，甚至知道我会控制不住自己最后压上令牌！

那他是怎么知道我会去皇家赌场的？我缓缓扭头看向砚台，从一开始我就盲目地信任了这个来历不明的东西，因为我不愿意自己动脑子。

我一下子震惊起来。

如果这个圈套是为了夺得我的令牌，那他们的计谋就得逞了。再顺着砚台找到我……

不妙！

我马上坐起身夺门而出，终于知道我们为什么总被找到了。

刚跨步出去，背后传来一声巨响，幽蓝的火光冲天而起。我下意识砌出一面水墙，但还是两眼一黑，就什么也记不得了。

当我睁开眼时闻到的是一股药香。

我正躺在一间屋子里，周围全是瓶瓶罐罐。墙上一边挂着草药图鉴，一面挂着篮球海报。一个白发苍苍的老者正坐在一旁，全神贯注地玩手机，两个耳朵里塞着耳机，跟触电似的摇头晃脑，还扭来扭去的，根本没发现我醒了。

我挣扎着坐起来拍了拍他，老头才如梦初醒，摘下耳机笑眯眯地看向我。

"你好啊，我是镇龙司神医温九，他们都叫我九叔。我听说莲城那边发生了恶灵袭击就过去看了一眼，顺便把你给救回来了。不要担心你并没有受什么伤，只是有点头疼而已……"

这个九叔的话犹如滔滔江水一般绵绵不绝，令我更加头疼。好不容易清静下来，正当我要喘口气就撤时房间的门被粗暴地推开，镇龙吏们蜂拥而入。

为首的镇龙官恶狠狠地冲九叔吼道："老头，谁叫你又接私活！"大头皮靴不满地在木地板上发出吱呀的声音，搞得破旧的墙壁冒出层层灰尘来。

九叔委屈地嘀咕："救人是本分嘛。"

镇龙吏已经包围了我，令我鼓不起反抗的勇气。镇龙官掏出一张公文："海浪，你因欺下犯上，夺权指挥，大逆不道被捕了。"

我已经记不清被捕了多少次了。但这次尤为离谱。

"等等,什么叫欺下犯上,夺权指挥?"

"你私自调动镇龙司的人,不是图谋不轨?"

"什么?我有生灵给的灵牌啊,而且我刚到时你们可不是这么说的!"

镇龙官冷笑一声:"那更是证据确凿,生灵已是阶下囚是谋反的奸人,你与他同流合污罪上加罪。"

我的脑袋轰地一下炸开了,生灵与年轮不和众所周知,但他手握重兵作战勇猛,年轮也不敢轻举妄动。而现在他的嫡系部队在冥界损失殆尽且节节败退,亡兵反水,全靠生灵一人实力硬顶,手下军队已经三个月没有支援补给了。年轮在这危急关头想到的却是权力的斗争,他借机打倒了生灵换上了自己的亲信。我唯一的靠山也倒了,不知道风啸能否回来。

我很快被五花大绑,蒙上头带到了一间保险库里,我就被关在这里等着第二天被押上神界受审。

我倚在冰冷的铁壁上,空气中有淡淡的纸钞味儿,有些干燥。我不明白年轮为什么要这么做——那封命令是年轮亲自下达签署的。在最危急的关头英雄看见的是大义,政治家看见的是自己。正因如此,英雄斗不过政治家。

年轮彻底胜利了,他废除了梦境留下来的所有良政,让自己的权力前所未有的稳固,彻底成为三界之王,没有神能够撼动他的地位。从此以后神界不再是神的神界,而是年轮的神界。

他铲除了所有对他不利的人,现在不论是名义还是实际上,他都登上了这个世界权力的最高峰。任何敢于挑战他权威的人,就算是英雄也将被斩落马下。

我再一次感受到彻骨的寒意,我已经没有后盾了。接下来的路真的只能一个人走了。

正当我濒临崩溃时保险库的大门吱呀吱呀地发出响声,盘根交错的铁杠被打开，沉重的铁门缓缓推开，露出九叔的脸。

"哈喽啊，小伙子。"

我震惊了："你为什么来救我？"

"先出去再说吧。"他四处张望了一番。

我们急匆匆地离开了，四周一片寂静，静得有些过头。漆黑的夜幕中吊着若有若无的月亮，连树权也看不真切。

镇龙吏对自己的保险库相当放心而且笃定没人会来救我，所以连岗哨也没一个。

我们小心翼翼地行走在漆黑的夜里，不见星也不见月，看不见脚尖却听得到心跳。

我小声问九叔："你为什么救我？"

九叔一笑："我在镇龙司干了这么多年，看着它走偏，总得做点什么。你是对的，所以我顶你。"

我默默无言，正当要离开时一枚幽蓝色像陨石一样的冥火横飞过来，九叔的身体瞬间被撕裂、洞穿，消失在我眼前。

我能感受到杀手的身影在暗夜里穿梭于树枝中，将我团团包围。我筑起浪墙拼死抵抗，一团团冥火从四面八方像炮弹一样袭来，将水墙击出一道道裂缝，大地微微颤动。

镇龙吏们毫无反应，我猜是提前被处理掉了。

海盾被击得岌岌可危，一条条裂缝如同伤疤一般。我的额头沁出汗水，已经顾不得为九叔悲伤了。

我甚至分不清有多少个袭击者了。尽管在夜里仍旧能看清东西，但我现在头痛欲裂发挥不出这个能力。

突然之间一阵疾速到极狂的风弯刀一般横扫而过，却轻巧地绕过了我。

霎时间一切都安静了，袭击者无一幸免。我的内心却并不平静，因为我太清楚那风意味着什么了。这狠戾的风，这狂暴的风，

一个身影从阴暗处走出，有些疲惫的脸上焕发出光辉来："好久不见。"声音在夜空中回荡。

风啸，出现于眼前。

这冷酷的风，我太熟悉了。

在危机四伏的人界我见到过；在血肉横飞的冥界我见到过。它撕裂任何敢于阻挡的事物，是我们最信任的屏障。

一个身影从阴暗处走出，有些疲惫的脸上焕发出光辉来："好久不见。"声音在夜空中回荡。

风啸，出现于眼前。

第四十二章　风啸归来

我曾经因未能拯救所有人而绝望，但现在他又真真切切地出现在眼前。

风啸，终于回来了。

他看上去狼狈不堪，头发一团一团地贴在额头，眼窝深陷，胡子拉碴。但那双炯炯有神的眼睛在夜里闪闪发光，让人瞬间安稳下来。

他看着我，我看着他，没有任何寒暄也无须任何言语，我们快步离开隐没在夜色之中。

走在清冷的街上，我开口问道："你怎么回来的？"

风啸的双眼竟闪过一丝恐惧与后怕："用一种意想不到的方法。"语气极其冰冷。我不再问下去了，因为我很清楚这一定是个噩梦。

风啸的脸很阴沉："他们一定有别的方式上来，只是我们不知道。"

我也接不上话，索性发问："我一直被一伙人袭击，你有眉目吗？"

在大致说明情况后我得到了答复："这是玄字阁的人。"

"玄字阁？"

"没错，他们是深渊在人界最为精锐的组织，在暗杀方面很有一套。不少镇龙吏就是死在他们的手上。"

我点了点头:"但他们不像恶灵啊。"

"他们是人。"

"什么?"

"他们是拥有冥力的人类,他们永生于苦痛之中,死后也只能化为尘埃。他们半生半死,拥有独立思想而不是像其他士兵那样被抽去灵魂任人调遣。他们是最神秘的部队,甚至深渊都舍不得将其投入正面战场消耗。每一个阁中人都相当于一个近侍神,一个掌阁人都相当于一个主神。"

我不禁倒吸一口凉气,这下我的处境可真悲惨。

"我们真的还要再做下去吗?神冥两界都想要我们的脑壳!"

"不"风啸坚定地回答,"我们不是为了荣誉而战,也不会因脑壳问题而放弃。我们守护的也不是神界。"

"那是什么?"

风肃看着四周,夜深人静,只有几家还亮着灯仿佛几颗星星。虫儿在草丛中叫着,猫的身影在屋檐间跳跃,远处传来几声犬吠。

"多好啊。这就是我们要为之而战的东西。"

"哦?"

"你还不明白吗?我们是为了自由而战,为了灵魂与美好而战。"

"我没你那么高尚。"

"不,这是为你自己。现在鸟可以叫一声,可以叫两声,也还可以不叫;你可以对家人笑,可以不笑;你可以追求快乐也可以追求荣誉。一切自然地走着,想怎么走就怎么走。可以有自己独立的思想,得以安放梦与灵魂。"

"但深渊掌权后可就不一样了。你的灵魂会被抽走,世界都由他一人做主。一切情感都被吞食,世上没有了三界,都成了死亡的天下!天没有了光,眼里又怎么会有?"

第四十二章 风啸归来

"真的？"

"八百年前的世界，亲眼所见。"

我的内心震颤起来，看看四周，还是很平静。空气中哪里是氧气、二氧化碳和其他呀，分明是自由和美好。我又想起了九叔，心中有些温暖，总还是有人相信什么是对的。如果这个世界不复存在了，我又该去哪里呢？如果我战死了，那也不过是去第十大陆吃点亏，万一能让人给捞出来呢？但如果一切都乱套了，那我真不知道该怎么办了。若是你生活的一切不复存在那你又去哪儿呢？

如果你深信不疑的一切崩塌了，那你又是谁呢？与死亡有什么分别？最可怕的不是死亡，而是连死亡是什么都不知道。

风啸在一旁笑眯眯地看着我的思想斗争，待我眼神平静后他才发问："怎么样，干不干？"

我也只好哭丧着脸答："还是得干！"

风啸得逞的样子真猥琐！

很快，我们开始行动。

首先，我们已经调不动镇龙司的人了，他们反倒是对我们很感兴趣。其次，我们不清楚玄字阁的虚实，也不知道叛军通往人界的入口。然后，随着生灵的倒台（现在生死未卜，总不能相信年轮的人品），卫府远征军兵败如山倒，叛军都要打成政府军了，新帝国的军队前所未有的强盛，神界反倒是元气大伤。最后得出结论，阻止不了冥界向人界进攻只能拼死将他们堵住。

我瘫坐在住处的椅子上。这个结果是可以预见的。

风啸却一脸镇定。我看向他，他可是能在绝境中找到希望的人。

"两步：第一，救出生灵，凭他的威望重新整编残军，看看能不能在人界战上一战；第二，在某个地方有一支极强大的部队，龙族。找他们出山，纵使千军万马，也有一战之力。然后二者一起死死堵住敌人——按此方法，我们的部队最多不过几万撑死也就十万多人，绝对挡不了太久，总不能靠人界的军队吧。"

"反正他们的警察可抓住过一个使神呢。"

"所以我们必须要调来神界的援军。"

"什么？我们现在还是逃犯呢！"

"我有一个人选。"

这个问题算是解决了，现在的另一个问题在于——风啸口中的龙兵在哪里。

风啸这一回没那么轻松了："我知道他们在哪里，只是没能说服他们。"

"还有你说服不了的人？"

"呃……这个，他们比较刚烈……"

"那怎么办？"

"你先去救生灵，我再去看看能不能打动他们……"

"什么？我去救生灵，你有没有搞错？"

"说实话，说服他们可比救生灵危险多了。"

"我要是有个帮手就好了……可惜杏少林走了……"我喃喃道。

"嗯？杏少林？"风啸的瞳孔陡然扩大。

"怎么？你们认识？"

"岂止认识！我的朋友不多，生灵算一个，他算一个，雪语算一个，你勉强算半个。"

"啊？你怎么谁都认识！"

"哼，真是没想到啊。他以前是水族的一员。爷爷的爷爷还在我手下打过仗。在杀戮之夜那会儿，他跟着我作为先头部队杀入了第一大陆，占领了冥宫。八百年了，他混得还是那么差。"

"你参加过神界保卫战？"

"对呀，不然就凭年轮手底下那些兵，挡得住不可一世的亡兵？生灵手底下可没几个兵。"

"那你打了些什么战役啊?"

"云城守卫战,神都争夺战,死门反击战,冥宫争夺战……"都是些赫赫有名的关键战役。

"那你打完了又有什么待遇呢?"

"能有什么待遇?——还是接着流放接着坐牢,一百年前才放回来。只可惜了我的兵将,都一直被压着升不了官。"

"为什么呢?"我都有些愤愤不平,"也该将功抵过了呀。"

"你不明白,"风啸的眼神有些暗淡。"那场乱子太大了。"他抬起头,眼神变得凶狠起来:"年轮最可恶的地方在于,他多疑到了牵连的地步!那么多好的将领,那么多好的政策都因与我有关就……"他的牙齿咯咯作响,看来是真的痛心疾首了。

"真有这么夸张?"

"你根本不明白,有多少人死在了这迂腐的制度下!"

我现在不明白,以后很快就明白了。

风啸的话我不懂,但很快就懂了:"他们不知道为何而战。不求有功,但求无过。"

第四十三章　含冤而死

风啸说:"杏少林呢?带我去见见,你还可以调动镇龙司吧?"

"这个,很难说啊……"

"你不会给当了吧?"

"这个,不排除这个可能……"

"……"

"唉,你先去找他吧。"

"他在哪里呢?"

"……"

"我知道一个地方,碰碰运气吧。"

于是我们出现在了这里。这是一座老旧的博物馆,已经年久失修,就这么孤独地立在市郊二十多年了,无人问津。如果问孤独是什么感觉,它一定有发言权。窗户不知被什么人砸破了,仿佛瞎了的眼眶,连个看门的都没有,属于荒废状态。

推开门,灰土像沙尘暴一般席卷而来,我们连连后退,风啸用风刮了半天才敢进去。在这个环境可以拍《荒野求生》的地方,竟还有个售票员。一股霉味儿从这个售票大叔的板凳下传来。他眼中却闪过一道白光,看来也是神。

买了一张价格不菲的门票,我们走了进去。

博物馆的天花板都烂了,地上落满了墙灰。展品也没几样,可谓无聊至极。

风啸拂尘一抖,整个博物馆瞬间焕然一新。几十张小木桌占着大厅的一半,另一半是一些训练器材。分出来的小房间装了铁栏,并有符咒压着,这便是牢房了,后门还有个兵械库。

这里和我之前去的镇龙司分衙不同,其他地方不论是设施还是面积都要理想得多,成员也更多,多则繁复彩灯下几百张紫檀木雕花桌和几百张松木龙纹椅,再配以一张巨大无比的丝绸刺绣地毯,浩浩荡荡,气派无比。但这儿却有他处没有的:一股狠戾与忠诚的氛围。

这是一个由前线调下来的军人组成的镇龙司分衙。与神界最疏远,最不服管——镇龙司本是由年轮亲自管理的。但最拼命,意志最坚定——他们从不说自己是镇龙吏,只承认是生灵的兵。他们几乎成了一个独立的部门了,从没有支援也不与别部接触。

杏少林的背景和性格,大抵也就是这样了吧。

我们在人群中找了几圈(人本就不多),很快便发现了杏少林的身影。我们走上前去,风啸拍了拍他的肩。杏少林抬头先看见了我，正要勃然大怒时，又发现了风啸的所在，愠色立刻一扫而空。

"将军！你怎么到这儿来了？"二人异口同声问。

"说来话长啊。"风啸做沉思状，"对了，海浪他虽然不太靠谱，但总归还是可以合作的，你要不要一起来？"

杏少林似乎完全服从于风啸："那是自然了，将军。"说完他眯起眼，叹了口气："唉，好怀念当年骑马行于第一大陆街头啊。"

风啸也摇头："现在在年轮手底下打仗一点也不痛快。"

杏少林倒十分激动："多少年没见了啊！"

"两三百年了吧。"

"绝对不止！"

"以前的家伙们，怎么样了？"

"八百年了！现在还得到冥界挖壕沟，好多都……"杏少林不再说下去了。

风啸笑着回忆："你还记得云城那一回，我们扎营时你差点把我的中军大帐给点了。"

杏少林爽朗地大笑："哈哈，低调，低调。"

他的笑声引来了别人的关注，不少人扭头往这边看。这里的都是士兵，其中就有几个跟过风啸的，也纷纷凑上来。

"将军！好久不见！"

风啸答："好久不见！忙啥呢？"

"旁边有一支卫府近卫军，负责押送物资的，人还不少呢。"

"近卫军？"

"对呀，千把人呢。物资还挺多的，负责供应所有人界神。就在旁边，怎么安置他们可够我们忙了。"

我从没有见过风啸如此快乐，眼里闪烁着兴奋的光，仿佛回忆童年的美好一般。

突然之间，一道红光弯刀一般横着削过，顿时五六个士兵（他们更愿意这么称呼自己）倒下去，吐血不止。一大批阁中人冲了进来，士兵们被打了个措手不及，瞬间损失惨重。但他们马上找好战斗位置，试图发起攻击。但阁中人的战力有目共睹，即使他们都是身经百战的老兵，在人数相当的阁中人的攻击之下，也毫无还手之力。

这阁中人是精选将死之人中怨气最重的，注入八十二个恶灵的灵魂与血液（相当于有八十二只恶灵要献祭），从成为阁中人的那一刻开始，他们没有感官，除了听觉、视觉、嗅觉，触觉和味觉都没了。没有快乐，也笑不出来，只有杀戮才能使其获得满足，而且其训练极严格，如果训练不合格或性格懦弱，都会被"处理"掉。

所以综上所述，士兵们与一群脾气暴躁（怨气重，可以理解）、被老板压榨（完不成业绩会被砍）、不要命（没啥在乎的）、战力惊人（成本本来就高）、具有暴力倾向的变态杀人狂厮杀，是一点胜算也没有。

风啸很清楚这一点，数量如此惊人的阁中人，甚至还有十来个阁中士（更猛的小队长），他也挡不住了。我们不约而同地合力向外突围。

风啸的拂尘飘逸横扫，疾风呼啸，杀气冲天，一个阁中人只交手了两下就乘风而去了。但几个阁中人围上来，严丝合缝的防御打法和滴水不漏的配合让风啸也有些吃不消。我正被三个阁中人追着砍，他们用的是闪着寒光的血滴子，随时想留下我的脑袋做纪念。

铺天盖地的冥火和满天乱飞的血滴子闹出的动静很大。但外面就是一支近卫军，是卫府的精锐，几千人的部队，就在外面趴着，一动不动。

士兵越倒越多，风啸急眼了，一声厉吼，拂尘猛抡过去，一道惊雷般凶猛的气浪横扫而过，阁中人冥火再结实，也顶不住他这万钧一击，纷纷被击倒在地。几十个阁中人，被风啸治了个服服帖帖。

我俩趁着他们还没爬起来，飞奔出去，寻找援军。

近卫军的军营比我们想象中还要近，几百米就到了。营地里站满了看热闹的士兵，都穿戴好了盔甲，要么是准备走了，要么是准备加入战斗。

风啸对领头将领大喊："快！速来救援！我们被阁中人袭击了。"

将领却理也不理："我们押送完东西，还要回神界驻防神宫呢。一个兵也不能少！"

风啸声嘶力竭地大吼："举手之劳罢了！你们去了，阁中人必作鸟兽散！一炷香的工夫啊！"

"我们归年轮直接管辖！出了事，少一个兵就少一份保卫，年轮大人的力量，你担得起责吗？""吗"字咬得极重，仿佛有对方的把柄似的。

风啸这下子火大了："那你们就看着他们全部殉职吗？"

对方还是不松口："我们不能管，《神律》中没规定各军队之间（特别是非同部）必须支援，况且我们是近卫军！"

风啸的眼神一下子由焦急变为冰冷，眉毛铡刀一般压下来。当我看见他眼中闪过的寒光时，就意识到要出事了。

风啸瞬间上前一步，拂尘凝成长刀横架在对方咽喉，狂风卷着落叶环绕在二人身边，我也变出珊瑚剑，扫视众人。近卫军们都愣住了，面面相觑，一秒后，马上聚拢过来，白缨枪包围了我们。枪尖闪着微微亮光，时刻准备着送我们去第十大陆。

一个参将不解地大叫："你们这是何苦呢？你们都逃出来了，赶紧跑就是了，管他们干吗？"

风啸理也不理他，只是大吼："派援兵！快！"我从未见过他如此失态，被汗水浸湿的头发覆在前额，双眼布满血丝，连鼻尖也沁出汗水，嘴唇微微颤抖，手也晃得厉害。

那个被挟持的将领却大喊："不能听他的！我大不了就死在你手上，但家人总还有抚恤金。若是听你的，跟我姓的都不好过，我也活不了。"

风啸又一发狠，刃尖在那蠕动的喉结上轻轻划过，一道小口子，很浅，沁出些血来。

将领的脸白得像纸，但一横心，咆哮道："上头就是要他们死！"

我俩都愣在原地。

"他们的战斗力比其他镇龙吏强太多了，也不求什么，又不听管，所以大人怎么会容忍他们的存在！"

"这不可能。"风啸喃喃道，"他们是守护人界主力啊。"

大抵是觉得活不了了，将领也放开了："大人才不管这些呢！他情愿放弃人界的一切，换神界的安宁！不论有无贡献，只要是不可控因素都通通铲除！平日里押送物资几百个大头兵就够了，何必派几千个近卫军，我们就是来铲除这些威胁的！阁中人不出手，我们也得抓他们！"

晴天霹雳一般的，我们顿时大脑一片空白。谁也不会想到年轮竟偏执到了这个地步！再由他这么搞下去，三界只怕是岌岌可危。

风啸整个人爆发出一种巨大的杀意，在场众人在他威严如铁的目光注视之下，如芒在背，不敢动弹。

他放开将领，匀步向博物馆走去，在场诸军全副武装，竟不敢阻挡，让开一条道来，我跟上去。

他冲起来，待到他冲入"战场"时，士兵们已只剩下重伤的杏少林了。血滴子剜去了他的皮肉，冥火将他的手臂烧得不像手臂。但这只是皮外伤，一道诅咒贯穿了他。

阁中人已撤走一些，风啸上前抓住一个，以近卫军不设防的密切攻势对付。阁中人顿时有些慌乱,过了几招之后,又有两个阁中人加入缠斗。

整个分衙已经全部烂掉了,所有木桌椅和不少人都被烧焦了,散发出一股骇人的气味。没有一块砖一面墙是完整的,连尸体完整的也不多。

我一面护着杏少林,一面与阁中人作战。曾经意气风发战力高超的杏少林,也成了一个昏迷的肉体。

阁中人意识到这是块硬骨头,也不愿意啃——加之他们的任务已经完成了,便不再恋战,迅速地撤离了,留下一地狼藉。

我们站在废墟之中,看着刚刚还一起聊天的士兵,转瞬间成了倒在地上的某人(不好认,倒霉的话还得找头)。风啸呆呆地站着。

他为数不多的一些美好的回忆,被永远地抹杀了。

第四十四章 营救行动

杏少林回去后。

第一天,昏迷不醒。

第二天,醒了,精神不振。

第三天,风啸全力救治,皮肉伤痊愈。

第四天,精神好转,可以走动,胃口恢复。

第五天,突然病倒,吐血不止。

第六天,全身溃烂,口吐白沫,眼球坏死,肢体发黑,血已吐干。

第七天,不成人形。

第七天夜,死。

只用了七天,一个从军八百年的英勇盔长,死得毫无尊严。诅咒将他的身体一点点捣碎，然后肆意侮辱他，最后……

而那支近卫军却收到了不返回神界的消息，同时受命：如有任何风吹草动，果断出击。

那道命令发布于今天，而士兵们全部殉职的消息送到神界的时间，是昨天。你品，你细品。

但人死了，灵魂也化为了尘埃。该做的事情还是要做下去。

我以前被安排去做过一份闲职——监狱卒，所以对神狱比较熟悉。这个由惩戒司掌控的监狱，防守森严，守卫众多，由年轮的精锐部队——近卫军看守，一只蚊子也飞不进去。而像生灵这种重要的身份，绝对会被关进等级最高的甲等牢。这甲等牢是最可怕的，进去了就基本出不来，由年轮的贴身御林军看守，我要是强攻，想投胎倒可以一试。

而神狱甲等牢有一个问题，它必须要由主神共同审判拟定罪名才可以收押犯人，好处是保证安全，不把什么阿猫阿狗都关进去，坏处是年轮无法随心所欲，就是要暗箱操作，也得花时间让镇龙司伪造点证据。

而我们截下来一封文书，上面说生灵将在八月二十七日押至神界受审，现在正被收押在镇龙司总司，八月二十六日押解至神界。

今天，八月二十六日。

我们必须马上把生灵截下来，不然他到了神界，那我就是有八个脑袋也顶不住啊。

于是我马上收拾东西往门外跑，后面传来风啸的声音："我给你找了个帮手！"

我出门一看，雪语正站在外面，半眯着眼靠在电线杆上，见我来了，睁开眼，射出两道凌厉的光。

"出发。"

我刚准备叫个网约车，雪语却说："直接飞过去。"

"啊？这是违反规定的！"

"你的罪名不差这一条。"

我之所以讨厌飞行就是因为：神在人界飞行必须要有坐骑，就像风啸可以骑着马在天上飞腾一样。但我因为法力不够又没有飞行天赋，只能踩单车飞，累得要命。

雪语似乎看出了我的抗拒："坐我的。"一辆哈雷摩托车出现在眼前。

"哎，这个可以有！"我马上跨到后座。

于是，随着一声引擎的轰鸣，摩托车腾空而起，直直飞向天空！地上的人们惊讶得大呼小叫，纷纷掏出手机拍照。

风声呼呼地从耳边掠过，极快的速度给人以一种危险的刺激（在陆地上骑这么快是自杀方式的一种）。我们穿梭于鳞次栉比的大厦之间，阳光照射在玻璃上，反射出一片光。

在二十分钟后，我们砰的一声落地，雪语收起摩托车，向前狂奔而去。

这里与之前的三界通道不同，这是一座车流不息的警局。人来人往，热闹非凡。看来这是神界精心运营的跨界通道——在人多的地方布置跨界法术是极难的。

这时雪语已经一个箭步冲上去，推开警局的大门，前台的警察缓缓地抬头："怎么了？"

不对啊，我发现这个警察高鼻梁，蓝眼睛，不像玄国人。玄国公安啥时候有外族警察？于是我用胳膊肘碰了碰雪语："这是哪儿？"

"洛国。"

"又到这儿了！"

雪语焦急地用法语说："你们近几日有没有收押过玄国犯人？"说罢便掏出生灵的照片要给警察看。

警察却说:"请出示你的证件。"

雪语哪有什么证件,我只能拉下脸请求对方网开一面。但这个洛国人轴极了,说什么都不肯让步。

正当眼看着时间一分一秒流逝时,一个男人走了进来,向那警察出示了证件——警视正(洛国警衔),级别完全够格。警察立即敬礼并开始查询。

我有些惊讶地看向身旁的男人——高大,但有些憔悴。精气与那种强大的气场却未曾减弱,挂着一根拐杖,但大地似乎都要被拐杖砸穿了。

雷电?又一个奇迹!

"你怎么会……"

"说来话长,先办事。"雷电的声音还是低沉,但却令我吃了一惊。一向以对年轮的忠诚而著称的王牌护神雷电,竟帮我们劫狱?

但眼下也顾不了那么多了,我们马上赶往警察说的监狱。两个警察正押着一个熟悉的身影往外走。生灵正被押出来。他的气色极差,嘴角有暗红的污渍,脸上青肿了一块,看来一时半会儿回不到那个护神的状态了。那两个警察想不到,自己竟押着三巨头之一的护神生灵,大军的统帅!

雷电马上上前亮出自己特遣组警官的身份,要求动用最高权力将这名犯人调走。这时他们两个的目光都被生灵吸住了,我却好奇地打量起警察的装备。

突然,我敏锐地捕捉到一个警察眼中闪过一道白光,马上大吼一声:"趴下!"同时用汹涌的海水卷走了那个警察。

另一个警员马上暴起,雷电和雪语在我大吼的同时就趴下了,他们身后的墙被那个近侍神击了个粉碎,露出一个大窟窿。

雪语马上出手,但雷电比他更快,一道闪电划破天空,咔嚓一声粗暴地轰开警局天花板,直接将守卫击得消失了。

我们接到了生灵后,马上就打算离开。这时看守生灵的近侍神几乎是疯了,做出了一个匪夷所思的行为。

他把隔壁牢房的囚犯给劫持了:"把他还给我,否则我就杀了他!"

这个动机就很难捉摸了,我们一不认识他,二说不定这个年轻人是什么罪大恶极的人物,我们这是为民除害呢。

果然,雪语和雷电一声不吭地夹着生灵走了。我跟着他们时回头一看:那是个不到十八岁的小男孩,眼神极清澈,又蒙上了一层绝望。更重要的是,我从中读到了大海。

这个近侍神已经疯了,说来也是我们挺对不住他的。他放走了年轮的心头大患,年轮能不能让他活都是个未知数,他知道自己凶多吉少,所以打算拉个小孩垫背。

走廊上已经传来激战声与惊呼声,那些驻扎在这里的近侍神,自然不是一个高手与一个护神的对手。

我一回头就可以走了,但那个男孩离我只有几米远,如果我走了,那他那双绝望的眼睛估计会出现在我梦中很久吧。为了我的睡眠质量,我突然一步冲向那近侍神。

他愣了一下,下意识要攻击我。我轻松化解了他的攻势,用海浪狠狠击晕了他。我没用剑——毕竟他也只是个打工的。

我在他身边留了些金子用作帮他流浪人界的路费。那些金子够他体面过完人的一生了。

而那个小孩看着我,也不说什么,在我口袋里揣了一颗牙齿,就跑走了。

我在心中暗骂这小孩真没礼貌,也不说个谢谢叔叔啥的。同时快步跟上前方二人的脚步,向外撤去,在一阵激战和惊呼声后,一切归于平静。

奄奄一息的生灵,终于又尝到了自由的风。

而此时此刻，冥界之中，战士们将迎来最后一搏。

第四十五章 最后一搏

冥历严正四百九十四年，八月二十七日，随着新帝国军的新攻势，第五大陆的山城失守，被屠城，第五大陆彻底失守。

第五大陆上所有卫府兵全部撤离，长达数月的防御战争均由亡兵负责。在无后援的情况下，他们面对几倍于自己的叛军，支撑的时间却超过前面所有大陆时间的总和。

整场战役中，大陆上四十万亡兵，仅存三万叛逃，无人要求撤离。余下三十七万无人生还。

此时此刻，第四大陆，乌索米伦半岛。

一座防御塔孤独地立在礁石顶上，再走出几千米，就是汹涌的黑浪。连绵数里的礁石上全爬满了这样的工事。曾经繁华奢侈的大理石宫殿与上好红木寺庙，还有满地的黄金，都化为了乌有。曾经整齐雅致的花圃上躺满了尸体，小桥流水亭台水榭的皇家园林里散落着死马与盔甲。所有的雕塑都被烧焦了——到处都是焦的，冥火席卷了万物。海风带来难闻的血与焦土味儿。

第四大陆的大部分军队都调往了第五大陆，特别是亡兵。现在大陆上大部分的防御都由卫府兵负责。这些神界远征军士气低落，濒临崩溃，也起不了什么作用。亡兵固然忠诚，但来自奖励大陆的亡兵太少了，成不了气候。

于是，十三万溃军被逼到了狭长的海岸线，凭借几十里的礁石堡垒勉强与叛军对峙。神界对冥界的掌控早已名存实亡，那些神军优先的撤退计划也不复存在。于是一艘艘巨舰，载着亡兵往第一大陆驶去。

而在这座防御塔内，驻守着最后一批冥界精锐——黑台军。

黑台军几乎全葬在了第五大陆，在那场惊天动地的战役里，三十七万亡兵牺牲，五十八万叛军阵亡。

这里有四百名黑台军挤在塔里，他们经历了长期的作战，个个灰头土脸，伤痕累累。

他们的营长（一营四百人）叫狐岭。就是那个我们的敏长，曾与我们并肩作战。

他的敏在战斗中损失惨重但誓死不退，在换防时，一个五千人的敏只剩四百人了。这才获批拥有到后方受勋的特权，成了那三十七万人中唯一活下来的四百人。

而现在，第四大陆守不住了，他们也不打算再撤了。

狐岭挑选出了最精锐的四十名战士，围坐在火堆边。跳动的火苗映得他的脸忽明忽暗。

"叛贼最近要有大动作了。总攻开始之后，撤不走的军队只怕都会被赶到海里去。"狐岭的脸很阴沉。

他又接着说："黑台军可以优先撤，你们赶紧走。我们这四十个人留下就行了。"

士兵们深知自己长官的秉性，全都一口答应下来，纷纷表示回去收拾东西，但他们的家乡已经成了一片废墟，亲人也灰飞烟灭了，他们又能去哪儿呢？

而狐岭和他的四十人特遣队连夜收拾装备，穿戴轻甲，策马飞奔出城塞，直指叛军大营。

因为他们了解到恶灵的传统，统帅永远都在第一线。

他们不愧是黑台军，声音很轻，一个人也没惊动。

而另外三百六十个兵也不愧为黑台军，跟在距他们三里之外，也没被发现。

而此时，深渊正凝视着自己的战将们。他粗犷凶残的脸上更流露出暴戾的光来，他回头瞧瞧身后的守卫，守卫向他俯首，他便开口来。

"诸位，明天我们就要发动总攻，一举吃掉这十三万大军。"

将领们拍着桌子和盔甲表示喜悦。

"还是老规矩，亡兵可以俘，神兵不能留。"

将领们欢呼着，应和着，甚至开始为谁来打急先锋争得脸红脖子粗。每一个人都像闻到血腥味的秃鹫一样兴奋地瞪大了双眼。多年的作战经验告诉他们，这支残军已经处于崩溃的边缘，根本找不到任何死守的理由，第五大陆的死战不退是因为他们有值得守护的家人，而现在，他们背后只有大海。

这支军队就像风干的泥墙，只要轻触，立即就会轰然倒塌。这么一块肥肉，谁会不想要呢？

此时，狐岭一行人已到营边。

深渊又回头看了一眼守卫，然后说："我们的舰队呢？"

剃刀说："正往东海岸边开呢，就要截住他们的撤离船队了。"

"不，不要拦他们，至少不是现在，将一些船伪装成撤离船，去接溃兵，他们都快疯了，不会管这个的。就算是在战斗期间，也要保持撤军。适当击沉撤离船，保证士兵与撤离人数在十比一。"

叛军大将剃刀马上明白了："如果将敌人的退路封死了，他们会作困兽之斗，极难打，但如果让他们知道可以走，但又只能走一小部分，那每个人都要抢着走，不战自乱。我们的舰队离敌军只有几十里，明天早上，一切都会妥当。"叛军的效率总是很惊人。

而狐岭他们藏好坐骑，解决了一批叛军，换上他们的军服，一批人在外围，狐岭亲率十余人化装成贴身侍卫守在中军大军外面。

可当到了那里他们才发现，这里的守卫太严了。而且全是人高马大的恶灵，他们这些普通亡灵在一丈高的庞然巨物面前特别扎眼,只能守在大帐外面。

正当狐岭擦去冷汗,苦于无奈时——他们能混进来全是因为大军在总攻前的混乱,几十万人的部队扎营,连成一片。他们子时到的军营(约十二点),找到中军大帐时,天都快亮了。为此他们还偷了叛军的坐骑狼,很难驾驭,差点引发骚动。

而现在他们甚至能听见深渊的讲话声,却冲不进去(深渊一个能顶一千个他们,只能偷袭)。

这时,突然远处传来喊杀之声,一面"狐"字大旗迎风飘扬,在黎明的朝阳下,骑着犀牛的骑兵们横冲直撞,三百六十人冲出了三万六千人的气势。

中军大帐有些混乱,因为除了狐岭等人外,谁也不知道这里有多少人。帐里的亲卫往外冲看情况,帐外的守卫又往里冲护主公,一时情形变得极乱。

这时狐岭等人抓住了机会,毫不犹豫地冲了进去,深渊近在咫尺,一名亡兵战士率先抽刀向他砍去,但深渊眼疾手快,一掌顶出去,那个战士马上倒地,整个人燃烧起来!

待深渊收掌的一刹那,狐岭一步上前,迅速在其背后抽刀,完成了军旅生涯中最冷静、最准确的一次刺击。

深渊的脸痛苦地扭成一团,身体颤抖着,手捂住的地方源源不断地流出黑血,双腿一软,无力地瘫倒在地上。

一众人都惊呆了,狐岭的战士不愧是精锐中的精锐,马上反应过来,抽刀而战。护卫也立刻动手,双方很快战成一团。

一个战士提刀向一直站在深渊后面的守卫砍去,而那守卫竟连刀也不拔,徒手一抓逮住刀刃,轻轻一掰,那由精铁炼成的闪着寒光的刃便被清脆地折断了。他又轻轻打个响指,无数道诅咒便划破了战士的身躯。

战斗很快被一拥而入的护卫结束了,十个狐岭的战士战死大

深渊的脸痛苦地扭成一团,身体颤抖着,手捂住的地方源源不断地流出黑血,双腿一软,无力地瘫倒在地上。

半,四个人与狐岭被生擒。

卫兵长不解地问狐岭——此时他重伤,被五花大绑:"何必呢?就算冥界旧政完蛋了,你们也可以获得不错的待遇,为什么要自寻死路呢?"

"因为你们是错的。"

"就算是这样,又怎样呢?"

"自由的敌人,就是不共戴天的仇人。"

狐岭欣慰地笑了:"我成功了。"

这时那个守在深渊身后的护卫哈哈大笑起来。

"不,你失败了。"

狐岭错愕地看向那个年轻人:"不可能,深渊不是躺那儿吗?"

这时众将领纷纷跪下:"参见深渊大人。"

而在他们面前高傲地站着的,正是这个高傲的少年。

"这……怎么会?我们知道的深渊都是那样的!"狐岭瞪大布满血丝的眼睛盯着少年。

"的确,所有的督战会,所有的一切需要抛头露面的事都是他做的。"少年瞥见一眼地上的尸体,"但他只是个影子人罢了。只可惜多好的一个替身啊,就……"少年——或者是深渊撇撇嘴,然后不耐烦地一挥手,卫兵便把影子人的尸体扔出去了。

狐岭几乎要发狂了,他剧烈地颤抖起来,要说些什么,但刚才的大吼,使血水涌入了喉咙,他只能呼噜呼噜地瞪着深渊。过了十几秒,他突然安静下来,肩膀一沉,泄了气。

深渊生得个子不高,身形也修长而瘦弱,拥有一头蓬松而飘逸的头发,高挺的鼻梁之上是一双宛如血玉一般晶莹剔透、摄人心魄的红色瞳孔,眉又极舒展而淡淡适中,在眉骨上摆成一道很柔和的线,嘴角永远上扬。若不考虑他手上有六位到七位数的冤魂,真的算是俊美了——越美丽的东西越危险。

他用修长的手指摩挲着桌子的边缘，眉眼间还有几分忧郁。

而卫兵长上前，低声下气地询问："大人，怎么处置他们。"

"抓了多少人？"深渊的声音柔和而悲伤。

"二百一十三人。全押在外边。您说过亡兵可以留……"

深渊的眉毛猛地压下来，双眼爆出极凶狠的光，一股冰冷在所有人体内散开。但转瞬间他又恢复了平时忧郁深沉的样子。

"他们全知道了。"他吐出六个字。

卫兵长心领神会，赞叹道："大人果真仁慈。"说罢转身离去。

深渊冲众将一笑："诸位不必如此拘束，该干什么干什么，一点小状况罢了。"帘外传来卫兵长"全部斩立决"的暴吼与一片兵刃声，惹得深渊皱了皱眉："也不知道小声点。"

众将一哄而散，各自回营点兵去了。

狐岭等人用生命换来的最后一搏化为泡影。

第四十六章　江山易主

次日黎明，军号四起，四十万叛军如潮水一般倾巢而出，纷飞四起的烟尘淹没了单薄的防线。

守军早已斗志全无，刀剑都对准了自己人。士兵们为争夺上船的名额而痛下杀手。还留守在防线上的士兵生怕自己上不了船，放弃了工事，进行了气势磅礴的反向冲锋。

数以万计的士兵死在了友军的踩踏与争夺的刀剑之下，只用了三个时辰，十三万人，全军覆没，投降死伤者不计其数。卫府在惩罚大陆的几十万大军，自此损失殆尽。

第四大陆的失守，拉开了毁灭的序章。人们看着旧政失去一个又一个大陆，严正眼睁睁地看着自己的百万雄师在一场场惨败中被吞噬。

第三大陆沦陷时与第二大陆失守时的场景最令人悲痛欲绝。所有冥界人都忘不了第三大陆沦陷那一夜。璀璨的星河被漫天的诅咒遮挡，火语将夜空划得稀烂。烽烟四起，火光冲天，灿烂光亮如星空一般平静柔和的海，漂满了船骸与尸体。烧焦的浓雾让人们看不见壮美的极光。

　　而大陆上的生灵更为涂炭。梦幻的森林成了一片火海，恶灵巨大的身影在当中穿梭，猎杀溃军与生灵。发着荧光的雪白的鹿被烧成了黑炭，蜷缩着死去。被密集而大范围诅咒击杀的繁星般的萤火虫，暗淡地散了一地。曾经浪漫的风铃草有的被烧掉，有的被沉重的尸体压住，更多的在凄冷的夜里，惊恐地注视着眼前惨不忍睹的景象。叛军的骑兵粗暴地踩踏着血色的如霞的沙滩，尸首遍地都是。海风带着浓重的焦味和血腥味在大陆上空呜咽盘旋，哭泣哀嚎着久久不愿离去。

　　那些奉献一生本应享受公正待遇的人，便冤死在了这场王朝的交替中。他们化作尘埃，与恶魔一起流浪。

　　而第二大陆的失守更为耻辱。因为在如此多场惊天动地的大战后，严正已经没有多余的兵力来守第二大陆了，所有残部都立即调回第一大陆。第二大陆成了一个不设防大陆，叛军就这么大摇大摆地进来了。

　　屠杀与毁灭是必然的，秀美的竹林在焚烧的噼啪声中化为焦炭。叛军所到达的地方，都是燃烧的。第二大陆从风景如画变成满目疮痍。

　　当只剩第一大陆的消息传来时，整个大陆都完全乱了套，一片人心惶惶。

　　驻守死门的是一支近卫军，虽然不过千人，但由于其凶悍的战力与神界万年来的威望，这几年的战争中没有人敢明闯死门。

　　而现在，所有秩序都被打破了，一切变得混乱。幸好第一大陆的人都品格高尚、廉明清正，也不至于到暴乱的地步。

而最先撑不住的，竟是军队。大批神界自己的军队试图从死门撤离被拒后，便全都发了狂。因为每个人都知道，第一大陆不可能守得住，严正和他的旧政权必定覆灭。亡兵也许还能投降，而神军就必定惨死街头。

在被围的二十天后，第一大陆的边境开始交火。第一大陆是最高大陆，前方有多个大陆作掩护。且亡军素质堪忧，驻军反而会影响秩序。因此第一大陆几乎没有要塞工事，士兵们只能在土坑里抵抗骑兵的冲击。

叛军拥有了八个大陆的实际掌控权及其巨量的资源，这次参与进攻的士兵竟达到了五百万之多。前二十天之所以没有进攻，是因为调集了所有运输工具，还花了这么久运送军队。而整个第二大陆漫山遍野全是叛军，山水都成了叛军军服的颜色。而守军不过五十万人，只能瑟瑟发抖。

而同一时间，十三万神军统帅发兵包围死门，双方展开激战，神军竟被三千守军干掉一万余人，但总算攻破了死门。

因为年轮的死命令，竟逼得友军痛击友军来打破命令，真是讽刺。

但军队总归可以撤了。十三万神军和九万驻守城内的亡兵蜂拥而至，开始疯狂逃窜。

外围的防线不攻自破，亡军叛乱，反向城内攻来。而统治冥界八百年的冥城，早已成了不设防的空壳。叛军潮水般涌入，皇宫沦陷。

可怕的敌人吞没了一切，严正死于乱军之中。

自此，江山易主。

从今以后，不再有旧政与新帝国，只有深渊统治的唯一正当的冥界帝国。黑甲的亡兵也不再是痛击深渊的军团，叛军不再是反贼，所有亡兵都被深渊收走了灵魂，从此愿为他而死。

深渊住进了皇宫，成了冥界新的大帝。但他与他父亲的野心一样大。于是，全冥界立即全军集结，所有男人全部编入军队，几千个战斗部数千万大军，准备向人界推进。

这是一场三界之间的战争，冥界投入了全部可用兵力，誓要一统三界。

而这支军队最可怕的地方在于，他们是死人。对人界的热兵器不屑一顾，只有带着杀气的冷兵器才能将其杀伤。

第四十七章　人界异象

人历九月二十三日，天降异象。

鸟雀惊惧，猫狗癫狂。天一连几周不见日光，气温骤降，夏季出门须穿三件衣裳。夜夜吹风下雨，山中孤坟常冒蓝色幽火。

世人都觉心烦气躁，气温更为怪异，时冷时热。热时如炭烤火烧，寒时如坠冰窟。

所有神都知道怎么回事。九月二十六日镇龙司发布通告称，近来人界可能有剧变，派镇龙官贴身保护所有神。

世上突然多了几十万不明人等，全是从冥界撤过来的溃军。而生灵一点点的收编，效果也并不大好，许多亡灵已士气全无，神军也不太愿意再打一仗。更重要的是，他们不过几十万人，散在世界各地为战，对方光是先头部队就有上百万大军，如何抗衡？

深渊将前锋按五千人一组，分为两百组，分散在世界各地，而一个国家之中的镇龙吏，也不过数千人。再配合阁中人，深渊预计在一个月之内，人界也会成为他的领地。

而在这危急关头，风啸却浑身是伤地回来了。

当他气喘吁吁地推开门时，我们都惊呆了。风啸的后背被划出了一条宛如长蛇般的口子,向外渗着血。竟有人伤着了风啸!

"怎……怎么变成这样了?"

风啸苦笑一声:"说来话长啊。"

我马上对这支龙族肃然起敬。强如风啸,竟也会被他们赶走。

夜里,逐渐平静了,仿佛暴风雨前的安宁。但人界还是万家灯火通明。人们与自己的家人一起围坐在餐桌前共同品尝美味的食物,分享着一天的欢乐与满足。还有奔波在夜色中的人,肩上扛着疲惫与责任。

昏黄的路灯为宁静的夜路铺上一层光晕,哀嚎的风刮过树梢,卷落枯叶。猫在屋檐间跳跃,狗在深巷中吠叫。各种生命的声音与景象交融在一起,构成一个温馨的夜。

若是到乡下去,那便更美得多。狗吠深巷中,鸡鸣桑树颠。偶尔传来几声兽叫,起伏在长久的虫鸣之中。夜风还没有那么疯狂,轻柔地掠过大地,引得梧桐叶沙沙地响。嵌在天幕上的星,仿佛在宣告人界的生机。

而在灯下,我们四人围坐在桌前商量下一步的对策。雷电坐在桌子中央,将配枪拍在桌子上,风啸若无其事地坐着抖腿,雪语坐在角落中,将脸隐没在黑暗中,一言不发,坐了几分钟,便又出去了。

雷电先开口:"我们目前手头上可以调派的人手有生灵的二十万残军,但力量不整合。还有镇龙司,但被玄字阁的人缠住,脱不了身。"

风啸皱了皱眉:"玄字阁?他们最近很活跃吗?"

雷电:"现在每天晚上,玄字阁的人都会倾巢而出袭击镇龙司。"

我:"那我们该怎么办啊?"

风啸:"我们的兵力严重不够。"

雷电："我尚可以调动七百镇龙吏。"

我："最好不要动他们，不知道安全与否。"镇龙司还把我关保险库里过，我可不想再见到这群阴险的家伙。

雷电："就算这样，神界在人界也有十万基本驻军。而且就算人界完了，还有圣城与圣雪山脉要塞，就算过了要塞，也还有一片特殊海域可以抵挡。实在不行，我上神屯重兵百万，也没什么好怕的。"

我们都知道特殊海域是指什么。那是一片交界于神界的梦洲与戟洲的大洋，与人界大洋相通。而登上大洋彼岸，就是神界神明居住的梦洲。但这片大洋在天之上，被神称为圣海，大部分人不知其存在，曾有舰船入内，起名宙斯海，是海神的故乡。

风啸："人界不能丢。"

我："那我们用什么守人界？"

风啸一笑："别忘了，这里本来就有七十亿生力军啊。"

于是我们决定，分两组去找人界强国首脑，一旦战争爆发，立刻让他们全球合作，冷兵器作战，自主抵抗恶灵。

为什么要在战争爆发后再告诉他们呢？因为现在说会被当成神经病。

而团结人类必需一个月以上的时间，这就需要生灵和他的军队了。好在深渊多疑，开始怕有埋伏，只投入了一百万前锋部队，否则我们哪有机会。

而军队撤出冥界时，炸毁了死门，他们的部队怎么进入人界呢？

这个问题我们无暇顾及，当即兵分两路，准备前往白国，随时准备行动。

我们的东西很快就收拾好了，在一堆衣服中，我找出了在冥界捡的宝石，还是那么美，那么浩瀚如星海，那么闪亮如水晶，那么

剔透如血玉。它融合了所有珠宝的美。但它太重了，我不愿再背着它。

这时风啸的声音传来："你们有没有从冥界带上来的东西？马上毁掉！"

我只得抽出长剑对准宝石，但看见那浩瀚无垠的颜色，最终还是没下去手，将它藏在床单下面匆匆离去。

"我们要怎么劝这些人类？"我问。

"没用的，他们不会团结的。"风啸摇头，"但我们是神，可以将一个人的灵魂暂时抽走，放置一个神的灵魂进去。"

"不就是鬼上身嘛。"

风啸看了我一眼："但这个任务极其危险，因为神魂很难融入人体，有七成风险，对神的意志力有极高的要求，所以选人时间很漫长。"

当我们走出去时，漆黑的夜空里飘荡着悠扬的笛声，此曲只应天上有，人界能得几回闻。这曲声冰冷而优美，又散出淡淡的哀伤，仿佛一只痛苦的凤凰在吟鸣，回荡在这凄清的夜里。

我顺着声音望去，雪语的身影伫立在屋顶之上。

风啸告诉我："雪语的一生，是个悲伤的故事。"

他出身于神界名门望族雪族，本和风啸一样是意气风发的少年，但在那场神界内战之中，百族陨灭，血流成河。

他本是一个普通的骑兵军官，但在开战前就已经辞去了官职，云游四方，但战争之后，他因与风啸曾为密友竟也被牵连。加之年轮本就对雪族不满，于是这位雪族冉冉升起的新星，就这么被驱下了人界，从此四海漂泊，而曾经的大族雪族，也被旁门冰族取缔，随风飘零。神界的落魄三大族就如此凑齐了——曾经三军统帅，战力绝尘之海族；曾经的侠道剑影，神秘莫测之风族；曾经的名门望族，仙风道骨之雪族。

风啸从此深陷轮回之苦,以冥界与人界作故乡。而雪语仅因与风啸稍有联系,被镇龙司捕风捉影,从此流落人界万千年。

而雪语见我们收拾好了,纵身一跃跳下屋顶,到我们身边来。

我问:"你不收拾东西吗?"

"我没有行李。"

第四十八章　冥界入侵

夜里的机场仿佛嵌在大地上的星,在一片漆黑的郊外显得格外耀眼。我们本是可以飞过去的,但无奈近来玄字阁太猖獗,只得买机票去了——唯一的好处是最近打折。

随着引擎的轰鸣,我不禁回想起开完十二会之后坐的那趟航班,那时的我是一个谁也瞧不上的懦弱的纨绔子弟。而现在的我,久经沙场,日日刀口舔血,还是谁也瞧不起我,关键还成了逃犯。先别说神了,但凡是个正常人,也能算出来这是个亏本的买卖。但我还是这么做了。

这一路来,我见了太多不公正,也太多次退缩,我本想赶紧回神界吃喝玩乐,但生灵的被捕、远征军的惨败、镇龙吏的滥用职权,以及那一屋子老兵的冤死,让我清楚了年轮的软弱。他曾是时光神唯一的后人,曾是一马当先悍不惧死的大将,但在登上权力的巅峰后,他仿佛变成了洞里的鼹鼠,畏首畏尾地躲在安全的洞穴里,全然不关注外面的世界。

事实上,我完全没必要卷入这场纷争,但是我就是咽不下这口气。这么多人死了,我没法看不见尸体,我也做不到视若无睹地绕过他们的坟墓,假装听不见他们亲人的哭声,回去过我的安生日子!这叫我没法安生,没法快活,在一切安定的时候,大吃滥赌,堕落与否自是不大重要,可现在时局不一样了,我也需得扛起自己的一份责任。

当我思考完人生哲理后,空姐的安全播报终于结束了。于是我高高兴兴的戴上耳机,开始看电视。

十三个钟头后飞机落地,我们来到了白国的首都白城。一片高楼鳞次栉比,玻璃窗在阳光下反射的光连成一片海洋。车水马龙,川流不息。而他们首都的中心广场上挤满了游行示威的人群。

雷电帮我们安置好了住处,提醒我们提防阁中人——此时阁中人相当疯狂,他们仿佛风暴高潮前急促的鼓点,大肆暗杀神军将领与镇龙司长官。每当夜幕降临时,阁中人的身影便填满夜色。我们没少和他们作战,但我们四个中有三个(除了我)都是高手中的高手,所以他们也捞不着什么好处。

当我们刚睡下后,人界静悄悄。

没有任何异象,与千千万万年以来的人界一样,宁静、祥和、美好。风轻轻地吹,星轻轻地闪。没有玄字阁的腥风血雨,也没有来自冥界的寒风刮过。虫鸣应和着星光,人们进入了梦乡。

而战争几乎在一夜之间打响。夜里,坦克的隆隆声震耳欲聋!

此时此刻,冥界。

深渊枯瘦的手指中一块小巧的拇指骨在翻滚,他裹紧了身上的皮袄,注视着眼前的死门。

数十万大军从这里撤出后,冥界战力最强的七位亲王(余下的亲王都阵亡了)合力与严正一起,爆发了惊人的力量,千万年来稳如泰山的死门竟轰然倒塌。

当死门被毁时,行进于第一大陆边境的叛军部队都立刻被滚滚烟尘笼罩,冲天火光照亮了半边天,一连七八天,第一大陆的天空都被冥火染成幽蓝。

深渊都有些胆寒,这一击的威力若是用来攻击部队,至少有近百万军队受波及，这冥界七侯的齐力一击，起码有几十万人得命丧黄泉。

但对于海啸一样的叛军，几十万人又算得了什么呢？因此七侯最终选择了毁掉冥界通往人界的路，也断绝了自己最后的退路。冥界七侯拖着极虚弱的身躯投入激战，全部阵亡。

而现在，留给深渊的，就是一片废墟。长近一里、高一百余丈的死门变成了一堆砖瓦，堆成了一座小山。而小山的面前，是整装待发的大军。一个个整齐的方阵挤满了全冥界最大的广场，连它周围延伸的街道——任何空地，都被一片纯黑的洪流塞满了。

深渊很满意地舔舔嘴唇——这只是先头部队，他相信这么多人足以摧毁人界，而剩余的千万大军，完全足以歼灭神界为数不多的军队。

他甚至已经计划好了，一踏上神界的土地，就毁掉所有宫殿，烧掉所有山林，成为三界的主人。从此世上没有人，没有神，没有亡灵，只有他深渊一人算作人。

这时他的参将跪在他面前："我们该从哪里进入人界？"

深渊一笑，从怀中掏出那枚与我的一模一样的宝石，用力向死门掷去。

霎时间，那宝石发出幽蓝的与血红的光来。那光在半空中慢慢扩大，扩大，扩大，变得立体，像一个虫洞一样，深不可测。

他一声令下："出发！杀绝人界万物！"

号角四起，沉闷厚重的号角声回荡在整个冥界。亡兵们（现在是深渊的军队）迈开步子，提着十字镐向深洞走去，消失在里面。盔甲碰撞的声音连成一片，而现在，第一大陆也没有了太阳，成了一片阴暗的苍白，如死人的天，无力地注视着这一切。

此时人界战线上的士兵们正伏在战壕里，一间出租屋砰的一声炸了，发出幽蓝的光，一道道血红的光穿射向四面八方。

士兵们都以为是敌人的炮弹，握紧了枪。但那幽蓝的光又迅速延伸出血红色的光影。一队人影从中出现，奔腾而来。

士兵们马上开枪，一时间自动步枪与机枪声响成一片，无数颗子弹射向不明人马，但毫无作用。而那队人马已然逼近，士兵们这才看清是骑兵。但他们骑着巨狼，穿着黑甲，戴着骷髅头形状的头盔，而那做空的眼窝（头盔的观察孔）后的眼睛，是血红的瞳孔与灰色的瞳孔。

士兵们大惊失色——这根本不是一个时代的产物！刹那间骑兵们已冲入阵地，子弹打在他们身上却没有任何作用——这是一群死人。也就是说，他们正被自己去世多年的祖宗追着砍。

坦克和火炮丝毫没有作用，而当亡兵的十字镐落到人兵的脑袋上时，效果却很明显。于是这亡兵从洞里越来越多地冲出来，肆意收割着人兵。

这时一队生灵的旧军与残余的卫府兵冲了出来，与旋风般的主点碰撞在了一起。

亡兵们的灵魂早已被收走，而旧军们看着昔日的战友，却有些下不去手。

而世界各地都出现了不明军队的袭击。我们曾经待过一段时间的尚都，早已不巧成了人界炼狱。

亡兵在大街上晃荡，猎杀一切生物。人们躲在每一个角落，但亡兵点燃了每一个角落。

人兵用尽一切方法与亡兵作战，发现子弹、炮弹、导弹甚至核弹都没用后，他们还是依旧用电熨斗、电线杆与亡兵作战，惊奇地发现竟可以杀死亡兵，使他们化为尘埃。

而全世界各地都在战斗，一些国家和地区被占领了，沦陷的土地日夜燃烧，亡兵抓人来训练成伪军与恶灵，失去自由的国家在哭泣。

神军与旧军,还有人界驻扎的卫府兵全数出击,与亡兵杀成一团。

就在这关键时刻,几乎所有神军将领都被刺杀,而凶手竟是他们的贴身护卫——镇龙吏!

镇龙司反叛!反叛!

整个人界正以不可描述的速度向毁灭滑去。

第四十九章　驰援战场

在十月份,人界已经失去了四季特征。而世界各地的战争也愈发惨烈。好在深渊的先头部队人数并不多,散布在世界各地,还没有达到使世界毁灭的地步。深渊的手下尚不完整,这一百万先头部队是他能一下子拿出来的大半了。但一旦他的军队整编完成,人界可就没希望了。

但这对人界的影响太严重了。他们竟被亡灵入侵!一切物理知识全部崩塌了,人们不知道该干些什么才好!

镇龙司的叛变致使整个人界都出现了巨大的危机,几乎每个驻人界神的身边都有贴身近卫的镇龙吏。当战火点燃,从他们背后刺入的,竟是镇龙吏的龙纹银边刀。

镇龙司下辖三十二个府,一府七个衙。而三十个府叛变了,剩下的两个府中,近五个衙被玄字阁攻击,满门斩尽,其中就包括杏少林他们。

现在驻人界的四十万神军基本由副将指挥。生灵也接管了近十万群龙无首的士兵。但他的指挥力并不强,因为部队极其分散,平均一个国家也就千百人。

洛国是亡兵这次进攻的主要目标,他们在这里投入了近三万军力。这里的惨状只是深渊的一个小愿望罢了，因为八百年前，他的父亲就是在这里被年轮的军队击败，从此一泻千里。

而现在，他踏上了这片承载着家族悔恨的土地，他手下的狼骑连埃菲尔铁塔也可以撼动。

而神军在这里也恰好有近万驻军，所以浪漫之都就成了激烈争夺的地方。

我们带领身边的几名近侍神与几百名近卫军（雷电的手下）前往尚都，誓要将亡兵阻挡于此。同时雷电留下，他是神界留在人界最高的神了，理应与人类谈判，商议下一步的对策。

于是我们余下的三神与数百精兵奔向了战场。

终于，我们与生灵会合了。他的脸色比被救时红润了不少，神态却更为憔悴。他的军队散布在世界各地，连百人以上的编制都很少。士兵在各地作战，与总帅彻底失去了联系。生灵集结了能集结的所有军队，也不过零星的两万人。

于是我们兵分四路奔赴战场，生灵留下五千人，风啸带一万人，雪语带五千人，我因能力有限只能带着原来的几百人。这里的士兵们上了刺刀，平民们也抄起菜刀，决心不让亡兵那么轻松地拿下全境。

犹记得人类刚诞生时，就爆发了神界内战，冥界趁虚而入，人类几乎绝迹，百里不见炊烟，千里不见人迹。

梦境——众神之王怜悯他们，赐予他们与神鬼搏杀的技能。于是当人类举起冷兵器时，全身散发出的杀气可以杀伤神鬼。但到了人类有枪炮时，年轮可就没这么好心，这个技能也没有再更新。

而人类的力气与亡灵比起来就什么也算不上了。他们没有法术不说，就近战而言，一个亡灵可以顶十个人类。

但就是我眼前的这片土地，硬是与亡兵缠斗了十余天，而尚都还在争夺中。

当我们赶到时,战斗异常惨烈。人神军队在每个角落与敌人作战,整个城市熊熊燃烧。

负责指挥神军的是一个年轻的副将,当我们找到他时,他正积极应战,不亦乐乎。士兵走散了,他身边只有一百余人。

他甚至连看我们一眼都来不及,马上下令:"一区的街道聚了几百个亡兵,你去顶一下。"然后又冲入敌阵,不知道还能不能回来。

我手下这支军队是雷电手下最好的士兵,有一百个骑兵和两百个步兵,甚至有十个近侍神。骑兵的马都是最好的神驹,全身洁白如雪,没有一点杂色,没有一根杂毛。士兵们穿着圣安兰山脉森林中的天然绸料制的长袍,素色的袍角迎风飘扬,纯白的雪岩金属盔甲在阳光下一点光也不反,让人不易察觉。盾牌也是白的,上有精细蛟龙纹理,更不必说那白色的刀了,用上好的圣菲科雪山山巅矿洞的生铁炼就。

当我带着这几百人浩浩荡荡(相较而言)向街道挺进后,被眼前的景象惊呆了。

这是一条正对着市政大厅的街道,极宽,可供人车同行。中央一个拿破仑的雕像——骑着扬蹄的马,手指向前方。

所有防暴警察都聚在了这里,一个连的军队和一些别的警察也在其中,连消防队也加入进来了。满满当当的军警挤在街上。

到处是警察打的催泪瓦斯,暗红的火苗在其中蹿动着。在弥漫的烟雾中,防暴组列开阵来。防爆盾排成一字形,连头顶也被圆盾保护。消防队员穿上防火服,手执消防斧和撬棍,消防车也随时待命。

弓箭可以杀死亡兵——在发现这点后,法军搜罗了所有复合弓弩。他们躲在沙袋堆成的简易阵中,勉强抵抗亡兵的狂潮。

而街道的对面，是一支近七百人的亡兵部队。他们应对的方法倒也直接，一个个火球飞向警员，一条条诅咒在空中织成了一张密集的网。无数支火箭向军警袭来。

一下子，几十名防暴组组员被点燃了，身披沉重护具的他们被灼得跳起老高，消防队员连忙上前灭火，军医再将伤员抬到后方去。最绝望的是被冥火点燃的警员，幽蓝的冥火根本灭不掉，他的战友只能看着他慢慢死去。

许多军警中了诅咒，在地上大口吐血，不到一分钟就已身亡。但即使死伤惨重，这千百名军警仍不退缩，坚定地顶住了这一轮攻势。

当亡军的第二轮攻势到来时，我毫不犹豫掷出海浪墙，挡住了这轮攻势。这对我的四百人是极不利的，因为这暴露了我。本来我应该在双方交上手后攻击对方的侧翼，但我实在不忍心看着他们被一次次拖死。

于是我下令："进攻！"

我的精锐骑兵身先士卒，向敌人冲去。但我拦住了他们。我打算试试自己的实力。

我抽出珊瑚长剑，正要大展拳脚，结果几十支箭又向我射来，我吓得连滚带爬撤进房屋。

这下我气极了，怒吼："冲锋！"自己也变出法器——单车，踩着它凌空而起，向敌人飞去。

骑兵们抽出镀金的马刀，直立平举于眼前，策马冲起来后又垂直平放，刃尖指向敌人，一点声音也没有，只听得见清脆的马蹄声。步兵们紧随其后，飞奔时阵形依旧整整齐齐。随着整齐划一的动作，战士们利剑般刺入敌群。

而我的弓箭手更是精锐中的精锐，神界的弓箭手是最强的兵种。他们的弓是由最好的神界金杉制成，而弓绳则是由麒麟筋制成，一个弓箭手要训练上八十年才能出师。他们一个个都是万里挑一的精英。

弓箭手混在步兵当中，奔跑过程中迅速引弓搭箭，专射恶灵。随着金属撞击声与士兵嘶喊声，双军恶狠狠地碰在了一起。

其实这场面算不上宏大，与我曾目睹的深渊叛乱战争相比，那几十万人互相搏杀的场景才是真的惊天动地。

但这是我真正亲自指挥的第一场战斗，我带领着神兵们冲入敌阵，人界警察也冲了进来。防暴盾与亡兵的铁盾相撞，尽管防暴盾根本挡不住亡兵锋利的十字镐，橡胶棍也砸不烂亡兵的铁甲，但他们仍冲了上去，顶住了敌人的冲击。

说实话，对于一个主神来说，这百来个亡兵真的算不了什么，我一个人就能搞定。不然为什么说"一护神，百万兵"呢？

很快战斗就结束了，亡兵与人类的尸体堆满了街道。骑着高头大白马的神兵清理着战场。警察们坐在废墟里喝水喘气。

我清点了一下神兵人数，伤亡很少，不过十几人，大部分亡兵都是我的业绩。从冥界回来以后，好久没有过这么大动作了。我觉得心口有些疼，不大喘得上气来。之前在冥界我中了一个诅咒，大抵是一点副作用吧。但之前我和风啸在冥界战场上以一己之力击退万千亡兵也没什么事啊，故而也就不大在意了。

殊不知，我的身体，就垮在了这最后一击上。

自此亡兵入侵以来，洛国就中断了生产贸易。洛国失去了整整一个季度的收粮，所有的工厂也关闭了，所以现在物资短缺，还得靠附近国家救济。警察与军人们围坐在地上，有食物的就吃，更多人没有食物，就只能去还没完全毁掉的建筑里苦苦寻找。

他们从被烧掉一半的柜子里扯出来半根法棍，从砖瓦堆中刨出来几个罐头，又或是从被打漏了的自来水管里接上一口。而他们中

弓箭手混在步兵当中，奔跑过程中迅速引弓搭箭，专射恶灵。随着金属撞击声和士兵嘶喊声，双军恶狠狠地碰在了一起。

还有人从被烧焦的超市里挖出一瓶红酒，又去变成一片废墟的餐厅中找到几个残破的高脚杯，然后将浑浊的酒液倒入蒙尘的杯中，再与同样满脸灰尘与鲜血的战友碰个杯，轻轻抿上一口，依稀看得出曾经骨子里的精致。

当故乡在火中时，何以为家？当故乡的人死绝了，还能否算作故乡？看着这些可怜的人们，又怎么忍心退缩？

第五十章　你来我往

这时，只听嗖的一声，一支黑箭冷不丁朝我射来。我顿时大惊，出于本能猛地躲开，然后恶狠狠用水柱洞穿了那个不讲武德的家伙。

因为这一下是被吓得不轻，所以我爆发了极为惊人的能量，当水柱喷出时，我感觉身体里有什么积压已久的东西骤然爆开来，顿觉五脏六腑都要裂开了，整个体内被搅成一团又捣个稀烂般剧痛无比。我立刻一口血又吐出来——埋藏在体内一年多的诅咒，又占据了我的身体。

一下子，所有可怕的回忆又涌了上来，那一夜，神都的冲天火光，亡兵的嘶吼，父亲叛逃的身影又浮现在眼前，我眼前一黑，双腿一软，不省人事。

当我醒来时，士兵们正围着我，他们布满灰尘的脸上又新添了许多伤口，不少人的盔甲缝隙沁出血滴来。而很多之前稍有印象的熟面孔也没再见到了。

副官长告诉我，在我昏迷的时间里，亡兵又发动了一次进攻，人数竟达上千。人与神用了一切办法来阻挡住他们——用椅子，用瓶子，用能找到的一切。

我扫视一眼街道，不知不觉，天已黑了。只是单纯的黑，别说星光，连飞机翼上的标识灯也没有。

但是地面上则"热闹"得多。神兵和人类誓不向亡兵妥协，连以懦弱、谨慎、自私闻名的年轮，都从自己皇官巨量的守备部队中抽调了四十万人来支援人界。

洛国清点了自己所有的军警，用肉身去填恶灵的诅咒。人与神在每一条街道与冥界亡兵争夺。

而这时，一名策马狂奔的传令兵向我送出命令："速回白国找雷电。"我将军队交给手下的副官长，自己正要打算飘然起飞时，结果脚还没离地，就先哇地吐出一口血来，血已从纯白变为暗红。

没办法，我只能拖着突发恶疾的身躯，乘上一匹快马，扬鞭欲去之时，一支神军援兵赶到了，我只得再与他们交接一通。

正当我要离开时，手下的士兵们站起来，捡起自己的武器，向我大声说："雷电大人让我们跟着您。"

于是，我们一行数百人，因为我的负伤，不得不离开了烽烟四起的洛国，向大洋彼岸驶去。我一直遗憾于自己的士兵没有陪那些军警战斗至最后一刻。而同时，我有了自己的第一支亲兵。

我们穿过燃烧的田野与房屋，经过一个又一个化为灰烬的村镇，路过变成火球的城市，来到了海边。

面对汹涌澎湃的大海，我仿佛回到了阔别已久的故乡——当你的故乡是广阔无垠的大海时，似乎也就没什么背井离乡一说了。听着那激昂回荡的浪声，我感到久违的舒适与安静。

所幸制海权还在神军手里，我们乘坐着巨舰离去。

三天后，我到达了白国。

由于一个和雷电同行的神界使臣被刺杀，我又恰好失去了作战能力，故而我理所当然地成为神界的代表。

年轮对人界并不上心，连我这个弑神令上挂了几年的逃犯成了神界代表都不清楚，自从雷电从冥界回来后，逐渐取代了寒冰成为新的人界头号重臣。

人界，一向是群雄分立的混乱局面。从水面上的人类、动物以及神界大批的军队与镇龙司，再到水面下的冥界根深蒂固的玄字阁、流亡的恶灵、被流放的罪神，还有各种族的交融……

而人界曾经势力最大的神族，在人界的军队数量庞大，虽然远征的卫府兵怨气很大，但仍无人敢挑战他们的权威。但如今，玄字阁从一个令镇龙司头疼的组织崛起为领导叛变的镇龙吏的庞然大物。

但事实上神界完全可以体面地解决这个困局。两百万强征的卫府兵（神界一直有兵精也还算精，但少是一定少的困境，只能依靠圣雪山脉的要塞与强大的护神御敌，但凡要大动兵必须强征）已经开拔，陆续在神人边境雪山集结，随时可以调往人界。但年轮认为这一百万亡兵是深渊所有打算投入侵略战争的军队，故而不愿将战火烧得更大，中止了增兵计划。

而雷电见我的第一句话就是："深渊增兵了。"

面无表情的亡兵机械地踏着方步，由行尸走肉组成的整齐划一的方阵，一个又一个跨过通道。沿街两侧既没有送行的亲友，也没有围观致敬的人群，只是站满了待行的军士，等着进入人界。不时传来几声阴森的号角，但士兵们还是冰冷地走着，像没听见一样。

而另一端的神界，又是另一番景象。云铺成的道路上挤满了送行的亲友，他们有的送走了自己的儿子，有的送走了自己的丈夫，有的送走了自己的孙子。神们流着泪水，哭声掩盖了铁甲兵器的磕碰声，他们将手头上一切印着家乡的痕迹或有着家人气息的东西塞在亲人的手里，无论是征衣还是画片，都到了他们的行囊里。母亲用衣物将儿子的行囊装得背不动，爷爷将战士儿时爱吃的零食和喜欢的玩具塞到他们的手上。然后目送着他们远去，再回到寂静的家中，许多户神失去了家中所有男眷，原本在今天的晚上，他们会极热闹地围着圆桌，吃着神界上好的饭菜，男人们谈论国事，女人们探讨诗歌。但如今大大的圆桌旁只坐着零星的一两个人，沉默地扒拉着饭菜。家人们这一去，不知还能不能回来吃饭。

这场战争原本该在冥界就结束的，但年轮的懦弱助长了深渊的嚣张气焰，让三界跟着遭殃。战争从未如此可恨过。

而人界更不必说了，每一个地方都打成了一锅粥，每寸土地都在燃烧。人们的平静生活成了一种奢望。

而现在，冥界的深渊刚刚起床。

他从天鹅绒被中钻出来，换下丝绸睡袍，穿上收腰的高领绣金军服，又花了些时间让下人将自己的流苏肩带与勋章挂在闪亮亮的军服上——他打心眼里厌恶这种过分安适的生活，简直要腐蚀了他的意志。他在三天前才搬进皇宫，没想到这里面的生活竟如此庸俗，还得在礼仪大臣的建议下打扮成这样，令他非常不高兴，所以礼仪大臣已经成了前大臣，他的建议也成了生前建议。

他一边用银叉吃着金碟里精美的点心，一边下令将皇宫赐予众将领。他准备搬回旧城堡。

他已经有一段时间没有过问战事了，只是自信地派兵罢了。他从父亲那继承来的军事天赋都被浪费在了政事上，这令他相当头疼。

如果缺兵，那就强征，如果缺钢铁，那就去抢子民，如果缺木头，那就拆子民的房子。这就是他的帝国法律。

当他得知自己的亡兵在人界疯狂烧杀时，几乎要气疯了，他一巴掌拍裂了木桌，又脸色苍白地咳嗽起来。

"是谁在负责这件事？"他语气轻柔地问身旁的随从。

"大人，是血月。"随从胆战心惊地回答出一位大将的名字。

深渊冲随从甜甜地一笑："把他叫过来。"

随从两腿打战，踉踉跄跄地去了。不一会儿，一个五大三粗、人高马大的威武将军低着头走进来，站在瘦小的深渊面前。

深渊温和地看着他，眼神仿佛爱怜的月光。"你知不知道，"他语气舒缓，很温暖动听，"你这么做是把人类逼急了，你难道以为百来万兵打八十亿人能有绝对胜算？你应该教他们明白投降的好处，而不是让他们背水一战。你应当杀光抵抗者，优待叛徒，待大局已定再杀了他们。"

深渊想起什么，柔和地说："跪下。怎么还站着？"

血月满头冷汗，跪在地上。

"现在好了，他们都知道我们的凶残暴戾了，没人敢投奔我们，也没人信我们了。只得硬打了。"

血月趴在地上："我罪该万死！"

深渊轻笑："没关系，你下次注意便是。"正当血月松了一口气时，他轻轻抬起眼皮，"不过……你如果不受点小小的惩罚，那大家就没了规矩不是？也得意思一下。"

血月连连点头："是是是，臣承请受罚。"

深渊漫不经心地把玩手中的小指骨。

"那就杀了吧。"

不等血月有什么反应，深渊一摆手，血月瞬间熊熊燃烧起来，即使同是冥族亡灵，他还是被绝对强大的法力点燃了。

血月在地板上翻滚了几下，便不动了。深渊哼着充满天真的童谣，看了随从一眼，随从赶紧上前拖走了尸体。

深渊哼着歌下令："挂出去示众，再加派一百二十万军力。"

他很清楚，须叫人类出些叛徒才成。

第五十一章　出现裂缝

今天的白城。

亡军的脚步还没踏到这里来,除了物资短缺,一切还尚算是平静。天气已经冷了,只是还没有下雪的迹象。行人算是多了——比起其他时候,不时走过几队士兵。

深渊不断增兵,整个冥界的亡兵都开始集结,现在在人界的亡兵已达千万。他查了没怎么被入侵的几个人界国家,开始他的游说。

中心广场上点缀着彩灯,圣诞树立在道路两侧,在战争期间,办好圣诞节总能极好地安抚民心。战争并没怎么烧到白国来,故而这里的人对亡军并没什么印象。

中心广场的大屏幕由圣诞主题变成了另一个样子,事实上,全球所有国家的全部电子屏幕都放映着同一个画面。

深渊的脸出现在他们面前。

"人类们,我是冥界的王——深渊。我是来向你们道歉的。对不起,我本是想让人界和冥界联合,从此世间便没有了死亡,也没有亲人的分离,只有无尽的生命与享乐,人们将活在一个没有痛苦的世界之中。

"但由于我的后知后觉,叛贼血月极其错误地违背了我的命令与决定,他私自率领军队入侵了你们,残害你们的同胞,杀戮你们的亲人,给你们造成了极大的痛苦,这绝不是我的初衷。

"所以,我已经将这个你们的仇人碎尸万段了。"他展示出可怜的血月表明忠心。

"而那荼毒你们的叛徒们,那一百万不配做冥界人的亡兵们,我们高尚的亡军正义之师,将与你们共同讨伐!"

"但是,"深渊换了语气,脸色也阴沉下来,"我们解救人们的理想终究是要实践下去的,任何敢于阻挡的族群都要见识到我们的决心!如果有人胆敢阻挠我们'解放'你们的脚步,我将比血月残酷百倍!但如果你愿意追求自己与家人的幸福,欢迎与我们亡灵同行,只要你成为我的战士,去与顽劣的恶徒还有狡诈的神灵英勇奋战,你就将为你的英雄行为而得到应有的五千克黄金与安稳的生活,不愁吃穿,你的家人也将永生。而无法作战的妇孺,只要搬到我们的安全区来住,我们也会保证你们的安全,提供充足的物资。教你远离战争的骚扰。最后,我对你们无辜遭受的苦难感到极其气愤,决定将叛军的一百三十名高级将领全部交由你们处置。"

那些没见过亡军可怕的人,看了这段演讲后都为这些黄金与安稳富足、没有死亡的生活流口水。至于那些被亡军伤害过人,也对深渊下血本处决自己部下与舍弃这近百万宝贝部队的诚意满意。

于是人们迷茫了,抵抗的动力一下子找不到了。以前我们拼命,是因为太怕亡军的屠杀了,现在别人主动示好了,我们又为什么要再拒绝投奔重新承担巨大的苦难呢?明明可以过安生日子,又为什么要命悬一线地支持抵抗军呢?你若说从前的亡军如何恐怖,但人家说了,那些人和真的亡军不一样,人家都把那一百万可怕的家伙消灭了,你又有什么好担忧的?从前反抗是因为没有屈服的机会,现在有屈服的机会,便需得抓住这机会。

人类是极聪明的,而所有聪明的动物都知道权衡利弊,不会因为心中的一口气而放弃好的条件。但这也正是这个族群的可悲之处——他们太精明了,总是容易放弃大的族群的前程来换取各人的利益,若是这八十亿人与万千生灵共同坚定而团结的抵抗的话,深渊就得好好考虑一下是否要继续战争了。

但残酷的战争总会让人渴望着和平,而和平只有在双方都渴望时才会成真。人们不可避免地像鸵鸟把头埋入沙中那样钻入了谎言上的避风港。暂且相信深渊好了，谁还要再拼死斗争呢，那燃烧的尚都就是下场！

不幸的是，人界最强大的国家白国的领袖动心了。

看到这个消息的我和雷电一脸凝重，叛徒！必定要有叛徒了！这八十亿人决不是铁板一块，这座人类好不容易由血肉筑成的防线必将要从内部裂开然后轰然倒塌！

我现在的身体极其虚弱，任何大的法术都使不出来，仅能自保，能否单挑一个阁中人都是问题。今天深渊的视频出来之后人们就已经明显感觉不对劲了，尤其是当那些罪恶的军官被交给人军之后，许多曾经与亡兵交战不休的军队立刻成了拥护亡军的伪军。

人界现在面临着站队的问题，是与人界长期的崇拜对象与三界曾经的统治者，最高贵的民族神灵一起，还是与人们心中肮脏、罪恶、恐怖的由死者创立的，常在骂人话中出现的亡灵并肩作战？

若是在从前，答案是不用想的。神族统治了人界千百万年，曾经攻下冥都，横扫三界，英雄如长江水一般辈出的卫府神军，坐拥十八位护神的巅峰时代已经一去不复返了。杀戮之夜过后的年轮不再是英明孔武的三军统帅，那个鼎盛的帝国在他保守多疑的手中从内部腐烂朽化，军人们忘了为什么而战。大量天才将领与护神因其高到威胁年轮的威望被消灭了，军队也失去了方向。

而反观冥界，没有灵魂的亡军是那么不畏死。他们不吃不喝，不关心家人，只知道屠杀，这些战争机器击溃了庞大的神冥联军。每一个亡兵都可以眼也不眨地去死，他们行军时那震天动地的脚步声使人们惊悚，他们的盔甲发出的光让日月也暗下来。他们嗜血残暴，凶狠地撕碎一切敌人，烧掉一切阻碍，谁也不想成为他们的敌人。

而我们便得肩负起与人界沟通的重任——与他们开会。今天是神与人的第一次正式会议，年轮已不过问人界的事，全靠天险求平安了。

我们不知道的是，圣雪山脉的要塞内，一个管一扇小城门的小官吏正对着城门沉思，面前是一封由血写成的信，上面列举了令人垂涎欲滴的条件与令人毛骨悚然的威胁。

他看向那宛若长龙般延绵的山脉与上面由纯白的大理石修筑的高耸入云的城墙与要塞，顿觉自己这扇门是那么渺小。

"应该无所谓吧。"他用指腹摩挲着那封密信，又转而看向那扇紧闭的，用一层层最严密的金刚石锁链缠绕的门，厚重得散发出无尽的威严。

"只要动动手指，我这一生都不用再愁吃穿了，也不用再在这鸟不拉屎狗不下蛋王八来了不靠岸的地方做什么看门兵了。"

于是他环顾四周，确定没人注意他后，悄悄走到了那扇大门前，轻轻地，悄悄地从那扇结构精密严谨到完美的铁门锁上拆下来一块只有中指粗细长短的榫卯来。

千里之堤，毁于蚁穴。

第五十二章　人神会议

我们乘车来到了总统府门前，早已有人等候我们了。并没什么保镖（没用），由一位秘书带我们进去了。

我们穿过精致的园林，走进典雅的建筑之中。走过浮雕的罗马柱，来到由纯白大理石筑成的餐厅（大理石在我们那里是用来垒城墙的）。

我和雷电都是使神，在人体之中，现在终于可以露出一点点神体了。霎时间，厅内金光满屋，这令总统们展现出极大的虔诚与敬畏来。

我目睹了洛国人的惨状，希望立刻与人们达成协议，众国联合出兵，赶紧解围。否则多一分钟多死不少人不说，若是再拖，没准哪个国家就琢磨出为深渊效力的点子来。

但总统们似乎并不着急，白国的总统笑着向我们招手，眉眼间显示出精妙的笑意。"几位上神，请先不急人界的事，战争不会因我们的焦急而停止，先尝尝这里的粗茶淡饭吧。"他语气中作为人中龙凤那抹之不去的淡淡的优越感让我想把他扔到天花板上去。

仆人们身着用料匀称、昂贵而体面的西服，端着银质的小碟子，身段优雅地走来。

若是在平时，这定是令我极满意的一顿招待，这些仆人一个个也比新郎还要好看。但一想到全人界各地的人民正深陷水深火热之中，那些仆人的不紧不慢令我烦躁，那刺眼的衣领上的蝴蝶结让他们看起来像 Kitty 猫一样。若我坐在总统的板凳上，一想到那么多人在为我拼命，我绝拿不起叉子来吃饭！

菜也上来了，是精致的餐食，典雅摆盘的鹅肝，热腾腾的红酒烧牛肉，香气扑鼻的焗蜗牛，再加上躺在小布篮中酥脆金黄的牛角包，缭乱了我的眼，搅乱了我的胃，扰乱了我的心。

我不大坐得住了，几次开口要提支援洛国的事情，却都被几国总统的寒暄打断，这危急关头了，还在搞什么？"吉人之辞寡，躁人之辞多！"

我环顾一周，雷电面无表情，眉头微蹙，几乎不动刀叉。另几个神则满面春光，谈笑风生地吃着盛宴！

是的，人们——洛国人的同胞，在这个洛国的战士只能到废墟里去扒罐头，从自来水管中接脏水喝，几周才等得来一趟空投飞机的时候，他们丝毫不顾及几乎沦陷的洛国，坐在这里品尝着精致的菜品！

而吃这顿饭的时间，少说已经有一百名士兵为之而死了。

会议上我几次提出了所有国家将军队合在一起联合抗敌，他们满口答应又答出些模棱两可的话来。就谁的军队当前锋这件事就让他们哼哼唧唧了许久！众领袖中没有玄国人，一问才知是主席把专机拿去运物资了，没飞机过来。

三个钟头的会议后得出结论：人界要联合起来为了共同的幸福而奋战！各国应全力支持互相云云。具体安排，行动方针：无。

临会议结束前，我站起身，让侍者拿来了笔墨，留下一句"战士军前半死生，美人帐下犹歌舞"，便离开了会场。

此事之后，雷电告诉我，我不可能再在这里待下去了，得即刻动身离开，由于我还未伤愈，最好还是回神界。

"不，我打算去玄国。"我要去看看这个拼尽全力的国家，去寻找风啸口中的龙兵。

"那你呢？"我问雷电，"你要留下来吗？"

"不，"雷电面色凛然，"跟这些家伙没法谈，我也要去领兵了。"

于是我们各自分别，他领一万兵力去驰援洛国，我领自己那几百亲兵去了玄国，那个我待了七年的国家。

我在玄国南岸登陆，一路之上，风餐露宿，见的都是来往的士兵与燃烧的城市。

深渊将那一百多名将领交给了人界，他们都没什么好下场。而那一百万亡兵更是冤枉，是深渊下的命令让他们进攻，却因为深渊的失误让他们深陷困境，这时又把他们当成了弃子！是深渊下的命令让他们脱下盔甲，去掉武器，自缚双手——他们已没思想也没了意识，只有刻在骨子里的嗜血与对深渊的绝对服从。

于是，他们被人类的怒火与仇恨淹没了。

而深渊的军队继续进攻，手段比之前的暴戾，相比只增不减。但唯一不同的是，这次的将帅是剃刀，他在进攻前会先劝降。只要是投奔他的士兵，全家老小都很安稳，条件也比人界丰厚得多。

当我行路时，传来了更坏的消息，以白国为首的三十多个国家全部倒戈相向，投入了亡军的怀抱。他们发动自己的子民去残害其他国家的人，用猛烈的炮火去攻击抵抗的军队。

但意料之外的是，年轮发怒了。

年轮这一生，从青年到现在，最讨厌的就是被人背叛。他打击了这么多优秀的将领，不惜自毁长城，就是不想被人从背后捅一刀。

而现如今，镇龙司叛变了，人界也叛变了，那些他视为蝼蚁的人竟跳起来将兵刃朝向他！

人类的兵刃奈何不了神灵，但这些叛军满天飞的导弹和核弹却令拥护他的人们陷入了巨大的苦难之中。他倒不是担心人们的死活，但如果没有人来拖住亡灵，圣雪山脉要塞便要受到亡军直接的压力。这是他无法忍受的。

于是他发怒了——尽管怒气缠身，他仍旧小心应对。他清楚乱动给三界带来的麻烦，也知道动用自己巨大的能量对自己同样有巨大的危害，他可以轻易捏死任何人，但那也会使他苍老虚弱许多。

他将所有热兵器的寿数往后推了几百年，于是当士兵打开军火库时，炮弹上蒙的灰已经比炮弹本身还要厚了。那些导弹炮弹之类的，都快成化石了。

人界在年轮的一个响指之下回到了冷兵器时代。

全人界的局势又乱了许多，叛军与人军杀成一团，人军与亡兵战成一片，亡兵又与神军打成了一锅粥，持续八百年的和平没有了再现的机会。当一方的实力不足以镇住所有人时，动荡便是无法避免的。

我和军人们走在乡间的小路上，近处的是一派安宁祥和的场面，仿佛莫奈的印象画一样。狗尾草在微风中轻柔的晃荡，野花朴素的色彩点缀在土地上，云很厚，汹涌起伏，在天上构成海浪的形状。天看上去很低，刚挨着树尖，树下的车矢菊踮踮脚，仿佛就能摘下一朵云来尝尝。而在天之上，云之巅，星之下，是我的故乡。

山在不远处，挡住了视野，仿佛秀美的巨型屏风。重峦叠嶂的山几乎全成了金的一片，灿烂的银杏正诉说着秋天本来的样子。杉木长得很高，而枝叶全耷拉下来，仿佛是为人们因绵延的战火而不再坐在它的枝叶下野餐感到难过。

圣雪山脉在玄国的境内，此时战争期间不再用障眼法，彻底出现在视野之中。它保护了一代又一代神族人，它那洁白无垠的山脚下也埋着一代又一代人，它见证了千千万万的士兵誓死效忠，倾听了千万年战争的号角，它是勇气与忠诚的代名词。

但这秀美如画的景色注定不会有人欣赏了——远处的城市正在激战。亡军的一部长驱直入，被人们挡在了这里，包围圈也逐渐形成了。一些叛军正在向边境集结，不晓得时局还要怎样恶化下去了。

四周只有马蹄声，远方传来燃烧声，滚滚的浓烟平地而起，直直地刺向碧蓝的天空。那可怕的战火的气息，曲折又曲折地飘向那比被夕阳染红的地平线更远的地方。

我们一直紧贴着海岸线走。曾经的我生在海族，却没有见过自己的领地，连圣海也没去过。现在见到了海，发觉它是那么美丽动人，仿佛令人捉摸不透的猫。那浩瀚让人收获无限的平静，又给我以最坚强的后盾。

我们一路南下，路上见了许多的士兵，他们乘着卡车，擎着防爆盾，执着工厂临时大批量生产的钢刀与矛，披着聚合材质的盔甲，奔赴另一个陌生的地方，做好葬身在祖国某个角落的准备。见了神族的士兵，他们也会敬礼。

终于，出现在我们面前的，是还没怎么被战火波及的玄国的香岛。

第五十三章　寻找龙族

入了城，气氛便渐渐没那么凄凉了。这里是靠海的地方，城并不算很大，驻军却算不得很少。

我们并没有在城中心待很久，而是往海边开去。那里是人军抵御海上之敌的地方，驻军有一定数量，但多是海军。神族与亡军一直在争夺海上霸权，似乎没人界什么事，所以水兵们都上岸休整，显得很闲适。

路上人不多，但走得并不匆忙——这是这里的原态。宽阔的马路上车辆少之又少，几辆三轮车停在一旁。卖椰子的卡车上坐着抽烟聊天的本地人，海风撩动路旁椰树的刘海，一切平静如清晨的海面。

我孤身一人，带着几百名士兵，走在冷清的街道上。风啸、雪语、雷电、生灵都各奔东西，到了正面战场与敌人厮杀。只有我，几乎半废，只能在和平地区待着。

我们这么多人闹出来的动静太大，我不想给自己添麻烦，便命令士兵们找个野外扎营，只留了十个近侍神贴身近卫，便往镇子里走。

道路两侧的日用品店里，货柜几乎是空的。战争带来的物资短缺使这个岛屿陷入了严重的困境。海鲜市场还勉强维持着，人神联军尚还掌握着海洋，让这里的人不至于饿死。

根据风啸提供的信息，龙族人的聚集地就在这里。

但这里的景象从哪看都不像龙族人待的地方。

海水在地板缝上泡着，简陋的厂房里改造成的市场被一个个摊位摆满,一个个摊位被泡沫箱和塑料盒占据。鱼虾蟹贝在盆中泡着,苟延残喘。各种声音交织在一起,海水的腥味在空气中弥漫。

看着面前这些穿着胶靴、大声说着听不懂的方言、嚼着槟榔的渔夫,我无论如何也不信他们是曾追随海神南征北战、立下汗马功劳的神话人物龙族。我不禁怀疑风啸给的地标不准确,大抵是记错了一个区什么的。反正打死我也不信这是能把风啸击伤的龙族的聚集地。

但没办法,这支龙军太诱人了,我无论如何也要把他们收编。

正当我迟疑之际,海面上突然响起了刺耳的汽笛声。几个拎着口袋在买夜宵的水兵马上扔了东西,急急忙忙地往港口冲去。

地平线上慢慢地、慢慢地出现一艘大船的前端。那巨大而坚固的长角令人胆寒。紧随其后的,是它的桅杆与帆。整艘船都是黑的,几乎叫人窒息。而然后出现的,是更多的船。

随着战船的逼近,岸上也产生了巨大的反应。人界的水兵拿这些炮打不透的东西没有办法,只有神军做出了行动。神军舰队立刻出动,横挡在敌舰与海岸之间。岸上的神军人数不多,操作着弩炮。

敌人的舰队源源不断地延伸,一艘又一艘的战舰冒出来,似乎永远没个头,显得几艘神军的战舰孤零零的。

大海是我的地盘,但奈何我现在动弹不得,做不到呼风唤雨了,只得眼巴巴地看着这场必输的海战。

果然如敌人料想,我被他们弄废了,而我的所有族人几乎都被年轮送去吃牢饭,仅存的几个也只是近侍神,掀不起什么风浪了。只能看着亡军一点一点蚕食神界的领海。

但出乎意料的是,人界的军舰也驶离了船港,向神军的舰队围拢。他们很清楚,自己引以为傲火炮无法伤及冥界的幽灵船,要击败对手必须靠近并与之肉搏，所换来的牺牲是巨大的。

随着双方距离的拉近，水手们开始收帆，纯由桨手划动。亡军将前桅杆拉低，冲角直指神军。而卫府兵们则将桅杆放平替代冲角。双方开始挂旗，血色金边狼旗包围了纯白金边玉剑龙旗。

当距离在二里内时，双方开火了。神军用弩炮与漫天箭雨震慑敌人，而亡军试图用投石器将燃烧的巨石来击溃敌人。刹那间，平静的海面上火光冲天，充斥着焦灼与血腥的气味，回荡着呻吟声与呐喊声。散架的着火的木板漂浮在海上，黑色的血聚在海左侧，白色的血聚在海右侧，中间形成了一道泾渭分明的界线。

人类的几艘大战舰早被击沉了，但几百艘快艇、鱼雷艇在战船之间穿梭，水兵们抓住机会就往上爬，挥舞着军刀、橡胶棍与敌人血拼。

卫府的战舰也贴近了幽灵船，两艘战舰之间马上铺满了云梯，数不尽的士兵从船舱里冲出来，各种法术与诅咒编织成了一张网，被包在网中的士兵立刻失去了性命。

神舰从头到尾都在燃烧，每次被点着了，水神会灭火，但灭了火，甲板又会被点着。而神军的怒火很快又席卷了亡军，木神、岩神、雨神、雪神……各自发挥出自己的看家本领，将敌人的巨舰砸个千疮百孔。

神界与冥界的战舰都是人类无法想象的庞然大物，在双方水师的旗舰及主力战舰眼中，航空母舰也只能当救生艇——故而才可能在如此恐怖的战斗中幸存。

很快援军就来了——附近海域的人界海军闻讯而来。他们在这些巨兽中间穿梭，拼尽自己最后一份力。

但亡军这次铁了心要拿下这片海域，深渊往自己的舰队上砸了血本——拆了好几个大陆的东西，征调了好几个大陆的人口来造船，再加上惨无人道的训练方式，这台深渊帝国的战争机器令一向无敌的卫府水师都心惊胆战。

在一个时辰的鏖战后，卫府水师顶不住了，在损失三艘巨舰的情况下退出了战斗。人界的守卫自然独臂难当，很快也溃败了。

海岸线上的弩炮台也无济于事，敌舰队接近了海岸线，准备放小艇登陆。

这个城市已经开始混乱，谁也没有想到这个军事重地不到一个时辰就丢了，那茫茫一片黑帆让许多人家开始挂白旗。

但我身边的渔夫们却丝毫没有慌乱，一个其貌不扬的大叔恶狠狠地瞪了一眼海面，用我听不懂但可以确定不是玄国方言的语言大吼一声，一大群渔夫倾巢而出，冲到码头，纵身一跃扎进了大海，正当我寻思着他们是要投水殉国还是干什么时，视野中的海面猛地一震，继而敌舰开始摇晃起来。波涛汹涌，掀起数丈浪花，狠狠地拍在船体上。

水中忽地腾出几个修长的身影来，包裹着玉一般鳞片的身躯在阳光下闪闪发光，利爪也寒意逼人。那长长的头首上嵌的双目迸出杀气来，口中的齿尖而白，又从舌根吐出些烟雾与雨云。双角与那飘浮的须，彰显着它们是海的子民——龙。

这一支规模不小的舰队，竟霎时被冲乱了，巨弩、投石、火箭全部用上了，也伤不得龙们分毫。他们灵巧地在箭石间穿梭，即使有箭射来，也会被光滑的鳞片弹开。

于是龙们开始了反击。各色的龙，金色、青色、银色、白色……在玄色战船间游走。蛟龙卷起巨浪吞没士兵，青龙吐出云雾干扰船只视线，金龙用风雨肆虐敌人，白龙用冰雹痛击敌人。在龙们的围攻下，不可一世的亡军舰队竟乱了阵脚，开始撤逃。

而没跑多远的神军舰队也抓住了机会，拉上两艘支援的船就又杀了回来，亡军自然禁不起这么一冲，马上全面崩溃，各自为战，争先恐后地往后蹿。

蛟龙卷起巨浪吞没士兵，青龙吐出云雾干扰船只视线，金龙用风雨肆虐敌人，白龙用冰雹痛击敌人。

第五十三章 寻找龙族

我呆立在那里，久久说不出话来。要知道，这些家伙刚才还穿着人字拖在这儿卖鱼呢，转眼间就凭一己之力击退了来犯的亡军舰队。

过了几十分钟，一切才又重归平静。海面被血染成红、白、黑三色，木板与尸首浮在海上，烧焦的气味久久散之不去。

岸上，军民们的欢呼如潮水般此起彼伏，而龙们重新靠岸，变回渔夫再爬上来，接着卖鱼。

而那个其貌不扬的大叔正是刚才群龙之首的金龙，他躺在安乐椅上，若无其事地喝着汽水。

我小心翼翼地靠近他，掏出雷电新给的一块神界令牌："我是神界的一员（自称逃犯似乎不大光彩，一时半会儿又编不出官职），希望你们……"

我得到的答复简短而清晰："滚。"

第五十四章　拒人千里

大叔说完这句话后，便不再理我了。

我看着他那漠然的样子，强压了一口气，向他阐述神、人两界的巨大灾难与亡军的狠戾嗜血，但他像睡着了一样，半眯着眼，理也不理。

我的火气一下子就上来了——当年嚣张惯了，发起脾气来是一把好手。我拍着桌子，指着大叔的鼻子道："人界被打成了这样，神界都人心惶惶，你却还在这儿喝汽水！你知不知道因为你们的冷漠，人界每天要死多少人、神？"说罢，我一把抓起这个易拉罐，将它掷入了海中。

邻座的一个小伙子马上扎进海里去捡，大叔唰地站起来，抓住我的衣领，硬是将我拎了起来。

他的眉毛压下来，沉声说："不要往海里扔垃圾。"

他的双眼像钩子一样，盯得我胆战心惊。我的几个护卫见状立刻抽刀就要冲上来，但立刻就被其他龙族人挡在前面，也就泄了气。他们知道，自己是打不过这些家伙的。

大叔一字一句，不响亮而咬得很重地说："人界？那你告诉我，是谁往海里扔塑料袋，谁把鱼类捕了个精光，谁往海里倒核废水，谁把该死的石油弄得满海洋都是的？是谁把我们的故乡家园弄得乌烟瘴气的？你和我说神界，好，那我问你，我们的先祖是住在圣海之中的，永世听命于海神。是谁把我们贬下来打鱼，又是谁把我们的领袖海神搞得家道中落的？是谁为了一己私欲和安全感把忠心耿耿的将军们与侍卫军人们赶尽杀绝，一手酿成现在的局面的？你说我眼见无辜者惨死，我告诉你，根本就没有无辜者，每一个人，都是罪有应得！"

说罢，他用力地将我扔下，我踉跄几步后稳住身子，大声道："我就是海神，海浪啊！"

所有人听见我的话后都站起来，死死地盯着我大叔的脸色于愤怒中又平添几分凝重："空口无凭，你为什么不让大海掀起十八丈高的巨浪，自证身份？"

我支吾着回答："我受了诅咒，施不出法术来。"

这下子不光是大叔，所有人都显出了十二分怒火来，大叔恶狠狠地指着外面："我们最讨厌被人骗，趁还有命逃，赶紧走。"

我从他脸上读出了赤裸裸的杀意，也知道再不走可能就真殉国了——我对年轮的感情还没那么深，于是只好离开了。

从市场出来，街上却平静得出奇。海面上刚经历了一场大战，居民们似乎并不担心失守的问题，也没有出现哄抢物资之类的情况。因为大家知道，有一群强大如斯的人在保护着他们。

我打算暂时再留上几天，并将那几百个士兵也召入了城。一来是暂时也没什么事情做,二来是我听说这一带的玄字阁极其恐怖,也怕有个三长两短,我现在自保都难。

这里人不多,住处也不难找。我听说神界一边持续往边境调军,一边将主神等要员往神界撤——年轮是铁了心要守住圣雪山脉防线,他也有这个实力。

而我虽然受了伤,但也还不打算回神界去。我在人界战斗了八年,与神界不同的是,我在人界碰到的每一个人与神,都不因我是名声败坏的海族的纨绔子弟海浪而瞧不起我,他们与我一起作战,愿意为我付出生命的代价,从没想过撤退,今天,我也必须收编龙族,尽自己的责任。

我们安顿了下来,我打算明天再去走动走动,总之是要让他们做些事情的。

但没有想到的是,意外在今晚就来了。

夜深人静,我服了些药,就准备睡下来了。现在已恢复了些元气,勉强也够自保了。旅店的服务员很贴心,临睡前还送了杯牛奶。他听说我在神军中服役,便兴奋地给我展示了自己爷爷的照片,表示自己爷爷也曾参加过战争,在三十年前被车撞死了——说到这里他的眼神难免有些黯淡。他叫作小林。

我安慰了他几句,谈话便也就结束了。

就寝二十分钟后,正当我昏昏沉沉时,敏锐地感受到外面有什么东西在跑。脚步很轻,像是猫,但我却听见了一声轻微的金属碰撞声。

坏事了!

我赶紧从床上坐起来,变出珊瑚长剑,打开门往外面跑。夜里的铁器声可不是什么好兆头。

这半条街都是由我实际控制的,院里也有士兵站岗。现在已是将近子时,按理说要换第一班岗了,但我却没听见声音,这无疑也是个细思极恐的地方。

而此时,屋檐上,几个身影正在跳跃,他们的几十个同僚已经潜入了院中。

为首的是玄字阁的掌阁人林寒。在神鬼看来,二十年资历算不了什么,但对于阁中人来说,能活二十年已是奇迹。于是他凭借狠辣的手段与忠诚的手下,一步一步成为玄字阁的掌门人,只有屠夫是顶头上司。他听说有一个主神来了,且极脆弱,便决定亲自出马一次。

他一直对屠夫心怀不满,打算干完这一票就收手不干了。

他和手下的精锐都对刺杀流程极其熟练。翻墙入院,干掉守卫。

于是当我打开门时就傻了,满院子十几个守卫全倒在了地上,惨不忍睹。而几个阁中人极迅速地朝我冲来,抛出了血滴子。霎时几个带着锋利锯齿的圆环旋转着朝我脑袋飞来,紧接着又是几团阁中人独有的绿火团扑过来。同时几个持匕首的身影向我冲来。

在血滴子要套到头上时,我挥剑一挡,算是化解了险情。士兵们纷纷向这边赶来,也挡下了一些致命攻击。

林寒懊悔不已,因为自己的迟钝,竟失败了。同时他后背沁出一团冷汗来,根据屠夫的规矩,一个阁中人如果失败五次就直接处死,而在二十年的刺杀生涯中,他已经失手了四次。

他明白要是再不全力进攻,自己就死定了,于是他从背后的箭囊中抽出一支令箭,向天空射了出去。

一道只有鬼神能看见的红光划破了夜空,它是由掌阁人发出的紧急支援令,一旦它被发射,附近所有阁中人都必须前来支援。

我暗呼不妙,忙组织士兵们一边缠斗一边组成盾阵。身边的几十名士兵顶住后,远处传来了马蹄声,稍远些的骑兵也赶了过来。

而敌人的帮手速度也很快,屋脊上一个又一个身影跳动着,不断有人加入战斗。

而外面又赶来了一批神军，是这里原本的卫戍部队，他们的将领战死了，群龙无首，便打算来投奔我。刚过来就见此情形，自然不由分说也撸起袖子上了。一时屋内屋外，杀作一团。

林寒这下彻底头大了，他查过我的过去，知道我以前干了多少离谱的事，便轻敌了，谁知这两三年的作战经验令我听出了他们的脚步声，坏了事，但为了自己的命，他咬牙继续进攻。

原本擅长暗杀的阁中人被迫陷入苦战，阴谋成了阳谋，他们也就失了大半优势。但不愧是阁中人，在重重围堵之下，竟一点点朝我挤近。

林寒抓住机会纵身一跃，到了我的身前来。他的武器很特别，不是血滴子，而是一柄朴刀（类似于苗刀，刀柄刀身都很长，有一米到一米八长），看着那长长的刀刃上的血在月光下隐隐发光，我紧握手中的长剑，内心却慌乱无比。

在此时，服务员小林被闯入室内的阁中人吓了出来。他看见提刀的林寒时吓得魂飞魄散，但再看一眼时，却痛哭失声：

"爷爷！"

第五十五章　玄字阁的盟约

林寒一下子愣在了原地。

他回忆起了从前。那似乎是很久远的事了，屠夫一直将林寒的回忆锁在他脑海的最深处。二十年了，他却什么也记不清，只记得一次又一次的杀戮。二十年了，他没有唱过一次歌，没有闻过一次花香，也没有笑过一次，更没有回忆起过曾经。他总是什么也想不起来，连梦也没有过，只知道杀戮。

现在，他听到了一个声音，那个声音已经变了，但语音语调，他却记得一清二楚。他太熟悉那个声音了，在二十年前，那还是稚嫩的童声，而现在，成了一个男子的声音了。

一下子，他那双黯淡的眼焕发出生命力来。他终于想起来了，这是自己的孙子啊！

他马上收起了朴刀，走上前去。

我和士兵们一下子紧张起来，收紧了阵形。但林寒没有要痛下杀手的意思，他只是上前，抱住了小林。

小林什么也没有感受到，但什么都感受到了。

林寒从怀中掏出急令哨，在一声尖厉的哨响后，所有阁中人都停下了动作。

我也连忙叫停了士兵们。

林寒看着自己身边的战友们，一个个眼神空洞，只显示出对血的渴望。而他们的上司——或者说主人——屠夫，一心只想榨干他们最后的价值，而当战争结束时，这个暗杀组织将与神界当年人才辈出的悍将一样，被深渊处理掉。到了那个时候，他们再回想起现在的苦战，又会有什么感想呢？

林寒的身边集结了数百名阁中人，他们都曾为冥界深渊的崛起立下了汗马功劳。

反叛并不是那么容易的事情，而要带这么多人一起反叛，更是难上加难。

于是他决定撤退，他决不能死，权当是为了小林。

他下达了命令，又看了我一眼，向我掷来一张纸，吹声口哨，然后纵身一跃，与数百名阁中人一齐隐没在夜色之中，留下一地的尸首。

我让士兵们收拾残局，自己进屋，打开卷纸。

上面写着：

契 约

　　尔备军马占此城，吾率众人起兵反。尔助我统一玄字阁，吾与尔共定天下诛深渊！十八日后见分晓，吾自来访。

　　没有署名没有签字，只是一张字条。但这让我重新燃起了斗志。我马上给生灵和雷电写信索要兵力，至少要一万五千人。而雷电见我口气不容置疑，便将自己最后的一点兵力借给了我。

　　在信中，他告诉我，所有的神军将领都必须往圣雪山脉去了，人界的事只能交给他们自己了。深渊押上了所有的筹码，一支数量庞大到恐怖乃至骇人听闻的军队正在人界一字排开，呈缓慢的包围之势，从四周向一个中心靠拢，那就是圣城——从人界通往神界的大门。而在人界中，那里是江海市。

　　而此时，包围圈越来越小，江海市的失守是不争的事实。但人们并没有放弃，雷电告诉我，人界集结了几乎所有能集结的军队，准备放手一搏。

　　而在我沉思时，林寒做出了行动。

　　他回到了玄字阁，立刻就有阁中人找到他，要求他去见屠夫。

　　屠夫高高在上地坐在红绒椅上，连正眼也懒得瞧林寒一眼。这不禁让林寒怀念起之前的掌阁帅，由深渊委派来管理玄字阁的亡灵——血月。血月曾是神界月族的一员，被排挤出神界，来到冥界化为亡灵，后来领军攻人界，被深渊当替罪羊杀了。血月从来都给予他们以足够的尊重，在他手下的玄字阁达到了巅峰。

　　而屠夫却漫不经心地说："你的机会用完了。"

　　林寒的后背一下冒出汗来，他想再求饶，可张了张嘴，终究还是没吐出一个字。

　　屠夫扔过来一颗黑丸："你知道该怎么做。这是玄字阁的规矩，自我了断，大家都体面。"

"我明天不希望再看见你。"听了屠夫的话,林寒往外面走去。若是在之前,他肯定会毫不犹豫地与这个可恶的世界告别。但他多想再见见自己的孙子啊。他看看天,离天亮还有很长一段时间。

他是一个掌阁人,手下有数千名在世界各地作战的阁中人,每年几十名阁中士还会来报告,而现在,他自己也将死了。他立即决定反叛。

但光由他决定不够,得有手下的支持与同伴的帮助。全界十八个掌阁人,他一个人不可能单挑十七个。

于是他看向了怀里的短号。每个掌阁人可以有三次召开大会的权力,前两次他已经用掉了,这是第三次。

于是他吹响了号角。在不到一个时辰后,离他最近的一个掌阁人来了。由于他的第三次号声极为凄凉,是带兵前来的信号,于是他率领了自己的数千人马赶来。

而见到此人后,林寒笑了——此人正是他的弟弟林沫。二人在同一天因车祸而死。

听了哥哥的要求,林沫当即拍板,而他忠诚的部下也听命于他,一起反叛。

会议地点在一个荒岛上,二人的兵马占据了小半个岛。因为林沫离这儿近,带的兵就多。而第三个来的掌阁人,只带了几百名随从。在听了兄弟二人的提议后,他没有办法——对面人太多了,只得交出了自己的令牌并被迫加入反叛队伍。另外几个掌阁人都是这样,稀里糊涂失掉了兵权。

而也有几个顽固不化的,自然被叛军们不费吹灰之力剿灭。还有几个同样仇恨屠夫的,当即命令自己的人往这边赶,冲屠夫杀去。

最后一个来的,是实力最强的掌阁人,人称韩伯侯。这位伯侯大人带了自己全部兵力,直接与那十七个掌阁人的兵力平分秋色。

这使许多"被迫自愿"的志愿者开始动摇了，林寒却并不慌乱。

"韩大人，今天找您来，是要说一件事。"

"哦？"

"屠夫那个家伙，实在可恶，压榨欺辱我们的兄弟！"林寒晓之以理，动之以情，"再有，我看在我们的帮助下，深渊快拿下这场战争了。但你有没有想过，在战争结束，深渊一统三界后，我们真的能加官晋爵吗？"

韩伯侯抬了抬眼皮。

"咱们会什么？杀人呐！但和平下来后，不需要杀手了，只需要警察。那咱就成了不安定因素了，和血月一个下场！反倒是那屠夫踩着我们，步步高升！"

这话再明白不过了，伯侯道："就是要反了？"

"是这个意思。"林寒开门见山。

伯侯大笑："你们有没有想过，我要是杀了你们十七个，我也能加官晋爵，步步高升！"

林寒也不再伪装，直接起身，哗啦一声把酒樽砸碎在地上，侍卫立刻掀了桌子，抽刀上前。

叛军已事先在手臂上缚了白巾以区分，听了号令也上前，韩伯侯的兵也冲上去，双方正要短兵相接时，海面一下子被照亮。

海岛的四周围了近十艘神军战舰，将岸上的人围了个水泄不通。大批神军士兵乘小艇摸了上来，一时间韩伯侯引以为傲的兵力优势荡然无存，在战舰上的几百架弩炮之下，最精锐的阁中人也无可奈何。

最终，韩伯侯不再抵抗，自杀了。他的军队由林寒统领，而林寒，成了此刻站在旗舰船头的我的盟友。

我见局势稳下来了，便神气地对身旁的副官说："好了，收队。"

有自己军队的感觉简直爽爆了！

第五十六章　龙归大海

自此，玄字阁内烽烟四起，叛者与那些仍忠于屠夫的、已身亡的掌阁人的手下战作了一团，每个夜晚都充满了血腥味。

总之香岛成了我的据点，在包围圈的不断缩小之下，也没人愿意来啃这块硬骨头。

我昨天又去找了一次龙族人，但他们打死也不愿加入我们，自然又碰了一鼻子灰。临走前他们告诉我，事不过三，要是我再去烦他们，他们就吃了我。

但现在，我又要去了。

不管怎么样，他们太重要了，我必须收编他们。出发前，副官问我要不要直接派兵把海鲜市场围起来，我思索再三，还是算了。一来我并不愿做个军阀，二来这万把人也不够给龙族塞牙缝的。

我在外套里面穿上三层锁子甲，昂首挺胸地去了。还是那个破烂的招牌，但"海鲜市场"四个字在我眼里可以看成两个字——刑场。

我推开门进去了。

毫无悬念地，在看见我的那一刻，七八个壮汉向我扑来。我话还没说一句，就陷入了可怕的撕扯之中。

我的外套被扯掉了，露出里面的软甲来。这让龙族更气愤了，一个小伙直接用大手一扯，竟拽下三层铠甲，露出流血的肩来。

这时，我的外套口袋里掉出来一件小东西。仔细一看，是一颗牙齿，弯面长且利，似一柄小弯刀。

龙族人们停下了手上的动作。一个小伙子说："这是一颗龙牙啊,是我们龙族送给自己救命恩人的。"

领头的大叔伸出鹰爪般的巨掌,抓住我的衣领,将我举起摁在墙上。

"这东西从哪来的,说!"

这时,一个小男孩从人群中走出来,不知为什么,总是觉得在哪里见过。

大叔扭过头去说:"小方,快回到你妈身边去!"

小方却说:"是我给他的!舅舅。"

"我不是告诉过你吗?这是很珍贵的东西,不要乱给!"

"他救了我的命。"

我一下子想起来了,那次去救生灵,在警局我随手救了个小孩,似乎是他。

大叔力度小了些,但还是没放我下来:"怎么回事?"

我便把事情一五一十地说了出来。众人听后,脸色缓和了些。

大叔松手,我掉在了地上。

"快走,不要再来了。"

我却吃力地说:"要不要再考虑一下?"

大叔面色又阴沉下来,推了我一把,我又是一踉跄——合着我今天当沙袋来了。

正当我再爬起来,要往外走时——

"等下,"大叔叫住了我。"你过来。"

我走回去,大叔一把抓住我的肩头,仔细地观察,搞得我有点害怕。

我的肩上,是一块贝壳形的胎记。

大叔一扬手,一团海水出现在他手中,他一把将海水泼入我的眼中。若换了凡人或别的神,眼睛免不了要报废,但我却没什么不适。

而我的黑色瞳孔慢慢变成大海的颜色。

大叔突然做了一个令我惊掉下巴的举动——他虔诚地跪倒在我的面前。

"伟大的海神啊，请处死我这个大逆不道的人吧！"

接着，更多龙族人也跪了下来。

我说："那你们打算服从我的命令吗？"

"即使您要求我们死，也不会听到半个'不'字！我们将永世为您而战！海族，便是我们效忠的对象。"

我几乎热泪盈眶！没想到，千年前的誓言，即使沧海化为了桑田，即使我被贬到人界，终日与腥鱼臭虾相伴，即使家道中落，被举世唾弃遗忘，我也不会忘记那段曾经的日子，那段我们并肩作战的时光。

于是，我拥有了与自己相伴一生的两大王牌。

大海又有了腾飞的龙。

现在，我打算前往神界支援。只不过有点小问题——我好像被包围了。数十万的亡兵正向这边靠拢，形成了合围之势。不管今后对方的阵形会如何变化，总之现在暂时还不是离开的时候。

我目前可以掌控这个城市。我预留了充足的海鲜食品，随时准备打一场守城战。

而令我没想到的是，一批人竟撤到了这里来。他们是从朝鲜一路南撤，来到了香岛。他们已没有地方可去了，便希望我们收编他们。

就这样，一支人界的骑警队加入了我们。这让我有了些新的想法，以我现在的兵力，是绝不足以哪怕让时局发生一点点改变的，但如果让各地撤下来的士兵集结于此，那这里能否聚集一支可观的力量呢？

正巧在经历了难以想象的残酷杀戮后，玄字阁也完成了清洗，林寒成了新的掌阁帅。这当然令深渊极其恼火，趁大量阁中人还在心中深留有对冥界的敬畏与服从，他立即命令亡军全力追捕阁中人，抓住直接处决——这却反而引起玄字阁更大的愤怒。他们在人界拥有难以想象的根深蒂固的势力，他们无处不在，他们武艺超群；他们是最没有感情的杀手，他们是冥帝国最骇人听闻的屠宰机器，但却没有得到应有的尊重。与亡军不同，这些人是有灵魂的，并不能随意使唤，但自从血月死后，隐患的种子就被埋下，而屠夫的豪横使其生根发芽。

屠夫试图去到邻近的亡军部队以寻求庇护，但在路上被玄字阁干掉了。玄字阁陷入了疯狂当中，没有组织，没有理智，阁中人在世间游荡，刺杀所有遇见的，从冥界来的亡灵。他们冲进叛变的人界国家，将一切建筑烧毁，带来了更大的混乱。一时间，亡军的军营要时刻警戒，所有军官都不敢抛头露面。

林寒带着一部分人马来到了香岛，这里成了一颗扎在敌阵中的钉子，甚至没人愿意来进攻——吃力不讨好，除了椰子什么也得不到。

而对于前来投奔的人界军队，我定然是极欢迎的。他们在我的安抚与训练下，也逐渐从失败的阴影中走了出来。

在半个月后，香岛已成了收容全国所有溃军的据点，近十五万军队挤在岛上，而且这个数字还在不断增加。其中有近半是溃逃的、不甘的人军，一大半是主帅阵亡，被迫撤退的神军。我的才能很明显不太够管理这些军队——这么多的人连传达命令都成问题。

而这时，救世主来了。

风啸来了。

他带着自己的督战队，只用了一星期就把军队治得服服帖帖。我们加固了防线，垒起了城墙，随时准备迎战。

而今天晚上，夜空中已看不见星星了。

风啸找到我说："要不要在活着的时候出去走走？"这我自然是不会拒绝的，他一掌拍在我胸口，便将我的灵魂拍出来了。像在冥界时那样，我们飘然四方。

　　我们看见了那满目疮痍的土地，看见奋力抵抗的大海，看见那一望无际的亡军兵营。而此时，旧有建筑填满的地方轰然崩塌，一座新的城市出现在眼前，纯白的城墙，大理石雕的宫殿与壁垒，飘扬的纯白金边玉剑龙旗——这才是真正的圣城！在那座人的城之上，还有一座神的城！

　　城墙上站着一排排全副武装的神军——圣城完全褪去了平日的伪装，从人界的最后据点成了年轮的第一条防线。

　　我们继续向神界飞去。

第五十七章　梦游神界

　　我们飞过那层层戒严的圣城，穿过一批批士兵进入了神界。

　　神界分为两个洲，戟洲与梦洲。

　　戟洲是神界的门户与保护神，属圣雪山脉，峰峦叠嶂，易守难攻，加之神界长久以来在此修建了大量要塞，布置了庞大的兵力，所以年轮才能放心地排挤将才。

　　而梦洲无险可守，一旦戟洲沦陷，必定有大麻烦。八百年前的毁灭之所以能攻下神都，是因为年轮主动出击，在另外两界布置浪费了太多兵力，以至于圣雪山脉要塞无人可守，平均一里地就十个士兵，很轻易被突破了。这也导致了年轮现在的畏首畏尾。

　　而连接这中间的，是圣海，海神的故乡。轻柔的浪花温和地拍打着海岸，泛起云一样的泡沫来。天边的几朵云彩，又仿佛那无瑕的浪花。不时有几只海鸥飞过，旋即又有清新的海风拂面而来。圣海以它的平静端庄而又无边无际宽广的心胸示人，美得如一块让人不忍玷污的玉。

圣海的那边，是神们真正的乐土。

无奈长夜将尽，若是再不返回躯体就要出乱子了。否则我多渴望再看一眼阔别已久的故乡啊。尽管它承载了太多痛苦的回忆，包含了我的家族几代人的耻辱与不甘，饱尝了数场战火的苦难，尽管他也曾燃烧过，哭泣过，窒息过，绝望过，但他依然在说：美是不能被血与沙蒙蔽，而彻底失去光芒。美的依然是美的，正如神界一样。它曾有过自由，有过一段——而且长久的快乐美好的时光，虽然现在年轮与深渊让这些不再有了，但我们仍会用血与钢将这一切夺回来。故乡永远是故乡，可同乡不一定是朋友。

在临走之前，风啸说："我带你去个地方。"

我们到那儿时，神界迎来了祥和的夜。一片竹林上空，是一轮半没在云后的皎洁的月，月色下竹林的深处是一面悬崖，悬崖之下是瀑布，瀑布之旁有一座亭楼，朴素无华，古色古香。而头顶上，是天之上的，唯一比神界高的星空。

整个夜幕上嵌着千千万万的数不尽的星星，不很亮，但很美。从梦境的时代开始就存在了，一直注视着神界的子孙万代。

"那是观星亭，从不知多久远的时候就有了。"风啸说道："每一场战争，那些千千万万的无名的士兵默默无闻地死去，可能没人知道，但观星亭知道。每一个神死亡，他的灵魂是化作尘埃也好，坠入第十大陆也好，观星亭都会往天上发射一颗星星。"

夜幕上满天繁星。

"这一仗之后，又会有多少颗星呢？"我喃喃道。

风啸说："如果是尽忠而死，就会更亮，只有主动牺牲献身正义之举才能享此殊荣。"

我看着这满天的星，璀璨而浩瀚，我好像看见了杏少林，看见了温九，看见了使神们和许多人。

终究得走了，我们返回了躯体。

人界的天蒙蒙亮了，我们走出营房，继续做准备。我们的军队虽有十几万人，也在风啸手里变得稳定，但香岛毕竟是个岛，资源已不大足够了。如果再这么被围下去，恐怕不太妙。而且人军就有十万，又多是新兵，没什么战斗力，更别提对抗亡军。十万人中，只有不足一万五千人是骑兵，可能跟我到神界支援，而神军多为骑兵。

所幸百万亡军正迅速向圣城围拢，谁也没注意这个岛。

我们一直在训练人类，他们现在也基本可以随神军一起行动了。农场里出了一批不大优良的马，但也足以将一些步兵训练成临时骑兵了，不指望与亡军交锋，起码可以与伪军碰一碰。

而圣城也开战了，坚固的城墙让亡军吃尽了苦头。但几十万人蜂拥而上，终究砸开了城门。

接下来，深渊的百万雄师一字排开，向神界进发。

第五十八章　进发神界

神历丁亥年十月初四，年轮得知了深渊进入神界的消息。谁也想不到，那个最初只有一个大陆几十万亡军的叛贼，成了两界之主，拥有了可怕的大军。

亡军大将烈焰率七十万大军，直逼圣雪山脉左路；大将剃刀率五十万大军，进攻防线右边；大将墓碑率四十五万大军，冲击防线中部；大将乌云率四十七万大军，伺机而动协同作战，作为预备队，随时补充兵力。另有十余名将领共率七十万亡军留在圣城，作为第二梯队，随时增援。统共二百八十二万亡军。

而年轮也祭出了所有底牌，他一直指望深渊吃掉两界后收手，但派出去谈判的使者一个也没回来，只好应战了。两界有多惨，年轮不想管，但如果要动神界，那必须应战。

神军五十万精锐部队进驻防线，另外的十余个要塞城共有二十五万人守备。除神军十万水师原地不动外，强征的新兵则留守梦洲。

这二百余万士兵便是年轮的底牌了，他疯狂地征兵，但也不过只增加了三十万士气低落的新兵，他们负责保护年轮。

神界的神本就少，而这二百四十五万名士兵是所有能上战场的主力军了。而真正训练有素的神军，不过百万，基本全去守防线了。防线后面的要塞城，则由二十五万新兵驻守。

反观冥界，这二百三十二万名亡军只不过是敲门砖，后面还有五百万亡军正向这边涌来，这二百多万亡军只负责圣雪山脉要塞。

年轮没办法，只能向深渊再度妥协。当战战兢兢的使者来到深渊跟前时，带来的请求是：如果您同意，戟洲，送给您，我们退回梦洲。

答复：没门。

深渊获得了极大的满足，在八百年前，他还是个孩子，随父亲征战神界，他们明明已占领了神都，但却被一个半路杀出的风神给击溃了，从此一泻千里，连冥都也不保了。现在，他一定要一雪前耻！他下令，一旦见到风神风啸带领的军队，用二十倍的兵力打！一个活口也不留下！

他突然又觉得很孤独，开战以来，没有一个将领能阻挡他，没有一个主神能战胜他，他不禁想起八百年前，那个以一己之力消灭百万雄师的风啸，那狂暴的疾风令他心服口服。

"再去见见他吧。"

此时，我和风啸正在岛上干着急。在风啸的治理之下，香岛的秩序已经基本稳定，人们的生活也恢复了平静，店铺正常营业，与平日无异。

我们正谈着事聊着天，就着椰子酒吃海苔馅饼，这时，一个士兵进来报告说有人求见。我自然地答应——风啸在身边，不必担心安全问题。

一个瘦高、脸色苍白的年轻人走了进来——我们谈天的地方是一个小饭馆。他步伐很优雅，胡须也刮得干净，穿的是呢子棕色立领风衣，没有一丝褶皱，连里面的衬衣都扣上了所有纽扣，十分整洁。

他不紧不慢地向我们走来，步伐间透着冷静与从容，他只是扫视了一圈，就让气氛压抑到了冰点，当他的眼神向我盯来时，仿佛最可怕的噩梦，让我不敢抬头，只有风啸面色凝重，眯起眼盯着这个家伙。他身上带着一种淡淡的忧郁，但又有极强烈的死亡气息，在柔和的眼神背后爆发出恐怖的杀意来，整个人就处于极残暴与极柔弱混合的矛盾状态之中。

他轻轻地拉开椅子，缓缓地坐下，将手中的黑色雨伞放到了一边，问服务员要了一杯卡布奇诺并要求对方离开。

他微笑地盯着服务员的眼睛："请您给我一些与老友叙旧的私人时间。"

等服务员把咖啡端上来后，他用手中的小勺子轻轻地搅拌着，又放了一些糖，才抬头看我俩，似乎跟我们很熟。

我有些反感了："不好意思，你哪位？"

年轻人微微抬头，挑起眉来："哦？忘了我了？先前我们可打了不少交道呢。"说罢他把头转向风啸："尤其是您，风啸先生。"

正当我要叫救护车送他去疯人院时，风啸笑了："好久不见啊，深渊。"

听到这两字，我一下子跳起来就要抽刀。风啸抓住我的手，把我按回座位。但终究慢了一步，一个生灵手下的，曾是亡军的士兵冲了进来，他立刻认出了深渊。

正当我要叫救护车送他去疯人院时，风啸笑了："好久不见啊，深渊。"

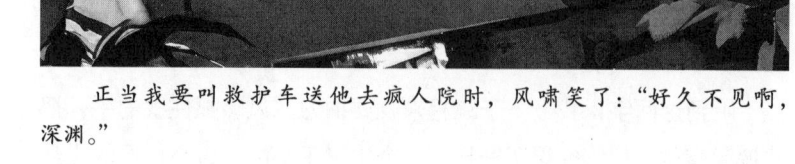

"这是一个恶灵！"他立刻抽出军刀上前来。深渊一只手拿起伞，一只手仍端着咖啡杯，一边抿着，一边用伞尖朝着那亡军一点。士兵马上倒在地上，断了气。

深渊轻蔑地冲我一笑，继续喝他的咖啡："你知道你们抓不住我的。"

风啸说："这只是你在人界的化身罢了。"

"不错。"深渊的眼神给予风啸足够的尊重。

"话说上次见面，还是八百年前了吧。"

"那时你的方阵可不怎么禁得起冲啊。"风啸打趣了一句，"对了，怎么想到来找我啊？"他们之间的谈话是如此自然平和，完全不像是想置对方于死地的仇人。反倒是我有点坐不住，但就算剁了眼前这个男人，也伤不了深渊的真身。

深渊说："有些孤单了，想打的仗都打了，该赢的事也都赢了，想杀的人也都杀了，便没什么乐子可找了，也遇不到一个好的对手。故而想起了你来，打听到你在这里，便来坐坐。"

风啸点点头："你真打算攻神界，那可不大好办哦。"

"那手下几百万人总得找点事情干吧，否则我会无聊死的。"

风啸说："我早告诉你了，战争并不是有趣的事。"

"反正我现在不这么认为。对了，顺带提一句，我派了五十万亡军包围了香岛，你不要想着去增援哦。我自己也会去圣雪山脉防线看看的，你比较推荐神界的哪个景点？"

"枫山吧，野餐体验不错。"风啸一本正经地回答。

"好，我到时候烧了。"

风啸也报以微笑："我还寻思着要你脑袋来着。"

"我会给你留着的。"深渊看看表，"呀，不早了，我先走了，明天就开战了。"

"再见。"

深渊轻巧地起身，优雅地鞠了个躬，然后那副躯体两眼一翻，倒在了地上。

而街上乱了套，人们争相奔走传递着一个可怕的消息，深渊的军队围城了。数不胜数的军舰围满了海面，本就只能靠船只运输的军队此时完全动弹不得。

第五十九章　揭幕之战

神历丁亥年十月初五，深渊亲临现场，指挥全军向防线发动进攻。他最信任的将军烈焰与其手下七十万大军按兵不动，而剃刀手下五十万士兵率先试探性出击。

防线的右部地势险要，守备兵力也不少，足有十余万人，没有六七倍兵力极难拿下，镇守这里的是刚获得战时特赦的生灵，他一个人能顶数万士兵。所以在右部取得突破是不可能的，剃刀的任务不过是搅乱局面，消耗对方兵力罢了。

但军队还没有开动，投石器、弩炮和箭雨先开始怒吼。深渊调动了所有投石机，共计两万余台，这些巨兽向防线投掷出可怕的火球与巨石，箭雨又一连下了三天。

这令守军苦不堪言，尽管大部分已被主神们挡了下来，但仍有可观数量的攻击物落在他们头上。

在三天的火力准备后，战斗正式开始。

十月初八清晨，雾。

二百八十万亡军远眺防线。

那是一座巍峨的天险屏障，透露着无法逾越的威严——这是专为防守冥界而生的，那皑皑白雪连冥火也点不燃，只有些裸露出的岩石与城墙能让火焰落足。山峰是如此险峻而陡峭，即使不设防也难以攀登，更何况上面又耸立着高高的城墙，城墙上又站满了全副武装、视死如归的神族士兵。这神圣、庄严而肃穆的山脉，令来犯者不敢上前，捍卫者放下心来。

但防线实在太长了，七十万兵力展开后，一里地也没什么人。而戟洲妙就妙在防线背后有一个狭关，极窄的天险，不过十人宽，又给了守军以信心。

生灵、雷电、雪语三人各当一面，寒冰则在梦洲守护年轮。圣雪山脉是雪族的故乡，雪语眯起眼，注视着眼前的一切。

亡军分路展开，数百万人密密麻麻挤在一起，黑旗与血旗迎风飘扬，亡军的盔甲反射出的光形成一片刺眼的海洋。高大的恶灵，凶恶的亡军，全部站在山脚下。

只听一声号令，剃刀的右路军开始缓慢前进，阴森的骨角号回荡在天地之间。而那边，神军的战鼓却先响起来，城门豁地大开，生灵带着士兵冲了出来！

这令三军震惊，放着天险不守，主动出击？这还是头一个。

更令人惊讶的是，生灵手下不过五千骑兵，竟敢冲入五十万人之中！真是：

横鞭策马阵中飞，剑影若霜踏月归。

将军犹死不卸甲，誓与轮台共成灰。

生灵也并非想不开，作为三大护神之一，他自有办法。五千骑兵一路前冲，生灵突然勒马抽刀，指天长啸，只见周遭霎时发出异响来。空中是一声声鹰鸣，远处传来猛兽的怒吼，草丛里也发出沙沙的声音。

作为人界动物的主人，生灵生下来就拥有一支可怕而多到难以计数的军队，这也是年轮一直想置他于死地的原因。

与此同时，人界也出现了异象，驻守人界的军官求救说，不计其数的动物袭击了各大城市，在十余位法力强大的冥将合力之下才勉强支撑住，而更多狂暴的动物正朝神界杀来。

首先到达战场的是鸟类，各路猛禽同仇敌忾，雄鹰啄食着亡军的眼睛，金雕用利爪划破敌人的喉咙，信天翁势不可当地俯冲，用巨大的翅膀撞击，游隼以三百码的速度向敌人杀来。就连小的鸟雀也几十只一起上，围着敌兵撕咬乱挠。即使是娇弱的黄鹂、鸽子，也在亡军头上投下鸟屎来。

剃刀毕竟征战四方，经验丰富，他一声令下，弓箭手立刻集合成方阵，将弓对准斜上方（否则箭会落到自己头上），投石器也换上铁砂霰弹来。

随着一声号令，密集的箭雨在天空中铺展开来，雄鹰被黑箭射中了胸膛，无力地坠落，鸽子的翅膀上嵌满了砂弹，雪白的羽毛沾染了鲜血。鸟儿哗啦倒下来一片。

剃刀满意地咂咂嘴，马上下令再来一轮齐射，弓箭手们立刻弯弓搭箭，士兵呼哧呼哧地往投石器和弩炮里装填弹药，打算再来一次先前凶恶残忍的杀戮。

正在这时，铺天盖地的昆虫杀了过来，让所有人知道，鸟儿们只是第一梯队。作为地球上数量最庞大的族群，亡军们简直要被他们折磨疯了。先不必说毒虫在往衣服里爬，也不必说锹甲挥舞钳子，单是打头阵的蝗虫，就令五十万人方寸大乱。数千万只蝗虫四处乱飞，发出令人毛骨悚然的哀号声，带着尖刺的可怕的蝗虫在亡军的脸上乱拍，钻进铠甲的缝里，或是在空中形成一个大圆球。

毒蜈蚣咬每一处裸露的皮肤，毒蝎子用毒针狠狠刺进亡军的脚踝，毒蜘蛛也夺去了不少生命。放屁虫和步甲释放出难闻的气息，令亡军又是咳嗽又是哭泣，甚至有士兵失明。蝈蝈用带刺的后腿猛蹬亡军的鼻子，螳螂用镰刀般的前足抓刺亡兵的耳朵。

更可怕的是那些原本就有组织的昆虫，蜜蜂、马蜂、胡蜂统治了天空，尽管它们的内脏会被扎入皮肤的刺扯出来，但仍义无反顾地痛击敌人。蚂蚁则掌控了陆地，这些小家伙群起而攻之，黑蚁、火蚁、牛蚁、行军蚁、子弹蚁……亡军在蚂蚁们造成的疼痛中苦不堪言。

连蠕虫也不甘示弱，毛毛虫用体表有毒的刚毛刮碰敌人，让他们的皮肤疼痛灼烧难忍。蚂蟥吸着亡军的血，但最后全因为吸了亡灵邪恶的黑血而被毒死。蜗牛和鼻涕虫也爬满了地面，甘愿付出自己的生命仅仅让亡军感到恶心。

甚至一些平日里被视作害虫的虫类也站了出来，蚊子和苍蝇吸着亡军的血，毫不恐惧与蚂蟥落得同样的下场。连蛆虫、臭虫与蟑螂也挺身而出，即使毫无战力可言，也要爬进亡军的裤管里面，让他们感到痒、难受与恶心！它们平日里都是肮脏不堪的毒瘤，恶心的代名词，可如今连它们也舍弃了那些肮脏的勾当，投身到光荣而伟大的捍卫事业中去！

瞧瞧吧，年轮！神圣而冰清玉洁的万神之主，呵！你竟需要由这些肮脏而恶臭的生物来守护！他们尚有勇气与敌人作战，你又为什么没有？

昆虫们就是这样，即使单个的一只可以被一脚踩死，但当他们团结起来，拧成一股绳，那团结的力量便可以让最可怕的敌人胆寒。只因它们不惧怕死亡，永远有人敢站出来反抗，前赴后继。

剃刀着实出了一身冷汗，但他随即又冷静下来，他使出了自己毕生积累的法术，一大团黑雾从指尖喷涌而出，缭绕了整个战场。

昆虫们吸了这雾中的毒素，陆续六脚朝天，翅膀溃烂，死在了地上。

剃刀很满意自己的杰作，觉得生灵也不过如此。剃刀是追随毁灭的老将，也是深渊的六大名将之一（分别是血月、墓碑、乌云、烈焰、屠夫、剃刀，死了两个，现在只剩了四个，都相当于护神级别），一直不服烈焰这等新人晋升得如此之快。

但这时，雨神控制着下起了雨来，缓解了毒雾——若是风啸在场，定能将这雾刮得无影无踪。

这时，远处传来野兽的咆哮声，生灵真正的主力军上来了。大象甩动响鼻，犀牛横冲直撞，河马大开杀戒。豺狼群分割包围了亡军，狮虎豹争相冲锋。剪径猛虎震啸山林，魁梧棕熊势如破竹。

毒蛇、蜥蜴在地上穿梭，朝着亡兵的裤脚就是一口。公牛、巨鹿用犄角在亡军中杀开一条血路，猿猴、猩猩挥舞巨拳，砸在亡兵的脸上。

刺猬、豪猪用尖刺让亡军四散奔逃，连鸭嘴兽也亮出后脚的毒刺来。猫狗也露出獠牙，用爪子挠亡军的脸。

更可怕的是蝙蝠和老鼠，漫天遍野都是。密密麻麻形成了一片海洋淹没了装备精良的亡军。全人界所有动物一起，将剃刀的先头部队吃了个一干二净。

连动物尚可团结一心，人类却互相猜忌，明争暗斗，丢了人界。

剃刀眼见自己的七八万先头部队竟全赔进去了，一下子慌了神，生灵被七十头巨象围着，周遭还有几百只虎豹豺狼，领着士气高昂的动物军团向前杀去。整个战场上昆虫到处乱飞，走兽遍地冲撞，飞鸟四方撕咬，一片混乱。

这时深渊闻讯赶来。他此时心情相当糟糕，第一仗竟打成这个样子，风啸肯定要笑破肚皮。没办法，右路实在突破不了，他还得来收拾烂摊子。

他照例穿那件黑色的风衣，眼里闪烁出凶狠的光来。

第六十章　屡屡碰壁

深渊用伞尖轻敲一下地面，空中出现了一个大黑洞，深不可测，凝视着在场每一个人。

"你有动物，我就没有吗？"深渊冷笑一声。

黑洞中霎时奔出各种黑色的动物来，都是在冥界的死物，与生灵的动物混战在一起。生灵见好就收，见这么打下去恐怕要出事，便撤回了要塞之中，动物们也四散而去，重返人界。

剃刀这下子吓傻了，他负责的第一次亮相就如此狼狈，还赔了近十万人进去，那么大一片战场，躺满了亡兵的尸体。

他伏在深渊面前，一句话也不敢说，又想起血月的下场。

深渊只是说："我现在有更要紧的事，晚些再找你算账。"说完便扬长而去。

剃刀回营后，照例先痛骂一顿手下，找出几个军官处决了以威慑众军，而后下令，全军整顿，即刻准备进攻！但当他看见那高耸入云的山峰时，又泄了气，于是就准备了几十天，整个战役期间，右防线一直僵持，其间发生了些小的冲突，但人员伤亡总共也不到万人。可毕竟有几十万人在面前，右防线的士兵也不敢轻举妄动。

中路的战争也很惨烈，当墓碑的军队逼近时，那浩荡的气势令天地都压抑起来，那整齐的脚步声仿佛雷声般预告着死亡。

但这里有雷电这位生猛的仁兄。

中间地势平坦，适合大军团展开，山峰也较为低矮，城墙又不大坚固，所以神军将这里预测为亡军的突破口，布置了大量兵力，还派遣了雷电作为主帅。

雷电站在城头，身后站满了神军士兵。只见他双眼闪出金光，连胡子也变得滚烫，浑身散发出极大的能量来。只听他一声怒吼，天色顿时暗下来，成团的乌云压得极低，其中还隐约闪起光亮，迸发出隆隆的雷声。

亡兵们壮着胆，吃力地向山峰进发。中间的防线有一段山很低，亡兵们用极高的云梯倒也能勉强够到。于是亡兵们列成方阵，夹杂着云梯呀、冲车呀等往前进。

突然天空中一道闪电劈下来,将前头的几十个亡军烧成了焦炭。紧接着是一声震耳欲聋的惊雷。

整个队伍十几万人,而墓碑手下的这些士兵有不少都是新兵或以前严正手下的旧部,纪律比较涣散。前头被雷劈了,士兵立刻停下来,他们中有不少人都还没来得及剥去灵魂就被送到这里来了,所以也起了胆怯之心,有人开始后退。

而后面的人不知道前面发生了什么,又或是接到了前进的死命令,要么带着疑惑,要么带着忠诚地往前走。前头的人后退或停下,后面的人直接撞上来,一下子就跌倒了不少。而十几万人啊,乌泱泱的几十万只脚踩上去,一下子一片混乱,许多先头士兵就被踩死在了阵中。

这支军队素质不高,让深渊尝到了不好好练兵的苦头。

雷电见一个雷就让对方自乱阵脚,猜出这一定是群乌合之众,本来深渊是打算让这些炮灰消耗雷电的兵力的,谁知兵源太差,他马上又劈下了几道闪电,让这踩踏之事更为严重。

雷电一声暴吼,金灿灿、明晃晃的闪电从云间一冲而下,只见火花四溅,焦烟顿起,地上被闪电画了一条线。

雷电用雷声来说话,声音让十几万人每个人都听得见:"谁敢越此线半步,必死无疑。"

一个大头兵不信邪,脚掌越过了焦黑的死亡线半步,一道闪电劈下来,顿时成了一堆焦炭。由于人都挤在一起,又连带着电倒了一片。这下整个队伍乱套了,闹哄哄的一片,谁也不敢越界,更不准身边的人越界。

就这么僵持了一会儿,队伍中的军官们近乎要疯了,拼命地用皮鞭驱赶着前面上前,而一旦越过那条线,雷电的闪电就会精准无误地落到头上。

士兵们知道如果这十几万人一起上,雷电绝无法将他们全劈死。但谁也说不好，会不会有闪电落到自己脑袋上。前排的士兵清楚自己如果越界，作为第一梯队必定会死得很惨，而后面的亡军既受不了长官的鞭打，想让前面的士兵冲，又怕冲锋时自己被烤焦，也陷入了矛盾之中。

而长官们又不停地鞭打与训斥，前排士兵被后面不断地挤，十几万人都生出了怨气。但没有办法发泄到敌人身上去，就慢慢在体内聚集起来。

而雷电见时机到了，使出全身力气，用强大的闪电在空中形成一道电鞭，横扫千军而过，一大片亡军被烧成焦炭，神军们也心领神会，万箭齐发，密密麻麻的箭雨落下来。

亡军彻底崩溃了，他们原本在第五大陆老老实实地种地，突然被拉到这里拼命，又遇上这么一个不好惹的主，也只有逃命这一个想法了。

于是亡军迎来了彻底的大溃败，队形完全散乱了，雷电又派了一小支骑兵部队进行了冲击，这支新兵部队便大败了。

而真正死于雷劈电闪与箭雨、骑兵的马刀的亡军不过千人，但死在同伴脚下的却有万余人。这一场又一场惨败令深渊抓狂，他的三支军队中有两支都没有进展，只能寄希望于烈焰身上了。

深渊明白了墓碑手下一大半的士兵都没什么战斗力。面对训练有素的神军和老练的雷电发挥不出优势，但他决心发挥这些炮灰的作用。于是下令，剃刀的部队与这群新兵换防，持续对雷电的工事施加压力。而墓碑和他的新兵则调到生灵那边对峙。既然是对峙，则不需要那么多人了，所以又抽调十五万新兵增援烈焰，自此烈焰整兵九十五万，发动了攻势。

烈焰早晨从行军帐中起来，看着远处那苍劲的雪山，那是圣雪山脉的左部防线。

第六十一章　腥风血雨

十月十三日，烈焰正式发起攻势。

他的军队与墓碑手下那些乌合之众不同，这七十万亡军是深渊最引以为傲的军队，大都是当初随深渊起兵反叛的元老及一些早期投靠深渊的部队，甚至不少人是当年追随毁灭东征西战的老兵，战斗力非常强悍。再加上那二十五万可以帮忙的炮灰，烈焰的手上可谓握着一张王牌，还有大量恶灵为他效忠。

烈焰委派之前在冥界战争中创造第六大陆刺杀奇迹的急先锋幽谷打头阵，率领五万精锐与八万炮灰，向前线挺进。

在这些炮灰当中，大部分是过去严正的忠心耿耿的旧部与一些先前政府的官员与文职人员。他们的一部分被处死或监禁，而大部分则被投入军中，担任炮灰一职。

神军在这一带防守并不严，地势也算不得极陡峭，加之深渊此前从没听说过守将雪语，在生灵与雷电两位名将的对比之下，他自然更偏向于这个默默无闻、只是没啥战斗力的雪神。

幽谷先打发那些炮灰上路——神军的防线前布满了陷阱，然后率队开始攀登。

这一段山脉是天障雪峰，它连绵二十余里，主峰高九千余米，平均高度也有两千多米。而在这些山峰上面，还有高高的城墙。这也是雪语有信心用十余万人对抗近百万人的原因。

这一次，烈焰将进攻目标定为高三千一百米、驻军三万人的林山，雪语亲自镇守这里。

清晨，第一支亡军部队上山。

雪语控制着下起了暴风雪，鹅毛大雪随着疾风往亡军身上刮，这神界的雪与人冥二界的不同，那冰冷与刺骨能让亡灵也冻伤。

可怜的先头炮灰们连棉甲都没领到，裹着长衫大衣就往风雪交加的松林里钻。而森林还有一定坡度，他们甚至连前进都很难做到。幽谷根本没想过要让他们真的进攻，只想让他们排掉雪中的陷阱。

于是不断有亡兵被长钉扎穿脚，掉进满是木刺的坑里，迎面扑在布满铁蒺藜的地上，被机关中飞来的暗箭射死……神军将各种阴险的陷阱放在这片林海雪原中，甚至连铁丝网都布置了几层。这种颇具人界特色的东西让亡军苦不堪言，因为它的前后都有各种机关，稍有不慎就马上送走。

士兵们扒拉铁丝网前的雪层时，可能会迎面而来一支飞箭。炮灰们好不容易用肉身碾过了铁丝网，后面可能马上就掉进全是钢刺的大坑。而他们甚至不敢后退，因为背后是全副武装的督战队。派出去的五万人，最后只有三千人到了防线底下，但他们面前是一座高耸入云的大山，山上的守军射下来一阵箭雨，三千人也没有了。

在这些炮灰排除了所有障碍后，烈焰才不慌不忙地用冥火包围了防线。那些千年的积雪是冥火也烧不化的，但那些树木却会毁在火海之中。

恐怖的火焰燃烧了三天两夜，整个要塞都被窒息的高温与呛人的烟雾笼罩，雪语费了相当大的劲召唤风雪也难以招架整片森林燃烧产生的热量。放眼望去，一片火海，茫茫不见边界。火舔尽了林木，但在山脚下却止步不前了。

在这个夜晚，火势小了，所有植被被烧了个一干二净，露出光秃秃的雪地来。一轮皎洁的明月悬挂在天上，但却没有先前这么亮了，因为月神已经带着自己的五万月明卫，离开封地驰援神界了，这些身着金甲的士兵蜷缩在工事里，遥望着自己的故乡。

雪语的军队是名副其实的杂牌军，有中央的卫府兵，有月神与他的明月卫（一部分），有各方神族出的诸侯兵——冰族的寒冰卫，雨族的雨兵、岩族的金石士、木族的藤木卒……各大士族也出了自己的家丁来帮忙。还有一部分没叛变的镇龙吏，以及一些从冥界撤回来的远征军……

在这个夜晚，来自各方的战士们在思乡之情的袭扰下，奋力与失眠对抗。

而幽谷和他曾征战四方的恶灵军队悄无声息地从床上爬起来，卸下沉重的铠甲与遮挡视野的掩面盔，脱去护心镜等保命的护具，扔掉多余的腰刀、长刀、朴刀，只留下一把短弯刀。系上头巾，最后向深渊祈祷。

此时的山峰静悄悄，一座孤独屹立的城塞向四周延伸，偶尔有几座烽火台点缀其中。但那些城墙都立在极陡峭的悬崖上，只有这屯兵三万的白陵城是唯一的突破口。它是整个左部防线的中心，也是唯一可以发动进攻的兵家必争之地。

在三天的大火后，山脉又重新下起了雪，一切又是那么平静。

幽谷一声令下："出发。"他的恶灵勇士们开始奔跑，他们要连夜发动突袭，用一千条性命撕开防线的口子。烈焰又指派了数十万部队展开，随时向其他城墙发动进攻。

恶灵在神界无法飞行，所以他们挑选了全军中最好的山狼作为坐骑，向白陵城进发。

这些山狼都是一等一的货色，奔跑起来无声无息，迅疾如风。这支骑兵部队迅速向山上奔去。

雪语正倚在冰冷的城墙上，轻轻地吹奏玉笛，那旋律悠扬婉转，清脆流动。他终于又回到了自己的家乡，自己出生和成长的地方，结束了十年的漂泊。

他正愣愣地发神——他的夜晚几乎永远是无眠的。突然汗毛竖了起来，那是危险的感觉，那是杀意，是敌人的味道。即使那么多年没再接触，但那刻在骨子里的第六感绝不会错！

他立刻起身，摇醒了身旁裹着皮袄的卫官与副将。

"怎么回事啊，将军？"

"我感觉有敌人靠近。"

卫官挣扎着起身，揉揉惺忪的睡眼，往外面又瞧了几眼——外面一片白雪茫茫，什么也看不见，自然就什么也没有了。于是他又躺下，同时把皮袄裹得更紧了些。

"什么也没有哩，亲爱的将军，您快些睡吧。"卫官蜷缩着身子。

而副将说："将军进城里去吧，实在不行也上帐子里去睡吧，外头风可不小。"

雪语不耐烦地一摆手："闭嘴。"他是绝不能下城墙的，他曾与烈焰交过手，晓得这个亡军中冉冉升起的年轻将领手段的毒辣，他要是大意，说不定第二天自己的人头就被挂到城头上去了。

感觉还是不对。

他看着身边熟睡的战友们，明白如果马上叫醒他们，搞得鸡飞狗跳，最后又什么也没发生的话，自己在军中的地位必然一落千丈。而这时，他的面前一片黑暗，什么也听不见。任何一个理智的将领都会按兵不动，静观其变的。

但他偏偏是个剑走偏锋的人。

幽谷正率军悄无声息地前行，他曾跟随主帅烈焰与神军作战，而如今对面这个名不见经传的小人物，他认为绝不会是他的对手。幽谷已经在想象提着雪语的头颅纵马驰骋的样子了。

这时，夜空中传来一阵笛声，原本悠扬舒缓，仿佛月光柔缓地倾泻而出。突然曲风一变，急促激烈，似那风雪如刀地猛刮，杀气毕现，锐不可当。

顿时，万千散发着荧光的流星被射出来，黑夜立刻如白昼一般。

第六十二章　固守城池

顿时，黑夜被彻底点亮，幽谷和他的部队暴露无遗。而数千名精锐的雪族亲兵雪卫跃出城墙，抽出刀来杀了恶灵个措手不及。

原来这段笛声是雪卫中俗成的规矩，一旦听见这首曲子，便立刻迎敌。他们发射了流星，也打响了第一枪。

其他士兵全傻眼了，正睡着觉呢，一下子天亮了，打成了一团？冰族的寒冰卫率先反应过来，不慌不忙，井然有序地列阵出击。各大神族的家丁亲兵也反应过来，训练有素地出城迎战。而神军的正规军们则后知后觉，现在才开始吆喝起来，士官招呼着笨手笨脚的士兵收拾家伙，出来打仗。

瞬间恶灵们四面受敌，但仍奋力作战，他们的勇猛是没话说的，即使对方数量比自己多，但仍拼死作战。而神军中的神族亲兵的战斗力比正规军强上好几倍，尤其是目前神族第一大族冰族的寒冰卫，那寒光闪闪的冰刃斩杀起恶灵来更是一绝。

雪语又吹起笛子来，天上瞬间刮起了暴雪。神兵都穿了厚厚的棉甲，只露出两个眼睛，而恶灵为了轻装上阵，连盔甲都没穿，只有单衣，更别提棉服了。于是恶灵们便在暴风雪中瑟瑟发抖。普通士兵虽冷了些，但影响并不很大，而冰雪族的士兵更是如鱼得水。

幽谷不怕死，但心理还算健康，没有自杀倾向。并且他手下的恶灵个个都是百里挑一的精英，不能浪费在无意义的战斗中。他果断下令撤退。

于是这支轻骑兵便快速收缩阵型，向后退却。雪语不愿冒死追击，便取来一把弓，搭上箭，瞄准那个血债累累的背影——已跑出一里地了，轻巧地射了一箭。

幽谷正策狼疾驰，突然听见背后一声破空的尖锐爆鸣，紧接着一支纯白的箭嗖地钉在了他的脖子上，冲击力瞬间将他掀下狼来，无声地摔在雪地之中。

立刻有骑兵停下来，想扶他上狼，但几支箭又远远地射过来，倒了一两个人。幽谷一只手捂住脖子，一只手摆手让他们快走。

亡兵们试图带走他，但冰天雪地之中，没谁还有办法带走一个将死之人——即使是他们的将军。

终于没一个人在他身旁了。

幽谷靠在半棵没烧干净的树根旁边，吃力地撑住，黑色的鲜血如决堤洪水般从指缝汹涌而出。他望着城头，张张嘴，喉咙里源源不断地冒血泡，发出咕噜咕噜的声音，终究没说出什么。他双眼瞪得极大，但再也闭不上了，身子一歪，栽倒在雪地上，在暴风雪中断了气，又连同身下一大片被染黑的土地被积雪埋葬。

雪语马上断定烈焰的大军要来了——总攻前派幽谷上一向是他的典型风格，尽管以后再不会重演了。

"加固防御！全军各就各位！准备迎敌！"雪语让身边的副将大吼起来（他不大声说话）。

士兵们正在忙活着摆弄守城器械，天空突然暗下来，伴随着一阵异响。当他们抬头时，一张大网在天上展开，直直向这里坠来。

再一看，那哪是网啊，是密密麻麻的箭！

城墙上乱了套，士族亲兵们已列好了盾阵，正规军们吵嚷着到处窜，但终于也拿起了盾牌。无数的箭雹时砸下来，打得盾牌叮叮作响，还有些士兵来不及躲避，被射成了刺猬。

当箭雨结束后，每个活人盾上都钉满了箭，每个死人的身上也都钉满了箭。紧接着又是火团与诅咒乱飞，士兵们伏在城墙根下边，但还是有人燃烧或吐血而死。

在气势宏大的火力准备后，茫茫一片亡军便倾巢而出，沿山脚开始冲坡。

风雪模糊了亡兵的视线，并让他们瑟瑟发抖。但坡度与守军雨点般的箭又让他们不得不卸下沉重的铠甲或棉衣，吃力地攀登。

但他们实在太多了，即使风雪也阻挡不了。于是在付出大量惨痛的代价后，他们逼近了城池。

雪语把心一横，索性将笛子往嘴边一放，吹起乐曲来。那乐声比先前更杀意毕现，更激昂狂暴。于是，一场雪崩发生了。

沉重的雪如山洪般滚落冲下，一下子淹没了下面的亡军，几乎在一瞬间，所有先头部队都被埋在了雪层下面。滚滚的白雾向前席卷而来，笼罩了成千上万的兵马，海啸大抵就是这样了吧。

烈焰目睹了这一惨状，但他似乎并不心疼，因为他的先头部队是由战俘与平民组成的，他们的性命是帝国最不缺的资源，故而也就不值钱了。

这场雪崩之后，整个城塞所覆盖的雪全没了，而城下却堆起了极厚的积雪，这让需要攀登的城墙高度大大缩短。

但数万人的先头部队全军覆没，令局面产生了不小的混乱，后续的部队正要跟进，而幸存的先头部队士兵向后溃逃，反而冲乱了精锐部队的阵脚。

在一切稳定下来后，天已经慢慢黑了，烈焰深知士兵需要休息，而夜间作战也效果不佳，便鸣金收兵了。

今天，烈焰根本没想过要突破防线，只是为了消耗城塞上千年的积雪，让接下来的战斗变成刺刀见血的直面搏杀。

大人物弹指间的灵光一现，小人物们就得前赴后继。

魏乙悲哀地成为一名小人物。

在亲眼见证了白天的雪崩惨状后，他拖着疲惫而惊恐的身躯回到了营地之中。

雪下得依旧大，烈焰担心着战事的拖延，魏乙担心着棉衣发不发得下来。他原本是一名渔夫，在深渊上台后被征入军中，编入四十一混合兵团（俗称炮灰团），混了一年多，打了些胜仗，当上

沉重的雪如山洪般滚落冲下，一下子淹没了下面的亡军，几乎在一瞬间，所有先头部队都被埋在了雪层下面。

第六十二章 固守城池

了一名百夫长,手下有百来个和他一样浑浑噩噩的士兵。

冷啊,要命的冷啊。他恨不得把头缩到领子里去,可连里面的秋衣都结了霜,更别提在全身找出一个暖和的地方。

魏乙最近的战斗相当辛苦,主要原因是雪,每当夜晚战场平静下来,他们就会悄悄爬到战场上,从尸体上扒下棉甲和棉靴套在自己身上,那滋味并不好受。

他来到自己百人队的帐子前,伸出长满冻疮的干枯而粗短的五根指头,拉开门帘,钻了进去。屋——甚至不能算作屋里挤着百来名士兵,满身血污,脸上的灰尘厚得盖住了面部特征。

他做好了夜晚急行军的准备,因为每个兵都知道,这场仗还没完。

但今晚,他们却没有收到出发的命令,反倒是弩炮手和投石机队相当忙,他们在督察凶恶的目光之下,将数不清的箭矢和巨石投向防线。

魏乙蜷缩在毯子里,帐篷呜呜地灌着寒风,混合兵团的帐篷没有不漏风的。听着整夜的箭声,他昏沉地睡去。

与每一个冥界人一样,他梦见自己生前,无数个支离破碎的画面交织在一起,却拼不出什么精彩剧情,平淡得连让人浏览的兴趣都没有。与每一个非奖励大陆的亡灵一样,祖先遗留下来的本性又在每一个冥界人血液里奔涌,试图将那嗜血的本能从这麻木不仁的躯体中唤醒并解放出来。可在第五大陆打了一辈子鱼的魏乙甚至不敢也不愿去聆听这来自灵魂深处的怒吼。

接下来一连三天都是这样无尽的火力砸向城塞,守军日夜不敢闭眼,都已筋疲力尽的神军早已淡忘了先前全歼敌先头部队的辉煌,胜利带来的斗志已在三天三夜的折磨中消退了。

第四天凌晨,魏乙和他的百人队被叫醒了。他摸索着穿上散发着腥臭味儿的棉衣,站在空地上。他转头,发现其他混合军团的帐篷却没有动静，只有那些正规的精锐在悄无声息地集结。

他立刻意识到这是一次奇袭，也马上知道这样的死亡率会很高——他就是个打鱼的，对为国捐躯没什么兴趣。更何况他们只是因为营房离正规军近了点，就被拉去干这种与他们军事素养不相符的事情。

他搓了搓手，向长官走去。

可军官只是扭头瞪了他一眼，就让他缩了回去。紧接着开始无声无息地发军粮，量很少，但都能量很高，吃下去并不撑，但又有力气。

就这样沉默地吃完，队伍开始出发。士兵们都是正宗的亡兵，训练有素，十余万人分批出发，听不见一点脚步声。

离天亮还有一段时间，军队沿着山脚往上摸。由于积雪很厚，他们基本不用爬山就可以摸到城墙根。而且雪已经压瓷实了，走起来也不费力——他们踩的是战友。

神军似乎昏昏欲睡，三天的折磨让他们睁不开眼睛，都无力地靠在城墙上，心里憋满了怒火，但又看不见敌人。

军人们已靠近了城墙，先锋军开始打结绳索，而魏乙与另外十几个民兵被卷入其中。

士兵们已结好绳要开始攀登了，一个乡下兵正走着，踩到了一具三天前的尸体，那家伙伸着手臂怪吓人的。

于是一句下意识的冥界粗话被大声嚷出来，响彻夜空。

第六十三章　血的对决

神军们马上从毯子里跳起来，他们怒不可遏，折腾他们三天的敌人终于出现了。一些士兵本已过度疲劳昏死过去了，听见冥语又立刻睁眼起身，抓起雁翎刀就蹿起来。

魏乙他们彻底傻眼了。

原本雪都只有一点了,但突然之间又变得无比凛冽。风雪如刀,在亡军的脸上刮出一条条口子。紧接着又是万箭齐发,战斗立刻拉开了帷幕。

一个骑兵军官被射死了,魏乙马上冒死翻身骑上那匹狼。那狼上蹿下跳,牙齿间发出骇人的响声,但魏乙不知是从哪里来的勇气,使劲一拉缰绳,强行控制它往回冲。

一定要活下去,这一季的鱼一定不少。

而神军们已红了眼,他们发出低沉的嘶吼,短暂而急促,是一种狂热,是一种在家园面临践踏的强烈的保护欲望,更是一种源于战士本能的对战斗的渴望。他们将一切重物往城墙下扔,一些士兵甚至直接从墙上跃入茫茫风雪之中,与那些潜伏在城墙根下的亡军搏杀。

面对这群杀红眼的狂暴的守军,正常的士兵都知道避其锋芒,但这是亡军,三界之中最恐怖的劲旅,而烈焰手下这些亡军,又是劲旅中最嗜血的精锐。

他们渴望见血,一辈又一辈冥界人(泛指惩罚大陆)骨子里的杀戮欲望被激发了,他们早听闻神界的富饶,他们要踏平这片从来高人一等的土地!在他们的残忍下,任何歇斯底里都是猎物临死前的挣扎。

于是,双方丢弃了任何计谋、任何战术,剑锋相向,直面冲击。

冥火顿时席卷并吞没了整座城塞,但在风雪之下,火势被牢牢地控制住。神军们虽然来自五湖四海不过相聚在一起个把月,但他们的斗志高昂,且都誓要报八百年前的仇。曾经它第一次被攻破,现在,他们绝不让这种耻辱重演。

神军们往下射箭,泼热油,用法术攻击亡兵。亡兵们往上射箭，掷巨石，放火电诅咒。且双方杀得极疯，两边军中都是有揣着真功夫的人的，一个近侍神或主神弹指间能轰飞成百上千个亡兵，一个恶灵或冥将一用力也能炸掉一大截城墙或烧掉一个盔的神军。

雪愈下愈大，迎面而行的亡兵几乎睁不开眼。但许多亡兵自制了护目镜，又把自己裹得严严实实，倒也能勉强前行，只是战斗力大不如前。

亡兵们几乎要疯了，他们早厌倦了长期对峙的僵持，大开大合，杀个痛快才是亡军的风格！轻骑兵策马驰骋嗅捕防线的漏洞，重骑兵驾狼直撞向冻住的城墙。亡兵们即使狂热，但也保持着一个杀手应有的冷静，他们组成盾阵，冒着箭雨与暴雪，爬坡向着城门逼去。不时有箭矢从缝隙中射中猝不及防的亡兵，后面的士兵就踩着他们过去。

一名士官长带着一队精锐亡兵往城墙上爬。先前那些被强弩钉在城墙里的矛已经和城墙冻在了一起，完全结实了。他们就顺着矛杆往上爬。

卫府兵发现了他们，一桶滚烫的沥青被泼下来，迎头浇在最上面的亡兵头上。那亡兵的身上沾满了滚烫的沥青，紧贴在皮肤上，冒着黑烟。他一声不吭，径直坠下去，砸在同伴的尸体上，自己也成了一具尸体。

剩下的亡军并没有缅怀自己的战友，只是咬咬牙，叼紧咬住的短刃，继续手脚并用往上爬去。紧接着，一根焊满了锈钉的榔头被砸下来，迎头砸在最上面的亡兵头上，然后又撞下去几个士兵，场面惨不忍睹。

旁边的一架云梯被掀翻了，几十个人全结结实实摔在石头上。但这些亡兵并不恐惧，因为他们已经没有魂了，只有对血的渴望。

他们是深渊最精锐的夜骑兵军团成员，穿戴着最轻便而最坚不可摧的铠甲，享受着最好的羊绒睡袋和最保暖的牛皮帐篷，接受着最严苛最残酷的训练，拥有最锋利的刀刃与最坚固的盾牌，而反观城头这些家伙，他们要么是纪律散漫的神族私兵，要么是胆怯懦弱的卫府兵，被临时征派到这里，与数十倍于自己的亡兵打仗。这些杂牌军自然不会被他们放在眼里。

这时，邻近的地方有一支骑兵队在冲击城墙，他们人数众多，声势浩大，几乎附近所有神兵都去支援了，没人记得有一群恶狼贴在城墙上。

他们悄无声息地逼近，逼近，再逼近，然后士官长用他那夺走过无数生命的大手，一把抓住墙头箭孔，用手臂力量将自己生生提起来，翻上了城墙。

他站在城墙上，取下口中的短刀，向神兵们冲去。其他亡兵也陆续爬上来，发出一声声暴吼。他们斩断神军的龙旗，无情地向躺在地上的伤员补刀，向着守军杀来。

在他们的想象中，神军胆战心惊，四散奔逃，他们英勇作战，杀人如麻，然后攻破防线，加官晋爵。但现实终究是现实。

神军们没有退缩，而是用一种恐怖的眼神盯着他们。眼神比最残暴的恶灵还要狠戾，但这锐气却是在家园面前伟大的斗志，是在侮辱面前崇高的抉择，是在比自己凶恶百倍、装备精良千倍、数量多到万倍的敌人面前彻底被激发的血性，是背水一战的决心，是视死如归的勇气。

比起一个麻木而嗜血者的愤怒，一个懦弱者的爆发会更危险。

亡兵还来不及动手，失去理智的神军先扑了上来。第一个卫府兵在士官长的护甲上撕了一条口子，没划伤肉就被斩杀了。第二个卫府兵在士官长的破甲上割出一个伤口，被斩杀了。第三个卫府兵将伤口扎得更深了些，付出了生命的代价，第四个卫府兵彻底将剑刺入了士官长的小腹，但还是成了冰凉的尸体，而第五个卫府兵冲上前时，士官长已经咽气了。

每一个神军都抛去了种族，抛弃了身份，抛弃了家族恩怨，把每一个与自己共同浴血奋战的神军视为至亲兄弟，如果一个卫府兵将要刺出致命一击，但对方也正挥刀向他脖颈袭来，另一个私兵会毫不犹豫地为他挡下这一刀。

双方甚至忘记了法术与诅咒，只是用潜藏在原始血脉中的野性驱使着冷兵器的搏杀。神军甚至丢掉了修行了几十代人留下的从容恬淡与神圣优雅，比亡灵还要嗜血。

百来个亡兵很快被抢着收拾掉了。仍处于极度兴奋的神们看着光秃秃的旗杆。

五分钟后，士官长被挂在了旗杆上，在风雪中晃荡。

底下的亡军看着自己战友的尸体，也近乎疯魔，不顾一切向城墙发动了冲锋。

这时，西北方向又杀来了一支亡军部队，从旗号可以看出是剃刀麾下的一支王牌——第七步骑混编兵团。他们与冰冷的防线对峙了一个多月，连一场战斗都没参加过，连一点血都没尝过，他们太渴望一场血战了。于是在未经剃刀允许的情况下，他们私自冲了出来，向这片激战的地方进发。

数万名精锐的重甲步兵与一万名骑兵加入了战斗，狼的嘶吼声，攻城机械的咔嚓声，亡兵的欢呼声，都在宣示着守军巨大的危机。以目前的局面，即使神军再英勇，也挡不住汹涌的亡军。

这时，防线的后面出现了一条纯白的沙河，飘扬着龙旗，为首的是一名年轻的神，身着精致的制服而不是铠甲，头上顶着一顶金冠。雪语认出了他，是沙神的儿子飞沙，驻守在雷电的防线上。他怎么来了？

此时不少亡兵已经登上了城头，要塞里一片混乱。神军们一方面要留心城下的敌人往上爬，一方面又要在每一条走廊、每一座碉堡、每一个房间中与亡兵缠斗,这点兵力根本忙不过来。

亡兵们正往城门口聚集,城门突然大开,一队悍骑冲了出来,只用了十几秒就冲垮了亡兵的阵形,然后又迅速钻回城堡中,深藏身与名。这就是飞沙,一位军中冉冉升起的新星,攻击快速又准确。

亡军虽然被冲乱了,但斗志不减,迅速分散为小队向各个烽火台进攻。

很久之前,一位守门的卫官收了亡兵的银两,在谁也没有注意的地方卸下了一颗钉子。一支亡军工兵队注意到了这扇铁门上的标记,马上干净利落地掏出工具撬锁,虽然只是差了颗钉子,但这让机械咬合精密的铁锁谬以千里,以肉眼可见的速度一层层崩溃。

而那个叛侍见亡兵攻进来了,要上前来,但亡兵根本不认识他,手起刀落,让他和那一口袋金子见鬼去了。

这里是战地医院,里面躺满了伤员,见门被轰地打开了,都惊得说不出话来。

眼见亡兵已冲上来了,伤员们只能从床上跳起来,用一只手提剑,与敌人杀成一团。战场仵作与医官也笨拙地捡起刀剑迎敌。

几十倍于守军的亡兵涌入小院,试图突破防线。但一支神军小队立刻补防,与亡军战作一团。

神军小队队长是一位中年人,他手下有三十名士兵,面对数百名亡军,他命令士兵们利用走廊等地形与亡兵缠斗,用盾牌撞,用短剑捅,抓住亡兵往墙上撞,总之是要顶住他们。

队长是一个金族人,他操纵着铁器兵刃刺向亡兵。双方缠斗不休。

但后来更多神军来了,亡军终究没有拿下半截城墙、半座城塞。

于是随着鸣金声，亡军如退潮一般撤下了。

十余万亡兵，竟攻不下两万多人驻守的屯兵城。在那被风雪冻住了的城墙后，仿佛是无法触及的禁地。烈焰并没打算收手，又轮番进攻了七次，损失惨重，没有进展。其他防线山峰更高耸，更不可能突破。

魏乙不知道这些，他只知道自己活不了多久了。

第六十四章　破浪而上

十分钟前，魏乙被督战队抓住，当场判定为逃兵，押送到临时随军法堂问审。

法官看着这个衣衫褴褛的大叔，想也不想就判处了死刑。于是两个督战队员拎起他往外走，打算随便找个角落处决这个逃兵。

正走着，两个将军打扮的亡兵迎面走来。一个说："你们军中有没有会御船的亡兵啊？"另一个大概是军中的长官："没有，我们又不是海军。"第一个人为难地摇头："上头要得可急了……"

魏乙嗅到了生机，他用力挣扎大吼："我会开船！"督战队员大怒，用刀鞘恶狠狠在他腿肚上磕了一下，迫使他跪下，然后抽出刀，准备就地处决。

"停下！"那个军官大喊，督战队员立即站定。军官走上前，看着跪在眼前的家伙："你会御船？"

"对，我打了一辈子鱼，什么船……都见过，什么风浪都不怕。"

"你最好说实话，否则要被处死的。"

"千真万确，老爷。"我要是不这么说我现在就死了。魏乙这么想。

"好，这人我带走了。"军官说，"这是优先令。"

两个督战队员敬了个礼，恶狠狠瞪了魏乙一眼，然后放了他。

一切是那么神秘，魏乙莫名其妙地逃出生天，去执行一个九死一生的任务。

他被蒙上眼睛带到一座军港，那里的景象让从没进过军港的他惊呆了。

一艘艘巨兽一般的舰船密密麻麻地挤在海湾里，数不清的水手与海员在忙碌着，将弩炮的矛箭与投石器的铁丸搬入货舱。

魏乙被推搡着进入了一艘不算大的先头炮舰，被要求以后在这里做个水手。他低着头穿过骄傲的亡军水兵，来到了恶臭逼仄的苦力货舱。在潮湿的舱室中，他认识了更多像他这样的水手，大多是从别的部队或冥狱里拉过来的渔民或水手。

听一位老头说，深渊组织了一支前所未有的强大海军，因为他听说有一条神秘的航道，是从人界通往神界唯一的航道，但这航道极为凶险，风暴绵延千百里不绝，迄今为止没有一艘船征服过这条航道，因此水手们称其为黑色走廊。

深渊曾派过侦察船队，但无奈全军覆没。而如今圣雪山脉久攻不下，他必须放手一搏。

九天后的夜里，整个港口灯火通明，亡军舰队正式起航。

数不清的舰船驶出平静的避风港，誓要征服这世上最不可能征服的海域。

接下来的一个月，成了魏乙一生的梦魇。

"顶住！左满舵！收帆！"每天，水手长的嘶吼透过震耳欲聋的雷声、风声和雨声传到船员们的耳中，身边的运兵船一艘艘倾覆沉没，船翻后的几秒还看得见挣扎的人，但一个浪花打过来，就什么也看不见了。几十丈高的巨浪鞭打了船只一个月。水手们冒着生命危险在甲板上护卫船只，水兵们则把自己锁在船舱内。大家连吃饭喝水都成问题，每天船都像过山车一样大起大落，连碗都拿不稳，也睡不了觉。后来水手长也死了,再也听不见他的嘶吼了。

在走到三分之二时,他们的船桅杆摇摇欲坠,眼看要断了,水手长就是在刚才被巨浪卷入了海中。魏乙他们必须马上把桅杆放下来。魏乙拼命地抓住麻绳然后拼命地拉。即使巨大的如墙一般的浪花沉重地砸在他的身上,他也只是紧紧抓住麻绳,不敢下到船舱里去。倒不是他有多么奋不顾身,只是因为船舱里有凶恶的亡兵,他们并不比巨浪仁慈。

所有船员,所有舰艇,全部在狂风暴雨之中逆风而行。桨手呼号着驱动船只向前踏浪而行。水手们在甲板上与巨浪斗争。舵手在船头冒着风浪与险境搏斗。整支亡军舰队已被彻底激发出了魔性,他们不管不顾倾覆的船,任由落水者的呼救被淹没在风中,他们以冥界特有的狠戾,不顾战友的死活,一心要用最冷酷无情的方式与风暴比狠,征服这片疯狂的海域!

深渊拥有的并不是世上最好的水手,但他用他的残忍驱使着舰队向前,不顾损失与死亡,他用一个个家庭的破碎换来了一往无前的舰队。但这种无情冷漠的自私,在最后会葬送他的性命。

神历丁亥年十一月初三,梦洲西海岸。

年轮正站在柔软的沙滩上,倾听海风与浪花拍打礁石的声音。茫茫的大海平静而美丽,蔚蓝色一片片延伸,远得看不见战争的土地。

他罕见地打发走了数量庞大的卫队,独自享受这个阳光明媚的下午。事实上,他鼓起了巨大的勇气才离开自己戒备森严的皇宫,去到了戟洲。但他只待了几天就又回来了。

年轮现在正处于极度矛盾的境地。在戟洲待的那段日子,他又听见了熟悉的喊杀声与马蹄声,虽然很遥远,但还是唤起了他的记忆。上一次他纵马驰骋,统领三军还是在很久远的年代了——是在神界内战时。那是他一生中最快乐的日子了,他多想再重新横刀立马。

但他不能死,甚至不能冒一丝风险。他的宫殿之中有太多普通神无法想象的快乐,他享受至高无上的权力,最神圣的一界归他所有。他的勇气在这些事物面前一文不值,他被这世间最极致的美好蒙蔽了双眼。他惧怕战斗,惧怕反叛,惧怕一切会威胁他的神。他听说了一批将领的优秀事迹,也不得已让自己不放心的雪语和生灵手握重兵为自己效命,但他非常担心深渊战败后这些军队反叛,他早打算好了,战争一结束,所有领过五万以上军队的将领都必须被打压,军队人数超过十万人的元帅如果表现英勇并在军中威信很高,年轮甚至会考虑处决他们以绝后患,绝不能让任何人对他的皇位产生哪怕一丝威胁。

他处理完了心事,放松下来眺望海平面的尽头。突然发觉海面下似乎有水草在摇动。

"水草已经这么长了吗?记得圣海挺深啊。"年轮自言自语。

刹那间风云突变,一阵杀气扑面而来直涌向年轮。年轮大为震惊——这是在梦洲,神的故乡!但多年养成的战场嗅觉仍驱使他退了一步。

几乎是在同一时间,十几个恶灵从水中一跃而出朝年轮直扑过来,同时几十道诅咒冲年轮袭来。

年轮震怒了,这些人竟要杀他,竟要毁了他纵情享乐的生活。他用左手打了一个响指,时间便一下子凝固了,所有刺客都一动不动,连他们被海风吹起来的红发也悬在空中。三界之中,只有年轮能动。但此时,三界流逝的所有时间都压在了年轮一个人身上,他显得异常痛苦,大汗淋漓。他冷静地躲开诅咒,大概花了五秒钟,但这已让年老身衰的年轮很难受了。

他又重新恢复了时间。十几个刺客扑了空,全趴到地上去了。年轮又用左手指着他们,他们立刻开始有了变化。刺客们的皱纹开始消失，白发开始减少，脸庞也逐渐青涩起来，很快从中年变成了少年。但他们还来不及高兴，因为时间倒退得飞快。

他们很快开始变矮，声音变尖，脸也愈发稚嫩，最后成了小孩子。但时间仍没有停。他们逐渐不会说话，只能牙牙学语，最后连牙也没有了，成了一个蜷缩成一团的小婴儿。

时间还是没有放过他们。

他们最后成了老头，但已不是以亡灵的身份，而是成了死前的凡人。而凡人没有法术是不能上到天上的神界来的，所以他们立刻从云层中掉了下去，摔成了肉泥。

年轮正心中暗爽时，海面上突然直直蹿上来一艘庞然大物，砸在海上，溅起滔天巨浪。而接着又是一艘，然后是一艘接着一艘。

年轮傻眼了——这大概是人界的舰队回来时换了一条路线吧。他这么认为。

可他不知道的是，人界舰队已经全军覆没了。

舰队越来越近了，年轮却皱起了眉头。在几十年前他不大情愿地访问神军水师时，船似乎不是这个型号。

突然只听一声诡异阴森的军号声，喊杀声继而四起，漫天的箭雨随着黑帆升起来。

年轮愣在了原地！一定是自己太累了，白天也恍惚得出现了幻觉。但直到破空声越来越近，他也没有走出幻觉，因为这不是幻觉。

但怎么会有规模如此巨大的亡军舰队航行在圣海呢？自己引以为傲的神界水师在哪里？如此大规模的行军守军没发现吗？他们怎么来的？

年轮有些恐惧了，但这杀声震天的场景让他暂时忘记了对死亡极端的害怕，心中暂时又燃起半分壮志豪情来。

岸边的守军开始手忙脚乱地逃窜，躲避即将落下的箭雨。护卫

突然只听一声诡异阴森的军号声，喊杀声继而四起，漫天的箭雨随着黑帆升起来。

们执盾要上前保护年轮，但年轮转眼间就让时间停止了。箭矢悬在空中织成一张网，人们眼睛也不眨一下。

年轮顺势用左手打一个响指，时间开始飞速流逝。方圆十里之内所有士兵都受到了影响，不论是亡兵还是神军。

箭头开始生锈，箭杆也渐渐被腐蚀，而箭翎更是烂得找不到了，然后一支支被腐朽得只剩箭头的箭无力地坠入了海中，溅起一阵阵密集的水花。

而亡军士兵则更惨，现在时间流逝的一分钟相当于冥界时间的一百年。于是很快舰队的先头船队上的亡兵在肉眼可见地衰老。他们的身形很快佝偻下去，眼角的皱纹越来越多，渐渐地他们的牙齿也掉光了，须发也脱落了，彻底成了一万多名干瘪的小瘦老头。

深渊站在中军舰队的旗舰最高的桅杆上，抱着手冷眼注视着这一切。对于那一万多名士兵，他倒和年轮对神军一样不心疼，但他感受到了年轮恐怖的实力，并立刻意识到这是一个机会。

深渊取来由龙筋制成的全冥界威力最大的弓箭。然后弯弓搭箭，拉开重达百石的弦，瞄准了年轮的眉心。

年轮不知道的是，世上最优秀的弓箭手已经锁定了他。

随着一声异常尖锐的爆鸣声，年轮一下子反应过来，竟在弹指间试图做出反应，但这箭比子弹还要快，年轮只来得及歪一下身子。只见年轮捂住手臂，痛苦地在地上翻滚，看不清有多少血液从指缝流出。

立刻就有上百个卫士和十几名医神围住了他，将他抬离。后来年轮悲哀地坐在大殿上叹息，向一众将领抱怨自己无法作战。

神界水师如梦方醒，纷纷离港迎战。但占神军水师近一半的驻人界水师早已全军覆没，残缺不全的神军水师在深渊用数不清的金钱和生命砸出来的亡军舰队面前，曾经引以为傲的三界第一水师称号的神军水师尊严被践踏得稀碎。

远方,烽烟滚滚,炽热的血融化了雪。海上,一片狼藉,一轮血色残阳注视着惨烈的激战。

第六十五章　壮士将行

我和风啸蜗居于香岛已有许多时日,但神界传来的消息让我们没法舒服地待下去。

深渊带领舰队征服了恐怖的黑色走廊,直逼圣海,举世皆惊。年轮再次展现了他可怕的实力,但负伤不仅废掉了这位好不容易勇敢一次的悍将,也使怯懦的帝王再次做出了离谱的决定——从守卫梦洲海岸的军队中抽调五万精兵回去守卫皇城。

此时,年轮皇城驻守的兵力几乎与圣雪山脉防线的守军一样多了。而人口稠密的神都却几乎没什么守军,看来年轮是打算将这数百万神族当成阻挡拖延亡军的障碍了。

海上的战事也不容乐观,大不如前的神界水师几乎没有胜算,只能靠岸上支援勉强拖住亡军舰队。而亡军并不着急击溃神界水师,而是打算攘外必先安内,海陆联合两面夹击,把卫府的有生力量全部歼灭在戟洲,不给他们从背后攻击的机会。

而神界水师的主力也损失惨重,舰队中还有不少在之前"大清洗"中幸存下来的海族,军心自然不稳。

戟洲早已是瓮中之鳖,亡军运兵船上的数十万士兵直接登陆,烈焰也发动总攻,誓要攻破圣雪山脉。戟洲后方的十余座屯兵城都是些新兵,不少防线上退下来的伤员也在城里,所以亡军的攻势异常顺利。

这下可全完了!

戟洲的七十五万人!那是最后一批训练有素的军队了!然后是圣海,那蔚蓝如梦中之眼的波涛将被尸体与鲜血填满!

我无法接受这点，那是我的家乡，是我成长的地方，现在，它也是三界中最后一片自由的土地。

风啸已经在准备了，我们早已听闻圣城的军队大多随深渊去了神界，此时防备空虚。我们此时的军队数量已经很可观了，手下也有几名可以托付的大将，他们颇具指挥才能，率领大军团进行攻城战也没什么问题。

我们开始制订作战计划，派出的侦察队也带回了新的消息。圣城内只有六七万守军，但距圣城数百公里的杭州城内有一支亡军的战斗部，共计十余万人。一旦战斗打响，他们会马上赶来支援。

我们必须要快。第一批部队是我和风啸打算带到前线去支援的一千人军。而我们这一千人是会在神界飞行的。

我们计划先集中火力攻破一个城门，有风啸帮助这应该不难做到。然后我们一千人杀入城中，到神界去。

而另外的部队则正常攻城，负责这些的是一位叫凌霜的将领，他只是一个近侍神，但很有领导才能，所以也得到了重用。他打算先遣兵一万到杭州至圣城的路上，埋伏并截断援军。然后正常攻城，在风啸打开一个城门之后便带领我们的人界骑兵冲进去，趁大乱之际先让我们进入神界，然后暂时夺取圣城，不过大家都知道，一旦其他地区的亡军回援，我们是守不住的。

"那我们夺取圣城后怎么办？"我问。

"我们就进入神界。"风啸说。

"可等着我们的可是上百万的亡军！"

凌霜一拳砸在桌子上："不管打不打得过，但是必须打！我们只要踏上神界的土地，就是向他们宣告：神界还没有绝望，神界还有援军！还有人愿意为他而战！只要我们到了，即使只有十几万人，也要在敌阵中杀上个七进七出，让神军重振士气。"

"好！"我说，"那我们便冲。可圣城交给亡军以后他们就会马上增援神界啊，我们得毁掉圣门（连接人神界的大门）。"

"但毁掉圣门需要有护神级的法力！"凌霜皱眉。

"我可以。"风啸一笑。

"那你就得殿后，那样你就会晚得多到神界。"

"也只能这样了。"风啸无奈摊手。

我突然想到一个问题："那人军怎么办呢？他们上不了神界。"

大家沉默了。

风啸一咬牙，推开门走出去，门外是一片大空地，军队都在门口等着了。只是他们穿的衣服不同，有人界的士兵，有逃亡的卫府兵，有冥界撤上来的远征军和一些镇龙吏。

风啸说："所有人类，回营，不出发。"

人群顿时炸开了，他们愤怒地发出起哄声表达自己的不满，一个人界士兵大吼："凭什么？"

风啸声如洪钟："我们拿下圣城后，所有人要立刻上神界，你们凡人上不了神界，所以不能去。"

底下有人喊："没有我们，就凭你们这点人，拿得下圣城吗？"

"也只能硬上了。"

人们更恼怒了："我们必须得去！"

风啸也火大了，索性一声大吼："你们去了就回不来了！明不明白？"

底下霎时一片沉静。数十万兵马整整齐齐集结于海岸边默默无声，连战马也不打一个响鼻，所有人都被这肃杀的气氛感染，而人类也开始思考起自己的未来。

是在这片沦陷的土地上活下去，还是在战场上赴死？面对这个选择，这些战斗到最后的人做出了抉择。

他们没有发出怒吼，也没有发出响声，只是默默地站着，并没有人离开，也没有人退缩。

风啸于是说："所有愿意出发的人，回营休息，今晚三点出发。"他没有用神界的计时方法，而是用了人界的。

于是所有人回到了营房，开始做最后的准备。整个香岛上密集的营房都亮起了灯。我们的军营大概有一个大县城这么大（人多），全部笼罩在一片死寂之中。士兵们收拾着行囊。

我站在房间里，也开始做准备。我打算不带太多东西轻装上阵。我先披上一件浅蓝色短衫打底，下身是一条红色马裤，裤脚用牛皮绳扎紧。然后在上面套一件锁子金丝甲，挂上护心镜。沉重的明光铠我是不想穿了，就只是在外面套了一件宽大的卫府都督袍，再穿上一件铁甲背心和护臂护膝。虽无重甲，但两层链甲，也有安全感。最后戴上一顶头盔，特制的，带牛皮面罩。

然后是武器，珊瑚剑自不必说，保险起见我悬了一把短刀在腰间，又别了一支匕首在小腿上。又在军用袋中塞上几枚烟丸，方便随时跑路。

一夜无言，海风拂动着大地的梦乡，但整个岛上恐怕只有大地在入眠了。只听得见士兵们穿戴盔甲的声音和刀入鞘之声。

三点已至，夜色有些冷。但岛上已是灯火通明，无数火把照在盔甲刀剑上闪出寒光。战马簇拥着，兴奋地摇动着马蹄。

风啸和我站在队伍的一前一后，人界军队殿后。风啸必须得带领余下的大军攻击百万亡军主力——我们都知道，只有他才能完成这个不可能完成的任务。

回顾我这几年走来的路，若是没了风啸指引，就几乎什么也不是了。临行前，夜深人不静，我内心也如同被灌入烈性化学制品一般难受。我们是先锋，独立成一个方阵，在全军的最前方，而我作为他们的领袖，站在方阵最前方，我身边只有从洛国追随而来的数百精兵，誓死效忠海神的龙族战士，以及一小批精挑细选的骑兵与弩手，不过八百人。我身后是将踏着由我们开辟的路前进的数十万大军，分三路行进。

从人海中走出一个身影，他轻巧地驾着马向我走来。风啸，二十三万神军的总帅，正看着我。

"你不必紧张，亦不必怯懦。"风啸的声音格外深沉，仿佛是在与曾经的自己对话。

"不要看只有百人伴你左右，但你才是三界中最重要的那个人，能拯救神界的，只有你。"

"可是我又能做什么呢？"

"你将在海洋上战斗，你将以一己之力保卫梦洲，歼灭冥界舰队。"

"不，我不行。"

"那里是你的家，你将无所不能。"

"那我到时候该怎么办？"

"你只管往前冲，到了圣海，你会明白该怎么做！"

"如果我失败了呢？"

"我们二十三万人会为你陪葬。记住，你是关键所在。"风啸眼中闪着野性的杀气，看来已准备好来一场杀戮盛宴。他转过头去，一扬拂尘，向全军发出出发的命令。

我也如梦初醒，一声令下，我们这支骑兵队立马疾驰向前，消失在夜色里。

黎明到来时，便用血染红天边。

我踏上征程，却没听见身后风啸的声音。

"全军听令！到了神界你们先由凌霜带领，干一票大的。"他眼里闪过一丝疯狂。

第六十六章　决战的号角

第二天中午。

圣城早已成了一片巨大的废墟，城池各处滚滚浓烟直冲云霄，而云霄也是一股血腥味儿。城墙下堆满了穿各色军服的尸体。一杆狼旗被拦腰斩断坠于城下，一杆沾满鲜血的龙旗迎风飘扬。

我们刚刚经历了一场极艰苦的战斗，内部空虚的圣城只招架了不到五个钟头，算是个不大不小的奇迹。但远处扬起了尘烟，援军已到了。

人类毅然站上了城头，留给我们一片用后背建成的城墙。我找到了圣门。

于是我与先锋队成员们策马冲入神界。

身后的杀声已经恍惚，眼前的景色逐渐明亮。我们飞行于天空之上，而脚下是神界的圣雪山脉，一片焦土。亡军早已形成合围之势，如今圣海的决战将要打响，戟洲的七十万军队却深陷死局，动弹不得，只能眼看自己被蚕食。因为戟洲后方都是新兵无力抵抗，老兵们若是从防线调回必定会被那烈焰的百万雄师杀进来。

我的身后没有了风啸，我的面前麻烦却不少。圣海的战斗已经要开始了，但我们却还得一路赶去。

飞过戟洲的全程，看不见一块干净的土地，全被鲜血和诅咒浸透了。

我们一路上倒还顺畅。当到了圣海边上时，已是夜晚。月光下的海浪轻柔拍打着沙滩，那是圣海轻轻抽泣的声音。那些冥界来的军舰粗暴而无耻地玷污了她那纯洁的波涛。她哭泣，是因为自由、美好与和平被这些舰艇拍得粉碎；她哭泣，是因为效忠守护她千万年的家族被年轮迫害，漂泊四方；她哭泣，是因为没有一个人站出来，让她的力量爆发出来。

我终于明白了为什么说我是关键了。大海用她的辽阔，展示着什么叫无上的力量。

我们在夜色中穿越云层，直杀向遥远的亡军舰队。

现在已是正午，我们马上就要到了。已经可以远远地看见庞大的亡军舰队与寒碜的神军水师。我身下的运兵船中攒动着密密麻麻的戴亡兵头盔的人头。

"终于到了啊。"大家长长吐出一口气，显得十分兴奋与放松。

下一秒，一支弩箭破空而上，刺穿了他的喉咙。

几十上百个身影快速逼近，正当我纳闷恶灵为何能在神界飞行时，才发现他们哪是什么恶灵，原来是背叛了的近侍神。

同时，亡军舰队进攻的号角响彻云霄。

我一下子慌了神，如果一直被这些家伙缠住，那在半个钟头内神军就会被亡军吃干净。

战士们抽刀奋战，但对方人多实力又强，一时难分胜负。我摆脱一个家伙，试图向海上下去。可另一个叛军抓住了我的脚，让我又摔了个狗啃泥。我脑中又闪起风啸说过的话："遇到任何事情都要动脑子，不要一味强冲。比你更暴力的人比比皆是。"当然，他还有下一句："我是最暴力的，属于例外。"

于是我调出几十只乌贼，乌贼见了叛军，一大团墨水就喷出来，搞得这些叛徒仿佛几十个黑球，看不清也说不出。

我的士兵们心领神会，立刻暴起与他们缠斗。谁知叛军们仍负隅抵抗。虽然他们自知难胜，但任务就是拖住我们。

可战事却不等人。战舰与战舰相互碰撞，源源不断的亡兵往神军的船上蹿，展开肉搏战。尖叫与嘶吼震天动地，那潮水般的黑旗几乎淹没了白帆。尽管神军水师坚持到了最后一刻，但深渊的舰队太多太强大了，根本没有胜利的可能。

有几艘船在水师总都督的带领下，杀出重围，燃烧着直向深渊的旗舰而来，看来是要同归于尽，不死不休了。都督立于船头，衣冠整齐，早已准备好殉职，所有人都坚定地发出最后的呐喊。

可深渊只花了一个响指，就让他们灰飞烟灭，化于滔天黑焰之中，所有战士，尽数消失在诅咒之中。

我一下子吓傻了，深渊这么猛吗？我腿都软下来了。这时，亲兵将刀从最后一个叛军身中抽出来，整装待发。

我看向下面，战斗基本要结束了，水师几乎全军覆没，仅存的十几艘战舰躲在岸边瑟瑟发抖。再看深渊，黑袍飘飘，立于舰首，身后百万雄师唯他一人是从。他踏着神界的浪花，誓要横扫千军，三界归一。

我又规划了一下逃跑路线，发现不好跑，也跑不掉。这一次，神界最后的军队也砸进去了，风啸已经带兵与数十倍于自己的敌人厮杀了，如果我这里掉链子，大家都得死。

没办法了，只能上了。我看着深渊那嚣张的样儿，心中虽然恐惧，但也燃起三分怒火。

这风起云涌的一日快咽下最后一口气，血色残阳将整片海洋染成红色——如果不染，海水将是黑色和白色的。海面上的船骸与尸体随着大海的心跳上下起伏，远方的光亮正在被黑夜蚕食殆尽。

我转头看向这为数不多的战士，他们将是我接下来唯一的后盾。我看见了他们眼中的恐惧，虽然战事危急，但只有抚平了士兵的心绪，才有一战之力。

我踱步看着战士们，生平第一次誓师，有些紧张。

"战士们，停止你们的恐惧。在我们的身后，是神界光辉的过往，是千万年自由美好的时光。在我们身前，是溃败的水师，是破碎的山河！我不能眼睁睁看着死亡的舰船踏碎我的故乡，我不想看到神都的火再烧一次。我们要让全天下看到，还有人在冲锋，神军还有人。即使我们是被神界放逐的弃子，但请再与我，最后一次为故乡而战，为家园而死。"

一个年轻的士兵说："可是……天黑了，那是死人的天下。"

我想起了那一夜以血沐浴的风啸："黑夜是我的。让死人们见到，什么叫作神明的怒火。"

随后，我举起长剑，从山尖一跃而下，直冲向那百里不见尾的舰队。

是时候让深渊知道，让神界知道，海洋的国王又回来了。

在我们的身后，死一般的黑夜接踵而至。

第六十七章　　怒海之夜

当我们出现时，世界仿佛都静止了。

神军的战舰燃烧着散落在海里，数十万亡军舰队一眼望不到尽头。那海面几乎被黑旗占满。深渊意气风发立于舰首，张开双手拥抱黑夜，迎接着帝国的黎明。可这时，我们出现了。

一面崭新的金边龙旗迎风飘扬，紧接着是我和我的战士们。八百余人，却冲出了八万人的气势，仿佛一支射向巨人庞大身躯的箭，也许会断，也许没什么用，但还是会向前，因为它已经离弦。

深渊蔑笑着注视这一切，他横扫三界的大军跟在他的身后。神军们悲哀地注视着这一切，为这种飞蛾扑火式的陪葬勇气流泪。

我们终究丢掉了海洋。众人都这样想。

而此时此刻，我看不见漫海的亡兵，听不见神兵的哭号，只是闻到了海腥味儿，听到了海风声，感受到了大海。那一刻，我的心跳与海的心跳重合，我感受到了海的愤怒，那一刻，我又回到了我的领土，我先前三界流浪，万人鄙夷的懦弱与胆怯，这一刻，都被海的辽阔与壮丽扫空。我即是海，海即是我。

我双手高举，拥抱这凄冷恐怖的夜风。

海水顿时掀起万丈巨浪，筑起两道高耸入云的水墙，海水分流，中间留出一条大道，仿佛是迎宾之路。几艘亡舰坠入其中，粉身碎骨。

我与亲兵奔入其中，自此，海神归来。

神军爆发出了激烈的欢呼，一些元老功勋将帅打过神界内战，见识过当年海神的可怕。

可是，当我每次看向深渊时，又胆战心惊起来。深渊法力据说与年轮不相上下，手下六大名将也来了三个，只有烈焰率军百万在圣雪山脉，他们中随便拎出来一人，都是碾压我这个没编制没落神的存在。

我剑指长空，大海彻底狂暴，风雨大作，电闪雷鸣，大海波涛汹涌，怒不可遏。滔天巨浪奔腾而起，七八十丈的巨浪如同倾倒大厦一般砸在几艘战舰上，发出惊天动地的巨响，光是拍下去溅起的水花就有数丈。几艘铁甲船当即变得粉碎，桅杆都被拍扁了，沉入水中，支离破碎，自然也没能留下一个活口。

紧接着又是一个宽数百丈的惊天漩涡，漆黑的大海疯狂地咆哮着，翻滚着，屠杀着，似乎要将先前无人领导、任人宰割的仇恨转化成巨大的杀意，张开了血盆大口。

漩涡上方的几艘战舰马上消失了。

亡兵们连一声惨叫都来不及发出，就已坠入我的深渊。邻近的几艘战舰也被蛮不讲理地吸了过去，在飞速旋转的水流中被快速绞碎，吞噬殆尽，连那面丑陋的狼旗也被嚼碎吃掉！

几分钟之内，水师拼光家底都没干掉的亡军先头部队被我吃了个干净。我紧握长剑，将目光对准了深渊和他的中军舰队。

但当我全力发出更猛烈的巨浪向深渊扑去时，巨浪突然凝固在了空中，然后被一条粗壮如长龙的火舌舔得什么也不剩了。深渊手握一团幽蓝的冥火，轻描淡写地向我摆摆手。

我没料到憋了半天的大招竟被他如此轻松化解，立刻又使出漩涡，同样是滔天的冥火，也踏平了我的漩涡。

然后深渊做了一个失去耐心的手势，随后一掀拖在身后的长袍，一条粗长的黑色的火龙直冲而出。

这火龙肆意地穿透一层层海水，几艘神军和亡军的船停在他的火龙前进的路途上，立刻就被大火吞噬了个一干二净，即使是号称不怕火的亡兵，竟也被深渊的火点着，幻化成一团巨大的火球，模糊地翻滚跳跃着，有的便就此瘫倒不再动弹，任火苗蚕食吞吃，有的便拼命跳入海中。

那些被点燃的亡兵，先前从来都是与火共舞，从未见过如此恐怖的火，他们受不了烈焰带来的痛苦，纷纷一头扎进了深不可测的圣海中，而圣海的海水倒是可以灭火，但当时的圣海，正是波涛汹涌的风暴，所以他们也就与自己的船一起消失在惊涛骇浪之中了。估计他们至死也想不到，自己是被自己的统帅杀死的。

深渊毫不留情地扫清了一些靠近他的，准备反扑的神军战船，火光仿佛黑夜中野兽的眼睛，即使中间夹杂了一些亡军战舰，他也连眼也不眨就一起解决掉了。

可怕的火龙直冲我杀来，即使我筑起层层海墙也只能勉强招架。可没有我的支援，亡军的大军马上在夜色中冲锋，火把把夜空照得亮如白昼。亡军没有了深渊仍是虎狼之师，可我们失去了大海就什么也不剩了。

我站在海中的一块礁石上，勉强与深渊僵持，那恐怖的火焰的热浪烫烤着我的脸，使它浸出一层豆大的汗珠，火辣辣的疼。我脚边的海水已经被冥火的高温煮沸了，咕咚咕咚冒着蒸汽，脚下的礁石也变得像铁板一样，煎着我的脚板，我马靴的底已经化了，粘在石头上。

可怕的火龙直冲我杀来,即使我筑起层层海墙也只能勉强招架。

第六十七章 怒海之夜

我屏蔽中枢神经，隔断自己的知觉，但我还是可以听见自己的身体正在被慢慢烤熟。我又控制着一道巨浪从远处冰凉的海水中被抽出来，迎头浇在我的身上。石头一下子发出吱吱的声音，冒出一堆白烟——可算是舒服些了。

可是深渊呢，他只是坐在甲板上，用一只手掌对着我，就让我变成"熟人"。

但更大的麻烦来了。

原本我的到来让局势发生了逆转，也让水师重整旗鼓。但深渊轻松地控制住了我，让他的舰队得以肆无忌惮地反扑。刹那间海上又是风云突变，神军在短暂地占据上风后又被压着打了。

几艘亡舰已突破神舰的防御网，向我驶来——我原本可以轻松让他们去海里喂鱼，但深渊让我连一根小拇指也抽不出来，我只能眼睁睁看着他们向我逼来，因为一旦我逃避，整个神军舰队都会被火化。

这时，一声尖厉的破空声在耳边响起，我只听见叮的一声，然后是金属划破衣服刺入肉体的声音。我只感觉腰上被人撞了一下，步伐有些踉跄，但随后的疼痛让我意识到被射中了。由于当时正在激烈的作战中，人处于极度亢奋的状态，当时倒也不觉得很疼，但立刻就泄气瘫软下来了。

我好不容易学来的麻痹疼痛神经的伎俩被撕烂，抹了毒药的亡军箭带来的痛感并不仅仅威胁人体，人体中神的灵魂也被影响到了。于是在勉强支撑几十秒后，一股强大的疼痛感从我的腰椎袭来。随后，我的海墙被烈火撕扯得支离破碎。我连忙跳入海中。

冰凉的海水如同蚕茧般轻柔地包裹了我，镇住了毒药带来的剧痛，我闭上眼，任由自己沉入海底，在此之前似乎看见水面上火光冲天，但我也无能为力，只能在这海底艰难地幸存下去。我似乎随着暗流起伏翻涌,我在水下畅快地呼吸着,享受着十年未得的安宁。我只觉得舒适,仿佛一个在母亲怀中安睡的婴儿。我多想一直沉没沉到无人能发现的地方,然后沉睡,永远在这温柔的海水中安眠下去,不管海上发生的一切。

但有个东西托住了我,是一只敦厚的壳,有着充满故事的纹理。那壳的主人,是一只巨大的棱皮海龟。

他用一双盈满岁月沧桑的眼睛凝望着我,那眼里似乎已有了泪水。我自然明白他的意思,这个眼神,是海中最生动的语言。

"你的朋友在等你。"

我坐起身,在水中。

风啸正带着九万散兵与烈焰最精锐的八个战斗部(一个战斗部十二万人)血战,雪语与雷电已率军出击,放手一搏,如果我负责的环节垮掉,那这数十万人就将成扑火的飞蛾。

我卸去那些无用的盔甲与战袍,海水自动为我织出一件袍子并披上,我重新抽出珊瑚剑,又不知该去往何方。

四周很安静,只听得见我内心的胆怯与勇气殊死搏斗的声音,我看向海龟:"可是只有年轮——众神之王才能击败深渊。"

"那你就成为众神之王。"

我低下头:"是大海的旨意吗?"

海龟只是掉头离开,留下一句话:"海永远与你同在,子民不会背叛。"

我缓缓游向海面,但脑子却飞快地转动,硬碰硬深渊能碰死我,但我能怎么办呢?

恶心死他。

于是我将头伸出水面,让海风作话筒,用尽全力大喊:"所有神兵跳海!快!"

第六十八章　至暗时刻

所有神兵听见后先是一愣，随后全部扑通扑通跳入水中——他们也不敢再待在船上了。

我安排洋流将他们送上岸，随后再次一头扎入深不可测的大海。至此，整个亡军舰队只由我一个人对付。我对着水上的深渊狞笑道："恶心不死你。"

随后，所有的亡军都蒙了，神军都去哪了？为什么刚才还誓死抵抗的神军都没影了？为什么先前他们流那么多血试图拿下的海域此刻彻底敞开了？但顾不得这么多，赶紧先拿下这片海滩吧。

深渊却是显得有些焦虑，他急忙下令："所有部队注意安全，小心海下，交替掩护前进。"

但被胜利诱惑的亡军哪里愿意被别人抢去功劳，在漫天的军号下，一片敌舰驶向海滩。

果然还是小瞧了我海神的厉害，我在水下吐着泡泡，冷漠地注视着这一切。一块块巨大的阴影在海面上移动，遮住了月光。在这个夜晚，搞偷袭是再合适不过的了。

我看见身边有一条金枪鱼游过，便一把抓住了它。它一开始又惊恐又愤怒，可当看见我碧蓝的瞳孔与手中的珊瑚剑时，又立刻表示了效忠。

"国王，您回来了。"

对这点我一直是比较纳闷的，毕竟在记忆中，除了童年是在海边度过的，就一直住在梦洲内部，而且童年的一百个春秋又被之后的苦难冲得淡到几乎没有。只能苦笑于这些海洋生物的过度忠诚了。

"小鱼，你听着，现在去通知所有生灵，告诉他们我回来了，让他们来找我，与我并肩作战。"

金枪鱼箭一般飞走了，在水中留下一串气泡。

我游到亡舰的前面，在水下调遣来一大批珊瑚，置于它们前方。珊瑚堆积了七八丈高——我把方圆五十里所有珊瑚全部放到了这里，它们形成了一堵城墙。

于是伴随着海下传来的一声声回响与船体剧烈的摇晃，这些亡军又接触到一个新的名词——触礁。舰船在摇晃后被卡在珊瑚中动弹不得，海水源源不断地灌入船舱，又咕咚咕咚地从甲板上冒出来。

亡兵们试图用铁盆舀水出去，但水灌得越来越快，很快便占领了一层又一层船舱，最后，船被汹涌的海浪压下去，消失在夜色的浪涛中。后面贴得紧的船只来不及停，也一头撞在前舰上，只见血肉横飞，又是一片惨不忍睹。

亡军知道前面有障碍，便全都停下来，抛锚也不是，划桨也不是，都在海面上僵着。船上的弩炮都装上了铁矛，投石机也都就了位。可茫茫海面上什么也没有，也不知往哪射，又前进不了。他们一定以为只要自己不动，我就奈何不了他们。

亡舰组成了环形防御阵形，所有亡兵全部集中在甲板上，手里拿着标枪，监视着水下的一举一动。

不过我当然不会傻到去船底凿洞——就算它们一动不动，这么多船也够我凿的。但只要他们不撤，优势永远在我。

首先是万能法则伺候，几十吨的海胆被我利用海浪均匀地掀上了天，然后就是胆如雨下。霎时十几艘战舰到处都是海胆，先是在甲板上铺满，再往船舱里涌，连狼旗都被刺破了。而胆雨还在下。渐渐地，不少亡兵身上也挂满了海胆，疼得哇哇乱叫，海胆刺入甲缝中刺进皮肉，牢牢地卡住，拔也拔不出。有的亡兵的脚刺到了海胆，疼得跳起来，可整个甲板上都是海胆，于是自然又踩到了更多，便站立不住一头栽下去，任凭身体进入海胆的泥沼里。

整个舰队半船都是海胆，士兵们根本不敢出船舱。而那些先前挤在甲板上的亡兵，要么"英雄一身都是胆"地爬回来，要么就再也回不来。

尽管这一切使整个舰队陷入了极端的混乱中，但在船队中，仍有一双带着忧郁的眼睛，平静地看着这场闹剧。

深渊理了理自己黑色的束腰礼袍，用手指往空中一点，一道由火组成的、极平极薄的光影疾速划过。

紧接着，发生了令我至今也想不通的一幕。

那道火影似乎是一块极其薄的刀片，又极其精确极其灵敏，贴着所有船只的甲板削去，一刹那便将所有海胆烧了个无影无踪，连灰烬都没剩下，有些火苗燎着了甲板上的栏杆，可竟只燃烧了不到一秒便自动枯萎了。但那火烧在神军身上可是无论如何也扑不灭的！我不禁被深深地震撼了。

我明白，要想抵御住这支势不可当的死亡之师，必须解决掉他们那神秘莫测的皇帝——深渊。但凭我的实力，真的能撼动深渊这棵参天大树吗？

但我又有什么选择的余地呢？目前唯一能牵制住深渊这个大魔头的，就只有年轮，三界中公认最强者了。可偏偏他又对外宣称自己只身对抗亡军，遭遇冷箭，身负重伤，打死也不上前线。不过这点大家都存疑——年轮这样身经百战，别说冷箭了，火箭他都接得住，更别提受伤了。

不过当下顾不了那么多了，我沉住一口气，猛地一跃，冲出水面，腾空而起，直直向那深渊扑去！

我在空中高举长剑，全力劈下，身后滔天巨浪也排山倒海随我砸来，我的背后几乎就是海啸了，海水有上百丈高，每一寸海水都在愤怒地咆哮。我与整个大海爆发出了巨大的杀意，全力一搏向深渊扑去。

可深渊只是从椅子上站起来，双眼一抬盯住我，突然一道寒光凛然闪过，连杀意也懒得出现。深渊在电光石火之间，抬起手杖，我拼尽全力，用剑尖对准深渊雷霆一击。

叮！

手杖的铜底与长剑的刃尖在空中相碰，这一击我用尽了力气，可是握住手杖的，只有一只深渊那苍白的手。

然后我的长剑被震飞，整个手臂仿佛被拆散一般，可深渊只是纹丝不动。随后他瘦弱的手掌轻轻在我小腹上推了一把。

我瞬间感觉天旋地转，只觉身体在半空中打旋翻腾，像被风卷起的落叶一般，无力地坠入海中，我最后看见的，是追随我的来势汹涌的海浪，被冲天的火光无奈放倒。那夜色不仅没被冥火照亮，反而显得愈发黑暗。

这是黎明前最黑暗的夜空了，可惜我熬不到日出了。

我缓缓沉没，海滩上的山尖出现了一个身影，提着另一个身影。然后，万籁俱寂。

第六十九章　与黎明同行

此时此刻，全场皆惊。

谁能料想到，那个三界中最嗜血的疯子，说要回援神军，却走了这么一步棋——这哪里是一步险棋啊，这是直接把桌子掀了！

亡军中有经历过毁灭时代的老兵，看见这个身影，后背立刻被冷汗浸湿。深渊看见了，从椅子上站起来。"你不应该在圣雪山率军吗？果然是你的风格啊，"他笑笑，"不过你这次又有什么办法？"

而离得近的神军，早已吓瘫在地上。

风啸畅快地吸了一口海风，一手抓起身边的老者，另一只手始终持着一柄利刃，顶在他的脖子上。

"老头儿，该你上了。"

是的，他刚丢下军队，飞到了皇宫，屠掉了一半的守军，又烧了一半的皇宫，把年轮从病榻上拎起来，抓到了这里。风啸动作极快，根本没给年轮出手的机会。

现在，风啸一只手拎着三界霸主，一只手持刀顶在三界霸主的头上。

深渊眯起眼，当看清年轮的身影时，两道眉毛骤然下压，在眉头上写出一个倒着的"入"。

风啸一把将年轮推到前面去，一道无形的风刃顶在了他的脖子上。

深渊的眼中竟冒起熊熊怒火，就是这个老头，夺走了他父亲的一切，毁掉了那个黄金时代，给冥界留下的是数不尽的禁锢与痛苦。他一拧手杖把手，从手杖中抽离出一柄尖刺，猛地一蹬甲板，向年轮杀来。只要干掉这个老头，神界就会群龙无首。

年轮求生欲望激起了战斗意志，他也一声怒喝，左手一个响指。

是的，他的左手没有任何伤。

那天，那支冷箭只是擦着了手臂，现在连一道疤都没留下。但他必须装作重伤，否则以他的身份，不能不去前线。

二人中间的空气被扭曲了，那是时间飞速流逝产生的旋涡，深渊释放出惊天的冥火，极其恐怖地向年轮劈来。

当扭曲的时空与疯狂的火焰碰撞的那一刻，天地之间爆发出了巨大的能量，他们附近的大海被掀了个底朝天，一些有先见之明的亡舰提前抛了锚，而一些亡舰被直接震得飞了起来，几千吨的庞然大物似那纸片一般。

风啸注意到年轮接着一招时小心地往后收了一下，否则两者硬碰硬强撞在一起，三界都会有影响。

就这样，深渊以凡鬼之躯，靠千万年的努力，只身誓要将这天地间无解的神王挑下马。

年轮化解了一招后马上发起了反击，时光飞速向深渊袭来。一旦堕入这时间的旋涡中，必定是灰飞烟灭。

但深渊只是脱去风衣，用尽全力将手杖在空中一劈，整个人爆发出巨大的杀意。

火！风啸此生没有见过这么大，这么有力，这么狂暴的火。即使是在当年毁灭攻打神都的那一战也没有看见。年轮大惊失色，他也为这个忧郁的少年感到惊讶。

刹那，一道强光闪过，一切竟像没有发生过一样。深渊就这样劈掉了年轮的杀招。

紧接着一道魅影闪过，在电光石火之间仿佛一道闪电撞在年轮身上，咚的一声将年轮撞翻。谁也没有料到深渊能这么快，下一刻，他已对着年轮举起了尖刀。

但年轮也贵为三界之主，只一刹那便试图将时间停止，但深渊凭着强大的实力硬生生挺了过去。眼看着刀尖已经抵近了年轮的咽喉。

这时，风啸轻轻用手指弹了一下，一枚小石子打在了深渊的腰眼上。

深渊吃痛，动作顿了一下。

年轮马上打了一个响指，时间在空中飞速旋转，像一个圆锥向深渊削去。深渊用冥界最恶毒的精火抵挡，两个人扭打在一起。

风啸看准时机，一脚踹过去。

"走你！"两个人怒吼着坠入了人界。

"啊，好疼啊。"我挣扎着从海底坐起身来，感觉全身散架了一般。也不知道海上怎么样了。我往上游，将头探出水面。

那黑夜的天边似乎出现了光亮的预言，一抹血红点亮了远方的山尖，黎明似乎就要踩着夜的尸体，剑指天边。那抹血红的背影，有些熟悉。

那个身影从山巅一跃而下，双手高举一柄拂尘，向那亡舰劈去，只听尖厉得像狂笑一般的风声响起，亡舰被生生劈成两半。他立于正疾速下沉的亡舰中央，平静地注视着面前百万雄师。

"海浪？出来快活了！"

我听着风啸那熟悉的声音，不由得一跃而起，冲破海面。我也高举珊瑚剑直劈向一艘亡舰，随着亡舰断裂成两截，宣告着海神的归来。

风雨无阻。

风啸也畅快地飞到我的身边，与我一起站在逐渐沉没的桅杆上。手臂轻轻搭在我的肩膀上，但我能感受到这只手臂的肌肉正在一点点紧绷。

"准备好了吗？"他问我。

"你的军队怎么办？"

"我有一个朋友，他胆子也不小，而且我们都是一无所有的人。"

渐渐地，桅杆一点点没入了海里，我走上海面，风啸在空中悬着。

面前是严阵以待的亡军舰队，以及身经百战的深渊的部将们。一张由箭矢组成的巨幕缓缓升起。

身后，第一缕朝阳洒在我们的肩上。

第七十章　天地对决

密集的箭雨落下，风啸稳如磐石。只见他拂尘一甩，顿时狂风四起，吹得那几十万支弩箭如无头苍蝇般乱飞，甚至有不少又飞了回去。

只有一支箭侥幸向我们飞来，屈服地钉在风啸脚下的礁石上。风啸拔出箭，将它掷了回去，钉在舰队最靠前的一艘船的亡兵头上。

风！风！风！熟悉的狂风在耳边呼啸而过，将血腥味散播得到处都是。风仿佛我们渴望自由的灵魂，在一望无际的海面上肆意地疾驰，撕裂每一层束缚它的牢笼。风狂啸，风狂奔，它将世间所有的潇洒与狂傲发泄出来，风的身边，是同样狂暴的海。

我仿佛又回到了冥界，回到了人界，回到每个我们曾战斗过的地方，回到每个我们曾流血过的地方。我们忘却了生与死，忘却了一切记忆，忘却了痛与爱，一心只想把天地翻个面，把所有拦路的强敌吞吃下肚！龙族化作一条条巨龙，紧随我们而来。

我张开双臂，巨浪滔天而起，大海永不屈服。

风啸小声问我："咱俩……"

我一笑："不止。"

随后，远远的天空中一道矫健的身影出现在亡军的视野中。"嗯？这里还有鸟？"一个亡兵眯起眼睛。

那是一只海雕，它锋芒的眼睛注视着亡军，用宽阔的翅膀在碧蓝的苍穹之上长久地滑翔，发出长长的锐利的鸣啸，仿佛是大军前行预告的号角。

紧接着，无数面三角形的小旗帜将大海划得支离破碎，飞速向亡舰逼来。

疑惑的亡兵们凑在船舷上，盯着那些逐渐逼近的灰色三角形。

突然，我手中长剑一扬，滔天巨浪向甲板拍来，而浪涛中夹杂着的，是一条条将鼻子向上翘起，将牙齿向前推出的大白鲨。

当它们落下时，马上在人群中掀起了一片血雾。那两百多颗沾着血肉的巨齿，就是它们杀手身份的象征。一些船只失去了平衡倾侧下去，立刻就被埋伏在下面的鲨群分食殆尽或拖入深海。就这样，浩浩荡荡的鲨鱼部队作为先锋，借助海浪的托举，将亡军冲了个七零八落。

亡兵凭着弩炮和诅咒勉强支撑，但在愤怒的海之子民面前，显然是徒劳的，我就是海洋版本的生灵。

我的胯下游来一条浑身闪着暗银色神秘光芒的鲨鱼，是海族中首领长久的坐骑，我骑上去，风啸也跨上自己那匹幻化的战马，我们共同冲向亡军舰队。龙族们吞云吐雾，大开杀戒。

我的身后，万万千千的海洋生物破浪而出，向亡军舰队发起了总攻。每一个呼吸着海风长大的生命，都急于向所有人证明，圣海不是任人践踏的殖民地。

铺天盖地的海鸟占领了天空，即使弩箭横飞，也不退缩。它们用利爪与尖喙攻击敌人，与陆地上一些娇小玲珑，最大的武器就是鸟类的鸟儿不同，大海的鸟无一不是历经层层的海风磨砺，敢在最猛的风暴中飞行，敢与最残忍的鱼类搏斗的勇敢者。它们都拥有强壮的翅膀、尖利的齿爪、敏锐的头脑与钢铁般的意志，敢于与亡兵拼个刺刀见血。

我用惊涛骇浪砸碎面前的敌舰，风啸用狂风横扫三军。一整艘战舰竟被他用飓风卷了起来，狠狠砸到另外几艘船头上，钢板铁皮满天飞舞。

这时，我的面前投下了巨大的阴影，一艘从未见过的巨大的战舰出现在了我的面前。

这战舰比他附近的战舰大上十几倍，几乎是一座海岛。光是一柄桨就有几丈长，需要数百个身强力壮的战俘才能划动。而像这样的巨桨，一共有上百支。站在它的面前，我就像一只蚂蚁站在一头大象面前。

舰首两三个身影一跃而下，直朝我们杀来。风啸一闪身，直接冲上去与两个人相撞，将对方震飞出去好远。而另一个火球则朝我撞来。

我急忙用海墙抵挡，但当那火球撞向我时，我只觉得自己仿佛被一辆疾驰失控的大卡车迎面撞上，飞出去数米。

暂且抛下我不提，单是看风啸。他傲然屹立，单手插兜，冷漠地注视着被自己震飞的三个家伙。原来是深渊的两位悍将：剃刀、墓碑。他们是继深渊与烈焰之下的最强战力。

两人都善使诅咒，是阴险狡诈之人，手上沾染的高洁纯白的神血更是数不胜数。此时，他们都用冰冷的眼神凝视着风啸。

剃刀手持一柄造型诡异的剃刀，血迹斑斑，小心地向风啸逼近——这家伙连年轮都敢杀，想必绝非等闲之辈。

可风啸却猛一蹬地，闪电般裹挟着狂风向二人袭来。二人连吃惊也来不及，便立刻做出反应。墓碑降低重心，飞速贴近风啸的身边，伸出套着精钢制的铁爪的手，向风啸小腹掏去。爪子闪着凛冽寒光偷袭而来。

可风啸在电光石火之间抓住了那一闪即逝的机会，在极速运动中稳住上半身，伸手抓住了墓碑的手。

墓碑愣了一下，但马上使出全力往前伸手，誓要剖开风啸的肚子。他是随毁灭征战四方的老将，这一对铁爪，是他最大的绝招，他的双手力大无穷，没人能抵挡得住他的一击。而这只铁爪，曾了结了当年的一位护神性命。

可当他发力时，却没听见熟悉的钢刀刺入皮肉的声音，而是感觉被缚住了手，无法前进。

墓碑微微吃了一惊，正要抽手，一道疾风掠过，那只夺走数不清无辜性命的手便瞬间被斩断。

墓碑痛苦地皱了皱眉，但没有惨叫出声，只是严厉的杀意愈发浓厚，同时他伸出另一只爪子，伴随着阴邪的诅咒剡向风啸的脑袋。

风啸双脚蹬地腾空而起，迅速躲开这致命一击——墓碑的实力不会在一个普通主神之下。

但当风啸在空中翻滚时，剃刀的飞腿已经到了。这一腿雷霆万钧地踹在了风啸的小腿上，但剃刀却觉得自己踢到了一块石头，与风啸一起重重摔在海上。

风啸硬生生挨了一下杀招，却只是在海面上打了一个滚。他站起身，正看见墓碑闪电般的爪子袭来。

高手过招只在一瞬间。

两个人疾速擦了一下，便已结束了战斗，伴随着墓碑的脑袋从脖子上进行了一次自由落体式跳水运动后，一切都结束了。

剃刀立刻胆战心惊，他很清楚自己这个老战友的实力，墓碑竟连一分钟也没撑住。如果深渊还在，尚可与风啸打个七七八八，但刚才深渊与年轮已经被风啸踹下去了。

剃刀立刻高举自己的左臂，铺天盖地的恶灵向风啸扑来，同时他将一道诅咒恶狠狠地掷向风啸。

风啸见了那些恶灵却像看见猎物一样兴奋起来。他也失去了陪剃刀玩的耐心，他一甩拂尘，剃刀的诅咒马上被打了个无影无踪，同时一道疾风掠向剃刀的脖颈深处。

一招一式，仅此而已。

战斗结束了。

风啸一头扎进恶灵堆里，开始"清理"。

但我就惨了，烈焰正站在我的面前。

第七十一章　智慧与胜利

是的，除深渊外公认冥界最强战力的烈焰，正杀气腾腾地盯着我,而烈焰的背后,是那艘巨舰。

烈焰一声怒喝,他的拳头熊熊燃烧起来,直向我冲撞而来。

我一个猛扎,钻入水下。

水下一只海鱼询问我道:"大人,需要出兵了吗?海准备就……"

"咋老这么迂腐?我不说你们就不上啊?我快被打死了!"我大为恼火。

"所以您到底……"

"上,快上!"

"是。"

我喘了口气,烈焰很强,但我不怕他,因为这里是我家。我悄悄探出头,一个巨大的着火的拳头马上砸过来,雷霆万钧,气势如虹。我连忙把头缩回去,缓慢在水中游动。

我清楚,若是硬碰硬的话,自己估计就得为国捐躯了,但敌在明我在暗,有的是办法收拾他。

我借着一块礁石的掩护,探出半个身子,冲着他扔出几十个我精挑细选的长刺海胆。烈焰两条腿上扎满了海胆,更加怒不可遏。他三两下硬生生砸断了那些海胆的刺,任凭断刺残留在肉里,转身就是一拳轰过来。

我潜入水下,头顶一声巨响,礁石被炸了个粉碎。

烈焰皱着眉,走路有些踉跄——扔海胆这个技术已经被我练得炉火纯青。这时,我乘其不备,又从他身后探出半个身子。

几十条两米长、黑白环的海蛇缠绕在他的脚踝与大腿上,又有不少毒牙扎进了他的肉里。这些蛇蠕动着,扭曲着,滑腻腻地顺着他的腿往上爬,往裤脚里钻,往袖子中拱。

烈焰脸涨得通红,胃里翻江倒海,全身沾满了海蛇分泌的黏液。烈焰用颤抖的手从怀里掏出一瓶烈酒,咕噜咕噜一口气喝了半瓶，借着酒劲一声大吼，全身化作一个巨大的火球，把那些恶心的海蛇全烧成了灰，随即狠狠向我藏身的水域杀来。

"海浪你个怂鬼！有本事出来单挑，不……要当缩头乌龟！"他怒吼道。

我连忙一蹬腿，游到了百米开外。

他一拳砸在我之前藏身的那片水域，只听惊天动地轰的一声巨响，整片海水几乎被掀了个底朝天，他熊熊燃烧的拳头将海水轰起来十几丈高。

我有些忌惮地回头看了一眼，就连海底竟然都被砸出一个将近有陨石坑那么大的坑来。附近的海草珊瑚更是无影无踪。

我发现了他的缺陷，如果他想一直爆发出那种强大的能量的话就必须得靠烈酒来激发自己的力量。但刚才他一口下去就已有了几分醉意，若是一直这样下去，他必定会喝醉，到时我就可以乘虚而入了。

于是我又悄悄绕到他后面，探出半个身子。

一大堆黏稠的东西，一股脑倒在了烈焰头上，惊得他跳了起来，马上又恶心地干呕。一大堆死鱼烂虾糊满了全身，浅绿色的黏液沾在他头发上，将头发沾成一团一团，甚至还有半截烂鱼脑袋在他惊呼时钻入他的口中。他浑身散发出巨大的腐烂与腥臭味。鱼腥味，是这个世界上最令人难以忍受的气味了。

烈焰气得几乎要发疯，他吐出一颗鱼眼睛，又拧开酒瓶灌了一大口，然后再次一声怒吼，全身燃烧起来，烧净了那些污物。他的脸红了不少，眼神又添几分迷离。

这一次的一拳冲着我脑袋砸过来，我连忙闪开。这一拳可以称为醉拳了，仍旧势头不减。

当又一次排山倒海的大乱之后，我游回去，但却烫得马上又缩了回来。我定睛一看，海水正咕噜吐着泡，散发出白色的蒸汽来。

海水被他一拳烧开了！

我一阵后怕，这要是我之前上去和他硬碰硬，估计熟的就是我了。

于是，我又开始挑衅，什么海星、螃蟹、烂渔网全部上了一遍。终于，在被我当头浇了一百坨鲸粪之后，烈焰迎来了最后一次爆发。

此时，海面上已经漂着了十几个空酒瓶子，烈焰也走不稳路，说不清话，烂醉如泥。

他发出梦呓般的怒吼，喝光了身上最后一滴酒，跟跟跄跄，燃烧起势头不大的火焰，勉强向我一拳砸来。

我找准时机，猛一蹬腿，腾空而起，一把抓住了烈焰的手腕。

烈焰大惊，酒醒了三分，试图再次让自己的拳头燃烧变成之前那个无敌的战锤。但酒精已经击溃了他的意志。

我掀起滔天巨浪，蔚蓝的海水扑灭了大势已去的火焰。烈焰用尽最后的力气，勉强挣脱，一拳又挥来。

但他的拳头已经软绵绵的没有力气了，我再次抓住他的拳头，全力一抡将他狠狠摔在一块礁石上，将那礁石砸成几块。

烈焰已失去了反抗的力气，瘫倒在我面前，两只浑浊的眼睛无奈地盯着我。

我抽出珊瑚剑，一步一步逼近，闪着寒光的刃尖一点点逼近了他蠕动的喉结。

烈焰闭上眼，平静地等待着死亡的降临。

可我的手却不似他那么平静，一直颤抖个不停。我终究还是没有勇气亲手结束一条生命。

我长叹了一口气，将长剑收回了鞘中，一步一步远去。

而烈焰有些惊惶地睁开眼睛，坐起身，面对我毫无防备的背影。

但他也终究没有再做什么,扭头飞快地离开了战场,不知去向。

我的身后,神军水师吹响了反击的号角。

第七十二章　局势惊变

这时,那艘巨舰也在数百头蓝鲸的围攻之下倾覆,宣告着战斗的结束。

神军爆发了激烈的欢呼,我们终于守卫住了自己的故乡!神都将不再受到威胁。

可这场胜利的功臣——风啸与我,却并不那么兴奋。

近侍神们正在追击余下的恶灵,亡军的残兵被龙族与海族大军追杀得狼狈不堪。一切看来都十全十美。

我和风啸蹲在一块沾满鲜血的礁石上。我捂着之前被深渊重击的小腹,脸青一阵白一阵,久久缓不上气来,疲惫不堪。风啸全身被恶灵的黑血沾湿透,身上也有不少渗血的伤口。

我们沉默了一阵子,我先开了口:"你打算怎么办?"

"闹出这么大的乱子,我不可能全身而退了。"风啸的语气没什么波澜。

"年轮也不能把你怎么样,这不是为了大局嘛,再说也是他临阵脱逃在先。"我安慰他道。

风啸不再说什么,只是站起身:"还有仗要打呢。"

三天后,一个雷电交加的夜晚。

一向风和日丽的神界下起大雨——大战之后总是如此,雨水会洗去血迹。

守卫皇城的近侍神正打算眯一会儿——这里的驻军比前线还多上不少。在年轮失踪后,寒冰暂时接管了这里,他调了不少驻军到前线去。

突然他看见远处似乎有一个人影跟跄着走来。

卫兵立刻警惕起来，弯弓搭箭对准了那个人影："什么人？站住！"

那个人似是抬了一下头，然后身子一歪倒了下去。

卫兵有些纳闷，向城墙下喊了一嗓子，叫休息的队友上来帮忙，自己提了一盏灯，走向那个家伙。

当他凑近时，灯落在地上，摔得粉碎，随即大叫声与警哨声响彻整个雨夜。

在三天的激战后，年轮拖着重伤的身体回来了。

可出人意料的是，年轮并没有要处罚风啸的意思，反而是发布诏书，宣称风啸做得很对，保证回来后一定为我们封侯并授将军印，同时鼓励大家奋力作战，不要松懈。

三个月后。

当信使带着年轮的诏书找到我们时，我和风啸已经在人界了。短短八天时间，当年号称天下第一师的亡军便兵败如山倒，至今没打听到关于深渊的消息，而亡军大部分的精锐与恶灵都死在了圣海之战上，深渊穷极整个冥界的资源打造的亡军舰队付之一炬。

更要命的是将领的问题，深渊原本是计算得很周全的。神界海神不在，水师又伤痕累累，更何况大量神军都被年轮安置在皇城附近，远离前线，他认为万无一失，所以将自己手下几大名将全部调到圣海，在圣雪山脉附近对峙的亡军交给了能力稍逊的乌云。

而我和风啸及那支军队的出现让一切都乱套了。风啸大胆放手，而雪语则是来了一把豪赌，将守军托付给副将，自己出城接过了风啸的帅印。由于他极具天赋，先前又曾接触过这支杂牌军，所以上手极快，立刻率军从背后冲击亡军，让风啸腾出手劫持年轮，换取了宝贵的时间。接下来，守军全部出击，雷电、生灵与雪语里应外合，冲击亡军。而亡军又正处于换帅的动荡中，立刻就被冲垮，随即双方展开混战。

寒冰迫于压力，抽调了大部分皇城近卫军去前线，三十万近卫军与十三万御林军分几路加入战场，都在我的帮助下渡海登陆，又从背后冲去了亡军在戟洲南岸的军队。就这样，不可一世的亡军迎来了悲惨的结局。

在反攻的一个月之后，近两百万亡军已经只剩了一百万左右，并且属于散兵状态，无法集结起有效规模。虽然从人数上看仍不逊于神军多少，但因为不成建制，缺乏高级将领，士气低落，只能勉强抵抗。第十三天时，七十万神军整编成为远征军，分别由沙尘、冰雹各自率领，而风啸、雷电、生灵、雪语则带领自己的杂牌军，向人界进发。由寒冰与一些主神负责神界战斗。

我与雪语跟着风啸和他那寒碜的军队，并肩作战。

收到信时，是一个风和日丽的下午，我和风啸率军行进在智利境内。

风啸收编了大量人界士兵——他之前那支部队快被寒冰他们吃完了，只剩下了为数不多的一些神军。所以说我们手下的士兵大多是人，以及一部分厚着脸皮找雷电借的神兵。

但就是这么一群人，在风啸的带领下，成为三路军中行进最快的队伍。现在亡军在人界还有近三百五十万大军，战况谈不上乐观。

我拿着信，兴奋地追上在前方的风啸给他看："年轮似乎没有要收拾我们的意思。"

雪语就在旁边，听见后，他冷哼了一声："他在很多年以前也是这么跟我说的。"

第七十三章　王朝落幕

神历一月十四日。

战争已经到了尾声，在近十年的纠缠之后，人界基本平定，一百一十万亡军残兵退回了冥界。神人联军近五百六十万，声势浩大。

值得一提的是，在十年前的一个雨夜，同样重伤的少年也回到了冥界里自己的皇宫。深渊和年轮一样，都至少得疗养上大半年。

而在深渊疗养的这十年中，一个政治新星逐渐登上了历史舞台，成为他身边最亲近的人。

冥历十四月七日。早晨，冥都。

受人尊敬的总帅佐臣从自己的宫殿中醒来，身边是两名恭敬的恶灵护卫。在金碧辉煌的餐厅用膳后，他开始了自己一天的工作。

他已经试图去忘掉先前那些不堪的回忆，他已洗去自己那个屈辱的名字——魏乙，换回了自己在人界时那个如今受人敬仰的名字——王五。

是的，他就是第三个掌印人，拥有无上的智慧。

在人界遭遇恶灵时，他选择了抢在遇害前自杀，因为如果被恶灵干掉，自己就真的是灰飞烟灭了。

来到冥界后他本打算过安生日子，但很快被征召入伍，然后就是征战四方。在海战失败后他逃回冥界，重新执印，凭自己的智慧成为政治新星。

王五有他自己的计划要做。

冥都作为深渊帝国的皇城，定在第五大陆，有精锐亡军近九十万，都是当年随深渊反叛的老兵，战斗力极强。而且那个敢于跟年轮叫板的、不可一世的深渊还没有死，而且正在好转，已经可以作战了，王五预测要干掉深渊一个人，神界至少要损失两名护神、上百个近侍神、十几万士兵。

困兽之斗，是最可怕的。

王五深知这一点，所以他打算用另一种手段解决深渊。

皇宫死气沉沉，一派压抑景象。王五走过黑甲卫兵身边，来到了深渊面前。这个高傲的年轻人遭受了巨大的打击，原本忧郁的脸庞，愈发憔悴。眼中锐利与自信也消失了，取而代之的是爬满眼球的狰狞的血丝。

"冥王，我有些事要说。"王五道。

深渊并没有这个心情："我不想听。"

王五在刚入门的时候就知道他不想听，但深渊越难受，他越要火上浇油："下面的大臣与将军最近有些意见。"王五一边说一边计算着时间，再过几分钟，军情应该就会传过来。

果然，深渊抬了抬眼睛："嗯？"深渊好面子，这点所有人都知道。

"有些将领认为……"王五停顿片刻，一副忧虑的样子。

"说！"深渊不快。

"认为您在圣海战役中……"王五再次犹豫不决。

深渊有些恼了："痛快点！"

"临阵脱逃，作战不力。"王五装作胆怯的样子。

可深渊却没有发火，只是淡淡地叹息了一声，看来是真的心灰意冷了。在与年轮那三天三夜的生死搏杀之后，他已经累了。

"我知道了，没关系。"深渊轻轻地说。

"不过还望您小心，"王五继续说，"众将如今对您不满，您又不握军权……"

深渊若有所思："不会的。当初我起兵的时候，一无所有，是他们陪伴在我身旁，与我出生入死，我相信他们不会这么没有情面的。"

王五知道火候到了，便退下。

这时神色匆匆、一脸急躁的乌云闯入进来，与不急不慢的王五擦肩而过。

"大人，神军入冥了！"

"什么？"深渊眼里有些惊讶。

"您一定要整军出战啊！否则冥界必然失守！"乌云是一位忠诚但头脑不发达的将领，而他的这几句话让性格本就有缺陷的深渊听来格外刺耳，似乎是作为一个将领的乌云，代表众将向他施压，指责他不会打仗。

本来平平无奇的两句话，有了王五的铺垫，深渊嗅出了别的味道。

于是深渊又叫来了自己信任的王五，告诉他："你替我传令下去，让诸将自行出战，别再缠着我了，我打算隐退了——你想不想要这个王位？"

王五吃了一惊，事情有些诡异，看来深渊是觉得败局已定，打算撤了。但王五立刻做出了反应。

"若事已至此，冥王，我便不再隐瞒。"王五一把撕开自己的衣襟，只见他的心脏位置皮肤已经发紫，脸色也苍白不堪。"那些将领给我下了毒，要我稳住您才能有解药。我恐怕马上要有一场血腥的权力争斗。既然您已决定不要这个皇位，那我们便收拾行李离开，只要放弃权力，您定能全身而退。快走吧！"

深渊有些惊讶，也起了疑心："真的？"不过他也不在乎是真是假了，他只想离开，不愿再打一场必败的战争。

深渊也没多想，只是悲哀地对王五说："那你呢？"王五最近只与他接触了小半年，但已成为他最信任的人了。

"我的毒总有解法，先走再说。"王五一脸焦急，"您先写一封圣旨，就说自己身体不适，休息两天。让诸将放松警惕，我们就可以离开。"

深渊点点头，写了后交给王五，让他发下去。

王五离开王宫时，长舒一口气。他其实是赌了一把，因为他早看透了深渊的心理。

凭深渊的实力，完全可以杀死自己所有手下，他应该像年轮那样拥有绝对权威。但他虽然残忍嗜杀，但骨子里有些重情义，对自己喜欢的人优柔寡断。再加上他信心崩溃，厌倦了战争，属于重度忧郁了。所以说这么逼一下他，要么他会拼死一搏，要么直接心灰意冷崩溃——这就是王五赌的。他的优势就是深渊对自己的信任。

王五没有立刻回去办事，而是在宫廷中转悠了几圈，来到了存放深渊将军印的地方。这里的守卫不多，但都是精英。王五早已买通了他们。见王五来了，几人点头哈腰，离开了。王五把将军印收入怀中，方才离去。

其实只要深渊坚强一点，王五也拿他没办法。但年轮的困兽之斗给了深渊太大的阴影——那三天中，他在时间的旋涡中脱不了身，回味了童年里所有的痛苦——当然年轮更不好受。这个年轻人放弃了，他已不可能一统三界，也不愿再陷入连年战火之中。

王五又立即动身去找乌云。乌云正在军中备战，深渊一蹶不振后由他主管帝国军队。他正点兵，要将神军挡出冥界。一旦给冥界一点时间，深渊就可以带着战争潜力巨大的亡军东山再起。

见王五来了，乌云连忙点头哈腰，夕阳在他的铠甲上反射出漆黑的光。王五这半年来与所有人相处得很好。

王五一番客套后，有些忧愁："总帅的情况很不乐观啊。"

乌云的脸上也有几分遗憾："他是个将才啊，只可惜……他太高傲了，受不起挫折。"乌云也跟了深渊多年，对他的性格很清楚。

王五从怀中掏出一份诏书，递给乌云："看看吧，总帅意思是说他不想打了。"

乌云急了:"那哪能呢?总帅他是天下无二的天才!这亡军算上亲卫、皇城骑、黑台军那还有小二百万人呢!冥界有那么多要塞,那神军再厉害也过不了亡谷啊!怎么能不打了?那不是找死吗?"

王五说:"所以叫你劝劝他。"

"咋劝?"

"听我说,总帅老觉得咱们已经没兵了,没信心啊。"

"怎么可能。光在营里的就有十一万大军!"

"所以说,你今晚叫上千来个精锐将士,披挂整齐,跨上战狼,打上旗帜,去这皇宫门口阅兵,让总帅见识见识,咱还有人呢!打得过!"

乌云没啥文化,所以深渊才让他留守。听王五一说,觉得有道理,便一口答应下来。

王五眯眼瞧看外边,血色残阳,全城尽哀,似乎象征着一个王朝的落幕。

"天要黑了。"

第七十四章　无泪陨落

深渊正坐在屋里,品味着漫漫长夜的苦楚。这十年来,他的身体早已恢复如初,也找回了一部分曾经的战力,只要他愿意,半个世界都可以为他陪葬。

但他累了,他越来越觉得自己不行,他的父亲三千铁骑敢取神都,百万雄师能破圣关。但他却长久地陷入人界战争的泥沼中。他不想再打了,与其死乞白赖地拖延换取筹码谈判,不如离去,成就一段佳话。

他已经收拾好了东西,今夜就打算与王五离开。

可就在此时，远处传来一阵狼蹄声，深渊的耳朵立刻竖了起来，他太清楚那是什么声音了。他向窗外望去，一队队骁勇的恶灵铁骑全副武装，在皇宫前停下，腰间的刀鞘在腰甲上磕出叮叮的响声。一个个整齐的步兵方阵也列队停下，无数火把将皇宫照亮。

深渊皱了皱眉，他感觉并不好。在自己即将离开的时候，突然出现了这么多全副武装的亡兵，这是要做什么。乌云脑子不大好使，所以深渊也只是奇怪，没有慌乱。

而这时，王五连滚带爬闯入宫内，肩上还扎着一支箭。深渊见状大惊，连忙上前询问发生了什么。

而王五一脸惊恐，双眼写满绝望，腮上的肌肉微微颤抖着。

"说呀！发生什么了。"

王五双脚一软，一屁股跌坐在地上："乌云……他……"

"怎么了？"

"反了！"

轰的一道惊雷在深渊脑中炸开。

他缓缓转动脖子，望向窗外汹涌的人潮。

"不可能……乌云他一定是脑子没转过来冲动了，他一定只是想逼我重新参战……他是我忠诚的心腹，我们一起出生入死……不会……他不会想杀我的……"深渊低语喃喃道。

他踱步来到存印处："用虎符调集军队……先稳住他……不可能……他不会真正谋反……"

柜内空荡荡。

深渊捂住头，眼神迷离。他向身边侍从吼道："去查，谁今天入过宫？"

侍从唯唯诺诺道："除了王大人……就是……"

"乌云将军。"

深渊彻底急了，"怎么可能？"他狂躁不已。再看向窗外的精锐部队，那些是他最忠诚的亲卫兵团啊！那些是由他最亲密的战友率领的，由他最信赖的属下组成的。

"叛贼！"

一股冲天的愤怒与绝望从心底冲天而起，几乎要将他的天灵盖掀到天花板里去。

怒火使深渊又恢复为十年前那个无所不能的国王，他从高高的宫殿里一跃而下，炮弹般坠入了人群之中，几十名重甲步兵被砸飞。

亡兵仍大感震惊，自己统帅咋杀起自己人来了。但骨子里的忠诚与纪律使他们仍笔直地站立着，一动不动，只是几千双好奇的大眼睛盯着深渊。

深渊来到了乌云身前，怒火中烧的他也不顾乌云疑惑的目光，一把将乌云从狼背上扯了下来。乌云正要开口说些什么，深渊已经抽出乌云腰间的佩刀，划破他的脖颈。

周围的精锐士兵彻底傻眼了，一些经历过之前战争的老兵还尚能保持冷静，毕竟一睹过国王的风采，但这样的士兵在十三年的战争后已经不多了。更多的士兵的都忠诚于乌云，见主帅被斩，本就对深渊不满的军队沸腾了。

十几名乌云的贴身亲卫见状，抽刀冲向深渊。这自然只能使深渊更加愤怒。他随心所欲地发挥自己的能力，开始了更为疯狂的屠戮。

他怒吼，狂啸，放肆地挥舞手中的武器。一把长刀砍得卷刃了，就抓起一柄军旗横抡过去。他将被背叛的愤怒，在圣海之夜的不甘，那与年轮三天厮杀的痛苦，大局已定的绝望全部发泄了出来，那王宫阶前，已是血流成河，尸横遍野。

王五很满意地注视着自己的杰作，他用一系列的暗示让深渊心态起疑,再用一系列意外组成的"证据"使他心中的猜想落实,最后再用一场误会,将一场壮观的阅兵式变成一场四面楚歌的悲剧。最终在双方的猜忌之下,将一个不差的局面办成了末日。

王五见时局差不多了,便向窗外挥挥手,屋顶上的几十名箭手会意,向深渊齐齐射箭。

这自然伤不到他,他随手抓住一支,发现箭尾插了一张纸条,用瘆人的红色写着:"你不是我们的王!速降!速降!"

深渊将纸条扔在地上,溺入了绝望的死水中。他长长地仰望着黑而高远的夜空,看着身周"叛徒的"的尸体,回忆了自己十三年来的戎马岁月,可那些他想永久驻足的光荣的时刻,却早已淹没在了那个狂暴的圣海之夜中。

他缓缓俯下身,手颤抖着,苍白的手指拾起了一支破碎的短剑。远处又隐约显现出了火光来,是大批的近卫军听见动静赶来,可深渊的虎符丢了,也将他们当成了叛军。

于是那支颤抖着的断剑,决然地伸向了这位王者头颅之下的脖颈……

第七十五章　结局之后

深渊自杀,三界震动。

失去了主心骨与国王的冥界,立刻土崩瓦解。神军最终占领了第一大陆,在皇宫上飘扬着龙旗。

我、风啸、雪语、雷电、生灵五人率领的军团是最早到达皇宫的。这里已是一派颓势,连守军都没有了。乌云已死,深渊也毁掉了一切。亡军已经没有战斗下去的渴望了。近三百万亡军全部投降,被遣散回家。除小股部队顽强抵抗被消灭外,一切又恢复平静。

于是那支颤抖着的断剑，决然地伸向了这位王者头颅之下的脖颈……

第七十五章　结局之后

在清理亡军部队番号时，发现了一个例外。烈焰手下的第三路远征军的部分，也就是第十八战斗部与一些深渊忠诚的亲卫骑兵共计不足三万人失踪了。

当这个报告递上来时，我并没有注意，毕竟对于数百万人来说，三万人算不了什么。但风啸却皱起了眉头。他招呼来雷电，问："对这支部队有印象吗？"

雷电神色凝重："这是亡军中最精锐的王牌，由烈焰手下的幽谷率领——当年奇袭第六大陆的那个。并且烈焰掌握着在人界深厚的恶灵势力，他消失后这些权力就归幽谷所有了。"

风啸派了雪语去找，随后就又是铺天盖地的工作要做，便也没有再提起这事。

而在一切平定后，年轮扶持设计杀深渊的王五成为冥王，算是为战争画上了句号。

在这之后，神历四月八日，我们等一众战将被紧急召回，手下军队被要求留在冥界。

当赶回去后，年轮除了赞扬之外，让我们回去休息了。

我的家就在圣海边，想必已毁于战火了。我又没有什么地方可去，于是随便找了一处宫殿歇脚。接下来我也没什么打算，不过想必也能谋一份好差事了，以后海族一定可以再成为名门望族——起码可以一雪前耻。想着这些我不禁放松下来，凭我的战功，应该可以夺个近卫军长官的称号，神界有多支军队，像什么近卫军、羽林军之类的，摘个一官半职总不是太难。

"终于可以过上安生日子了。"我想。

这时，窗外起了一阵风，下一刻，风啸的身影出现在窗台前。

我吓了一跳，惊道："你……你咋来了？"

不知为什么风啸的背影有些凄凉，他缓缓开口，却始终不肯回头，声音竟有三分哽咽。

"我已尽了不该尽的忠,去守护必须守护的人。但如今,神界仍能保一方万家灯火通明,冥界有王五坐镇,也在慢慢变好。可人界呢?早已是一片炼狱。我们的使神印还没有还回去,我们就必须坚持对的事。"

不知为什么,今夜的星空格外璀璨,可他的身影却在颤抖。

"请你记住,明天一定要保持忠诚,不要轻举妄动。"

我大为疑惑:"明天?你要干什么啊?"

风啸却只是一笑:"让三界再轰动一次。"

说罢他回转过头,半边脸沐浴在星光中,是无比坚毅的神色,另外半边脸埋藏在阴影中,一只恶狼般的眼睛闪烁着我从未见过的杀意。

又一阵风过后,他消失在夜色中。临走时他留下一封信,叮嘱我明天拆开,照上面说的做。

第二天一早,我赶往神界的议会宫殿。

到场时,雷电他们已经到了,按照惯例,大家将神力先存放于外面的水晶钟里,手无寸铁地入宫。

我与雷电等三人坐在一起,却没看见风啸的身影。渐渐地,所有参加过战争且有战功与兵权的将领都来了。

随着年轮坐在绿松石上,会议正式开始。庞大而厚重的门缓慢地关上,十二幕巨大的窗帘落下,蓝宝石灯一排排快速地点亮,将富丽堂皇的宫殿照得更加熠熠生辉。

年轮的脸色十分轻松,在场大部分的将领也是如此。大家都相信战争结束了,危险也就消失了。自己立下了赫赫战功,为了神界出生入死,必然可以凭着手中的军队加官晋爵。

大门砰的一声闭拢了,最后一丝能从外面照进来的光也被阻隔了。

有时候,外敌来时并非真正的危险,因为内部在外力之下,会像碳被大地压力所迫，凝成无坚不摧的金刚石。可当外部的危险结束后，你的背后就会出现裂缝，涌出剧痛，会从背后出现无数双眼睛盯着你。

更可怕的是，背后没有眼睛。

年轮的眼睛突然爆发出浓郁的杀意，脸色也从慈祥瞬间变得狠辣无比。

"拿下！"

突然，百名全副武装的近侍神涌入大厅之中，将我们团团围住。一位将领立刻起身道："这是在做什么？"这位将军我认得，是一名骑兵团长，手下有数万铁骑，战功卓越。

年轮只一个眼神，一名士兵上前一步，一刀斩了这位功臣。

随着血液在洁净的地板上爬行，所有人才反应过来，顿时一片哗然。可所有将领都失去了神力，无法反抗。

而这些士兵是全神界最精锐的凌霄卫，全军中不过八千人，每个凌霄卫都可以顶几百名普通的卫府精锐。我们光靠肉搏也打不过。

巨大的恐惧激发出了极度的愤怒。另一个将军站起来，义正词严，威武不屈，眉头紧锁，眼神锐利，长袖飘飘。

我认得他，他是戟洲一座屯兵城的守将，曾凭借九千兵力将三十余万亡军堵在关前，死守三个月，为我们争取了许多时间。据说他最后得援时，正在城头与亡军肉搏，身边只剩了十九个战士，立下传世功勋。

"我们那么多次出生入死，那么多次舍死如归的拼命，那么多次泪别兄弟，我们图什么？我们用生命用鲜血捍卫的是什么？还不是你和你的神界！现在仗打完了，你又要杀死那些曾经用生命为你效忠的功臣？凭什么？我就要问，凭什么？！！！"

年轮拿起玉杯抿了一口美酒，不屑地皱皱眉。一名凌霄卫上前一步，也抽刀斩下，一颗将星陨落。不知道他当初死守孤城时，有没有想到自己会落到这个地步？

这下没有人敢说话了。

年轮冷漠地从袖中取出一份圣旨，大声念起来："以下诸将领陈兵自重，蓄意谋反，仗着自己有些军功，就想要举兵叛乱，早已是证据确凿，罪之大，按律当斩！吾如今察明，判处各位反贼，斩立决！"

凌霄卫全部提刀上前，一屋子久经沙场的老将就要为自己上级所杀。

就在这时厚重的大门被轰的一声击碎，一个身影冲入会场，只见几道疾影掠过，这几百个凌霄卫全部身首异处。

年轮大惊失色，因为要想冲入会场可不只是击碎一扇门那么简单，为了万无一失，他特意在会场外安排了数千的羽林军，但这家伙冲入会场，就说明外面的守军已经……

年轮立刻要打响指暂停时间，可下一刻，一只手握住了他的手指，另一只手上是一柄匕首，爬上了年轮的咽喉。

一股熟悉的感觉在年轮脖子周围出现——又是他，又被劫持了。

年轮稍一歪头，风啸那张微笑脸出现在眼前。

"你别以为自己还贵为三界最强者，刚受了伤，就别乱动了。"

风啸的眼神中，早已是对必死结局的淡然。

年轮就没那么淡定了，他脸色煞白，眼珠转个不停，似乎是在想如何逃脱。他开口问："你……你有什么需求？"

风啸只是淡定地说："先放了他们。"

年轮毫不犹豫地下达了开门命令，外面的近侍神立刻打开了门。将领们冲出去后马上就夺回了神力，轻松解决掉外面的卫队，将皇宫包围了起来。那些将领的卫士们也在收到命令后赶来，挡在支援的大军前面。

年轮的近卫军在寒冰手中,而禁军中另一支部队羽林军归年轮亲自管辖。此时的羽林军见皇宫外有军队,立刻就全军倾巢而出,与将领们的野战军对峙,试图将他们隔挡在皇宫外。

整座皇宫有几十万禁军坐镇,除了寒冰冷眼旁观,不敢轻易下注,其他乌泱泱的近卫军冲上来,几乎要吞掉数千野战军。

此时会场内所有人都极度紧张,因为年轮的实力太可怕了,只要松懈给了他出手的机会,那么麻烦就大了。

我偷偷拆开昨夜风啸留下的那封信,发现身边的雷电等三人也有一样的动作。

我们读完后,瞳孔都猛地放大。

第七十六章　离别终至

风啸冲外面的禁军大吼,声音顺风传得很远:"派几个你们的高级军官来!"

同时他执刀的手向众将一指:"都蹲下,谁动我就杀谁!"

将领们面面相觑,不明白他要做什么——他不是来救我们的吗?这是做什么?他们不约而同地看向殿内的两大护神。

雷电、生灵、雪语和我纷纷蹲下,其他将领见状也纷纷效仿。这时几个禁军的军官和神界其他官员、将领都赶到了,他们震惊地看着这一幕。

风啸将年轮勒得更紧,怒目圆睁:"这些将领没打什么胜仗,却加官晋爵,我呢?我立下汗马功劳,凭什么不封赏我!我不服,我要报复你们!"

大家这才明白风啸的用意。年轮必须得死,他若不死,众将就活不成了。但若是年轮死了,这些年轮的手下与帝国的军队必定会杀光所有会场内的人。风啸叫那些军官进来是为了叫他们见证，只有他一个人，他劫持了所有人！他将众将的身份由劫匪变成了人质，也只有这样，才能使大家活下来。

只是，风啸活不成了。

风啸换了个姿势，将短刃抵在年轮的太阳穴上。年轮缩着脖子，不住地颤抖。

"都是因为你的自私，你的怯懦，让一场本该止于冥界的叛乱闹成了三界大战！你若是不压榨冥界，会有这么多人支持深渊？你若是不自私懦弱，会只派一点点远征军，害得叛乱迟迟无法平定？你若是奖惩分明，论功行赏，根据能力分配职位，而不是背景和感情，神军会毫无战斗力，不知为何而战？你若是积极参战，而不是畏首畏尾，人界何至于生灵涂炭？"

"有功的，你担心功高震主，竟然铲除！无功的，你觉得方便驱使，却扶上将位！有你在，大家怎能不心寒！"

风啸一顿痛骂，宣泄着内心的愤怒。

罢了，他凑在年轮耳边说："用你的神力，让人界恢复战前模样。"

年轮眼中闪过一丝犹豫："那个消耗太大了，我做不……"

风啸眉眼一沉，浑身又添几分戾气，他什么也不说，只是持刃的手又用力几分，刀尖划破皮肤，渗出血来。他浑身都在颤抖，只有持刃的手稳如磐石。

年轮脸都白了，几个禁军军官下意识将手放在刀柄上。

年轮只得闭上眼，额头上沁出细密的汗珠，一股强大的白色力量从他掌心凝聚，他艰难地开始合掌，似乎非常艰难。最后，在年轮的一声呻吟之下，一切重归于平静。

风啸明白那个动作意味着什么，稍稍松了一口气。

可就在这时，年轮突然一个响指，风啸来不及反应，一面巨大的时光旋涡将他吸了进去，无声无息。

年轮一击杀了风啸，正得意时，旋涡中带来一阵风，似乎像旋涡中的人伸出了一双手。

年轮的脑袋，随风落下。

那颗神王之颅重重坠落，那具不可一世的身躯缓缓倒下。

三界轰然大震。

我呆立在殿中，接下来发生的一切都恍惚了。蜂拥而入的兵士，来来往往惊呼的大臣，哭天抢地的侍从……来来往往的人神擦肩而过，整个神界都陷入了巨大的混乱。

我只是呆呆地看向殿前，我为数不多的，甚至唯一的朋友死了。

连尸体也没有。

他来不及与我们告别，就踏上了回不去的道路，名为永别。

雷电等人也与我差不多，都不愿相信眼前发生的事情。

禁军们将我们救了出去，士兵们一拥而上，各个将领的亲兵们关切地询问他们有没有事，同时咬牙切齿地咒骂风啸。

统治神界近万年的年轮死了，但神界还没死，所以得推选一个新的神王。

整个皇城灯火通明，持续了三天三夜。神的子民们披麻戴孝，全界哀悼。神的大臣们连夜选举，夜夜争论。

这三天之中，整个皇城的实际控制权在寒冰手中。寒冰的近卫军游走在大街小巷之中，让人以为寒冰对皇位势在必得。

第七十七章　新王登基

今夜的万神会场，灯火通明，每一个主神都穿戴上最正式的服装，正襟危坐于殿内。外面的三军仪仗队与禁军整齐地列阵于殿

那颗神王之颅重重坠落,那具不可一世的身躯缓缓倒下。

第七十七章 新王登基

前，浩浩荡荡。而不少神民则扒在墙头，尽力往里瞅。大家都期待着大门的打开。

今夜，是决定神王最终人选的日子。

寒冰坐于殿中，神色泰然；雷电坐在角落，面如死灰；生灵坐在殿后，满脸焦虑；各神也是各有打算。我僵硬地坐在墙边，看着窗外的灯火。

一位老者主持选举，他用苍老的声音念道："按照规则，每位主神有一票，每位护神一票值五票，可以投给自己。而神王将在三位护神中产生。"

每个神手中出现一团光球，他们闭上眼，用意志操纵光球无声无息地投入代表三位护神的琥珀柱中。不一会儿，三位护神面前的琥珀柱前的荧光涨了起来。

老者将手放在琥珀上，闭了眼读取后，念道："生灵九票，雷电十二票，寒冰十三票。"

寒冰下巴微微抬起，扭头看了雷电一眼。

老者又宣布："下面由护神投票。"

这就没什么悬念了，大家都必然投自己，寒冰的拥护们已是摩拳擦掌，等待着流程结束。

生灵投了自己。

寒冰投了自己。

雷电的金光缓缓飞出⋯⋯

飞入了生灵的琥珀中！

所有人不可置信地瞪大了眼，护神竟没给自己投票！

老者高声宣布："雷电十二票，寒冰十八票，生灵十九票⋯⋯"

"新的神王诞生了！"

生灵的手下们欢呼雀跃，寒冰派的神则不可置信，雷电竟会做出这事！

大门吱呀一声打开，厚重的门后，生灵缓缓走出。三军仪仗队列阵欢迎，禁军上前护送他前往皇宫，神民们随即一路向东，开始祝贺大游行。

谁也没有注意，寒冰从后门离开了。

新的神王诞生了！雷电放弃了自己，将生灵推上了王位。这位久经沙场的将帅，在经历了年轮无尽的打压之后，终于迎来了自己的黎明。

可我却没有那么轻松与喜悦。雷电已经心灰意冷，自己效忠了千年的君主竟会想杀死自己，他已不愿再留在帝国的权力中枢。凌晨时分，他骑了一匹瘦马，离开了皇城，流浪天涯。

而我，再也见不到风啸了。

游行的队伍彻夜狂欢，而我，拖着疲惫的身躯回到了旅店。一阵凄凉的熟悉的笛声传来，我抬头，又是那个背影。

雪语正坐在屋顶吹笛子，见我来了，纵身一跃来到地面，走在我身边。

"一切都结束了，我们终究得到了自己要的东西。"雪语第一次在我面前笑，但笑得很勉强，比哭更悲凉。

"可他得不到自己应得的了。"我无力摇头。

他也什么话都不说了，我们并肩走在孤寂的街道上，看着游行队伍的灯光愈行愈远。

后来，我们来到了外边，找了一朵云，想要埋葬风啸。可是没有尸体。我只能去取了一件风啸的斗篷，用柔软的云掩埋了它。

风吹过耳畔，似乎是在哀鸣主人的离去，曾经的回忆里少了一个人，面前却多了一个坟。

当我们想离开时，却不知该去哪里，我回我的旅店，雪语回他的旅店吗？我们连个固定的住处都没有了。人界十年，似乎很长，长到自己都认定自己是个人了。这大抵是它独有的魔力吧。

我拖着沉重的步伐回到旅店,风啸什么也没留下,除了那封被我们撕碎销毁的信与已被埋葬的斗篷。他似乎是一颗彗星,无声无息在夜空疾行,突然爆发出绚丽的强光,而过后又像来临时那般,无声无息地消失。

第七十八章　王侯将相

七年之后,圣雪山脉防线南部,顿城。

雪夜。

一队队骑兵疾驰着呼啸而过,手中的荧光照亮了半边夜空。半座城被火光淹没,不时有十几个狼狈的身影一闪而过。神兵到处都是。

我坐在城楼上,看包围圈逐渐缩小。我跷着二郎腿,不疾不徐地品味着一杯极品龙井。一粒灰尘沾在我的锦绣华袍上,旁边的侍从立刻俯身为我擦去。

一名将领灰头土脸地跑上城楼:"将军,他们还在顽抗!将士们打起来很吃力啊。"

我缓缓盖上茶盖,扭头看了一眼城外浩浩荡荡的预备部队。

"让部队先撤下来,然后再用弩炮与投石机砸半个时辰,接着再多派五千铁骑增援。"

"是!"将领恭敬地下去了。不一会儿,城台上的旗语打响,又是一阵箭雨砸向城内的建筑。

如今的我,早已是骑兵军团总将,手下有九万精锐骑兵、十一万重甲步兵。在生灵迁至神都后,我又长期在那里统领镇龙司。

这是七年来我第一次打仗,还是因为听说有一小股亡兵,在二十年前战败后一直在这里躲着,最近突然发起奇袭,占领了这个小屯兵城。附近几个要塞的守将派兵来攻，竟久攻不下。正巧生灵见我好久没立军功，便派了我来。

在如此大军压境下，外城墙只用了两个时辰就被攻破，可这区区一两千残兵，却在城内顽抗不休。

七年来，这是第一个硬茬。

在五千铁骑入城后，立刻又有几百个亡兵被斩杀，可他们利用巷战中不利于骑兵中锋施展的这一点，也给骑兵们造成了不小的损失。

我有些恼火了，把副将叫来，下令："全军撤出城内！大部队后退十里！把龙族叫来！"

士兵们撤出来后，我站起身，抽出珊瑚剑，一剑向城内斩去。滔天巨浪立刻淹没了城池，亡军那面小破旗，可怜巴巴地被水卷走。龙族战士化身一条条巨龙，冲向亡军。一场屠杀开始了。

我有些疲惫，坐在椅子上。这时，两柄尖刀突然向我袭来！

我只用了一只手就打飞了这两柄刀，同时一剑刺穿了一名刺客，又一脚将另一人踹翻。

那只是两个普通的亡军，做着最后的困兽之斗。那个倒在地上的家伙，无力地躺在自己伙伴尸体的旁边，咳着血。

我一把将他拎起来，打算看看这个不知天高地厚家伙的样子。可他却做出一个动作——将右拳放在左胸上。

我一下子睁大了眼，记忆的阀门被打开，往事喷涌而出。这是亡兵军团的呼号礼！他让我想起了二十年前那支无所不能的亡军，想起了那段金戈铁马的时光。

还有那个并肩作战的伙伴。

我无力地放下他，慢慢走下城楼，招呼军队打扫战场。

回到神都时，已是秋天，神界的秋天景色醉人，满城的枫叶金黄，一片诗意的海洋。

我乘着雕花马车,在镇龙吏的护卫下回到了自己的府邸。这里也可以被称为庄园。

进了大门,早有侍从上前迎接!我回到那金碧辉煌的餐厅,仆人端着盛了佳肴的金碟入内,食物在水晶吊灯的映照下光彩夺目。

我希望忘记风啸,忘记他在第十大陆受的苦难。我几乎要成功了。

我已成为整个神界最有权势的神之一,可以拥有自己想要的一切,镇龙司归我统辖,手中还有最精锐的部队。生灵给了我想要的一切。

吃过了东西,我打算出去转转,毕竟离开了些日子。

在繁华的神都的街道上走着,我早已对这里的一草一木烂熟于胸,我的生活也极为舒适安逸。所谓的大军并不需要我去打理,迄今也只带他们出去打过一仗。平日他们驻扎在外,随时准备支援戍边的寒冰。而平时我就只需要做个悠闲的爵爷就可以了。所以这神都里各种高级场所我都是轻车熟路。

一路上到处是满面春光的神族,在战争以后,他们又成为高高在上、统领三界的高贵种族,生活自然是幸福美满。许多神见了我,都躬身致敬,眼里流出发自内心的尊敬。

在生灵即位后,神界早已神神平等,但一路上每个神仍向我敬礼。因为每个人都知道生灵、雪语、雷电、海浪是战争胜利的功臣,是保卫神界的英雄。

可人们都忘了他,忘了那个在山巅挟持神王傲立,孤身面对三军的背影,忘了那声吼出不公的呐喊。

海族又重新成为名门望族,拥有无上的光荣。

远远看见了一大队人马,均着纯白军服,戴纯白盔甲,骑纯白战马。整齐划一,纪律严明。

我恍然大悟,今天是近卫军巡城的日子。

果然，队伍最前面那个，马上挺拔的熟悉身影映入眼帘。

我走上前，邻近的近卫军立刻半跪于地上，表示尊敬。

雪语翻身下马，来到我面前："好久不见啊，又打了胜仗？"

"呵，算什么胜仗！当年在圣海打的才叫……"

说到这儿，我们不约而同地沉默了。

雪语本就不爱说话，便向我行了一礼，上马离开，近卫军继续前进，沉默的脚步一路向南。

接下来又是一些无聊的日子。早上起来，骑马在宫殿中行进，大约二十分钟后就到达了大门。又出去旅行了几次，看遍了神界无穷的美景。

不得不说，现今的生活，在二十年前的我梦里都梦不到。

第七十九章　风啸，我们来了！

神历七月中旬的一天，我结束了一次旅行。这次去了许多美不胜收的地方，倒也算是心满意足。雪语并不在城里，听说刚出去。

回到神都，欢迎的队伍照例有一大群。回到了宫殿，却因太久没回来，在花园里迷了路，东转西转，始终走不到房子里去，最后还是被佣人找到，一路走了一刻多钟才到家。路上遇到个穿深紫长袍的男人，有点眼熟。

到家时已是夜晚了。简单吃过饭，便打算去睡觉。

正坐在床上时，窗外传来一个声音。

"喵！"

我坐起身，来到窗前，原来是一只猫在窗外，它并不是我养的，可我却有些眼熟。于是开了窗，将它抱进来。

那是一只灰白相间的猫，尾巴如军旗般直立着——是一只银渐层。

我的脑海中轰的一声炸开了，数不尽的回忆泛滥在心头，似泥水般刺痛着心脏。

那是风啸曾在人界的化身之一啊！白猫！

我摸着他的头，试图叫他："风啸！是你回来了？"

可猫却不理我。

"风啸？别逗我了！快变回来！你每次都这样！"

猫似乎烦了，用爪子在我手上留下一道血痕，跳开了。

我瘫倒在床上，陷入了深深的无力之中。猫的躯体尚在，可灵魂——它真正的主人，早已逝去。

我又想到了第十大陆，想起了那些传说。

第十大陆，三界之中最恐怖的地方。这要进了那里，永远不能离开，永久地受着无尽的折磨。

更可怕的是，不像另外九个大陆可以被攻破，将亡灵带回人界。第十大陆是三界中最森严之地，从未有活着的神进入过，更别提带神出来，所以神进入了那里，就称之为死了。

即使在理论上有神进去了，而且能出来，那他也无法再成为神，回到神界，只能做半神半人半鬼的生物，于人世间游荡。

我又想起了那段与风啸的日子，他的潇洒，他的强大，他的疯狂……

我内心比碎了更疼，似乎这一切都失去了意义。

等等……疯狂？

一种二十年都未有过的冲动在心头涌起，我的眼睛里似乎有什么东西在燃烧……

我被自己的念头吓到了——那是去送死啊！我好不容易爬上了三界的最顶峰，何必主动往崖下跳？如果我这么不辞而别，神界所有人会怎么看我，我如果失败了呢？那不就不仅失去了现在的奢华生活，还坠入地狱受刑。

得了吧，已经不是热血上头的年纪了。

可我真的甘心吗？我真的忍心吗？我行于世间，不正是要对得起自己这颗心吗？

我似乎被控制了似的，找来了仆从，叫他们立刻通知龙族来我这里集结。

仆从大惊："大人，您这是要……"

我只是说："拿件斗篷来。"

能在这世上留下点大动静，倒也亏得不多。

我低头往下望，似乎月光穿透了云层，来到了地面。

龙族不一会儿就集结了，我问他们："你们愿意随我赴死吗？"

所有龙族没有人开口问我要做什么，只是默默地将手放在佩刀上，注视着我。

我淡然一笑："好，启程！"

不论结果如何，我总归还是得去做。尽管恐怕活不成了，但还是得让自己心安。不属于我的日子，我已经享受了七年，也该做自己该做的了。

不论我能否成功，都得让风啸知道，我来过了。

即使他不知道，我知道。

神都在一片寂静的夜中陷入了沉睡，是如此安宁祥和，似乎能听见城市的呼噜声。近卫军也没有巡夜，因为神界是没有罪恶的藏身之处的。这里只有美好与幸福。街道在城内结成河流般的连环。小巷的青石板在星光下呢喃，似乎在睡梦中歌颂着神界的恢宏、圣洁与伟大。圣雪山脉以南，便再无痛苦。神都的花园中，柔顺的草在夜风中摇曳，各种散发着荧光的美丽植物仰望着那浩瀚的星河，倾听着神们睡梦中的呓语。

一切似乎美好到了极点。

一支迅捷的骑兵队飞行在城市上空，有近百只巨龙翻滚在星空之下，我正骑在一头金龙背上，凛冽的夜风刮在脸上。

穿着二十年前圣海决战时那身战甲，身边的龙族也没有变，而现在，我要去找回那曾经的伙伴。

我们的力量太弱了，我甚至无法算作护神级。身边的龙族虽然忠诚，但毕竟太少。所以这场远征不可能胜，但我甘愿死在战场上，在那远离神都的地狱。

凛冽的北风夹杂着雪花，削在我那飞行了三个时辰的疲惫的脸上。这里已到了圣雪山脉，隐约可以看见那蜿蜒的防线。

在飞过一片雪原时，龙族有些累了，我便下令原地休整，做离开神界的最后准备。

我看着他们每一个人的眼睛："你们真的决意要随我吗？这次我告诉你们，基本是活不成的。"

可他们的仍然没说话，只是分食着烤鱼与海苔，将御寒的烈酒往肚里灌。

我点点头，说："好！那准备上路。"

这时，前方出现了一批人影，龙族战士们立刻紧张了起来，踢翻了锅，抽刀起身。

渐渐地雪小了些，看清了他们的样子。他们大都着白衣，但与神军的军服不同，他们不穿铠甲，而是着纯白长袍，腰间束一条玉带，潇洒而飘逸，颇有几分神秘。

我认出了他们，是神秘的雪族的亲兵——听雪者。他们每个人都是高手中的高手。另外有一些人身穿红色军服，铁甲遍布全身，是近卫军中的精锐士兵，其中不乏近侍神。

我心中一惊——不会是拦路的吧？

这时，一个身影向我靠近，雪语那张冷漠的脸更加严肃，眼睛里却熊熊燃烧着一团火。

"海浪，去救风啸怎么不告诉我一声？"雪语冰冷的声音传入我的耳中。

我一下子也严厉起来:"我这次去就没想过活着回来,你最好不要拦我。"

雪语却扬起嘴角,同样疯狂的笑容浮现在脸上。他大声命令道:"动身!"

于是这数百名精锐中的精锐,掉头向北,疾驰而去,奔向冥界的方向。

我心中爆发出一阵炙热,一招手,近百条巨龙也腾空而起,飞行在他们头顶上。

无尽的深渊瞪大了眼凝视着我们。那漆黑的深谷令人毛骨悚然,这是除死门之外神界到冥界的另一个入口——梦魇之谷。

隔着极远的距离,我们就已感受到了那股死亡的气息,尽管离阴阳临界点还有几里地,但仍然后背发凉。

当靠近以后,队伍正在正常行驶,突然从远处冲来一支队伍,并入了我们之中。

正当士兵以为敌袭手忙脚乱时,一个紫色身影来到了我与雪语身旁。那张沧桑的脸尽管看上去又苍老了几分,可那鹰隼般锐利的眼睛迸发出我从未见过的决心与杀气。

雷电,他来了。

雷电轻轻一笑:"早已对活着没什么兴趣,这个赴死机会自然不会错过。"

他身边那些士兵中,一些是雷族亲兵雷鸣士,一些则穿着耀眼的金甲,雷电带来的士兵最多,雷鸣士有两百余人,而金甲士兵则有近千人。

我看着金甲士兵,惊讶地看着雷电:"这是……凌霄卫?"

雷电笑着点头:"你以为生灵不知道吗?他只是来不了,这就是他的心意。"

万丈豪情于心底冲天而起，我不由仰天大笑："好！今天我们便痛快地干上一场！"

　　我们要挑战三界中最恐怖的权威，敢让这天地颠倒，誓要把破不了的规矩打破！

　　来吧！死亡！

　　我们冲入深谷，这下面，直通……第十大陆的入口——白骨关！

我们冲入深谷，这下面，直通……第十大陆的入口——白骨关！

第七十九章 风啸，我们来了！

终　章

第十大陆。

身边是数不尽的尸体……

龙族、听雪者、雷鸣士、凌霄卫……

血，血……

火，一直在烧的火……

海浪停靠在半面旗上边，身上所有盔甲全部破碎不堪，血，在他身边聚成了河流……

雷电、雪语也是如此。

四周的景象无法用言语描述，三界中所有人、神、鬼中做过最恐怖的梦的场景，到这里也是天堂。

这就是神的地狱……

在昏迷前，一张熟悉的脸出现在眼前。

"海浪，又见面了。"

风啸如是说。

在昏迷前，一张熟悉的脸出现在眼前。

"海浪，又见面了。"

风啸如是说。

终章

图书在版编目(CIP)数据

三界 / 谢传谦著. -- 上海 : 上海社会科学院出版社, 2025. -- ISBN 978-7-5520-4182-8

Ⅰ.I247.5

中国国家版本馆 CIP 数据核字第 20252RS008 号

三 界

著　　者：谢传谦
插　　图：尹小港
责任编辑：霍　覃　邱爱园
封面设计：尹小港
出版发行：上海社会科学院出版社
　　　　　上海顺昌路 622 号　邮编 200025
　　　　　电话总机 021—63315947　销售热线 021—53063735
　　　　　https://cbs.sass.org.cn　E-mail : sassp@sassp.cn
照　　排：南京理工出版信息技术有限公司
印　　刷：上海新文印刷厂有限公司
开　　本：890 毫米×1240 毫米　1/32
印　　张：10.625
插　　页：1
字　　数：276 千
版　　次：2025 年 6 月第 1 版　2025 年 6 月第 1 次印刷

ISBN 978-7-5520-4182-8/I·525　　　　　　　　　　　定价:58.00 元

版权所有　翻印必究